21世纪年度最佳外国小说 2017

LA CHEFFE
ROMAN D'UNE
CUISINIÈRE

女大厨
一个女厨师的故事

[法]玛丽·恩迪亚耶 著
余中先 译

人民文学出版社

著作权合同登记号　图字 01-2017-5077

MARIE NDIAYE
LA CHEFFE, ROMAN D'UNE CUISINIÈRE
copyright © Éditions Gallimard, 2016
Simplified Chinese translation copyright
© People's Literature Publishing House 2018
All rights reserved.

图书在版编目(CIP)数据

女大厨：一个女厨师的故事/(法)玛丽·恩迪亚耶著；余中先译.—北京：人民文学出版社，2018
(21世纪年度最佳外国小说)
ISBN 978-7-02-013564-6

Ⅰ.①女… Ⅱ.①玛…②余… Ⅲ.①长篇小说—法国—现代 Ⅳ.①I565.45

中国版本图书馆 CIP 数据核字(2017)第 303516 号

责任编辑	黄凌霞
装帧设计	崔欣晔
责任印制	苏文强

出版发行	人民文学出版社
社　　址	北京市朝内大街166号
邮政编码	100705
网　　址	http://www.rw-cn.com
印　　刷	三河市西华印务有限公司
经　　销	全国新华书店等
字　　数	176千字
开　　本	880毫米×1230毫米　1/32
印　　张	8.25　插页3
印　　数	1—5000
版　　次	2018年4月北京第1版
印　　次	2018年4月第1次印刷
书　　号	978-7-02-013564-6
定　　价	45.00元

如有印装质量问题，请与本社图书销售中心调换。电话：010-65233595

出版说明

评选并出版"21世纪年度最佳外国小说",是一项新创的国际文学作品评选活动和出版活动。在世界文学格局中,由中国文学研究机构和文学出版机构为外国当代作家作品评奖、颁奖,并将一年一度进行下去,这是一个首创。

"21世纪年度最佳外国小说"评选活动由人民文学出版社和中国外国文学学会及各语种文学研究会(学会)联合举办,人民文学出版社主办。评选委员会由分评选委员会和总评选委员会构成。各语种文学研究会(学会)遴选专家,组成分评选委员会,负责语种对象国作品的初评工作;再由人民文学出版社、中国外国文学学会及上述各语种文学研究会(学会)委派专家组成总评委会,负责终评工作。每一年度入选作品不得超过八部。入选作品的作者将获得总评委会颁发的证书、奖杯,作品由人民文学出版社组成丛书出版,丛书名即为:"21世纪年度最佳外国小说"。

总评委会认为,入选"21世纪年度最佳外国小说"的作品应当是:世界各国每一年度首次出版的长篇小说,具有深厚的社会、历史、文化内涵,有益于人类的进步,能够体现突出的艺术特色和独特的美学追求,并在一定范围内已经产生较大的影响。

总评委会希望这项活动能够产生这样的意义，即：以中国学者的文学立场和美学视角，对当代外国小说作品进行评价和选择，体现世界文学研究中中国学者的态度，并以科学、谨严和积极进取的精神推进优秀外国小说的译介出版工作，为中外文化的交流做出贡献。

自2002年第一届评选揭晓到2015年，"21世纪年度最佳外国小说"评选活动已成功举办15届，共有26个国家的90部优秀作品获奖，其中，2006年度、2003年度法国获奖作家勒克莱齐奥和莫迪亚诺先后荣获了2008年、2014年诺贝尔文学奖，足见这一奖项的权威性和前瞻性，也使"21世纪年度最佳外国小说"成为一个名副其实的重要文学奖项。

自2008年开始，这套书不再以外文原版书出版时间标示年度，而改为以评选时间标示年度。

自2014年起，韬奋基金会参与本评选活动，在"21世纪年度最佳外国小说"评选基础上，设立"邹韬奋年度外国小说奖"，每年奖励一部作品。

我们感谢韬奋基金会的鼎力支持。我们相信，"21世纪年度最佳外国小说"的评选及其出版将结出更加丰硕的成果。

人民文学出版社
"21世纪年度最佳外国小说"评选委员会

"21世纪年度最佳外国小说"评选委员会

总评选委员会

主　任

聂震宁　陈众议

委　员

（以姓氏笔画为序）

史忠义　刘文飞　李永平　陈众议

肖丽媛　金　莉　高　兴　徐少军

聂震宁　程朝翔　臧永清

秘书长

欧阳韬　陈　旻

法国文学评选委员会

主　任

史忠义

委　员

（以姓氏笔画为序）

车　琳　史忠义　李玉民　余中先　程小牧

玛丽·恩迪亚耶在小说《女大厨》中讲述了一个女人成长奋斗的故事,她凭借着一种对美味的天分,通过艰辛的努力,全身心的投入,终于达到了烹调技艺的高峰。

女大厨一辈子都在干厨艺,在思考厨艺,她就是为厨艺而生而长的,为让食客享口福,品甘美,自己尝遍了人间的辛酸。

小说写作汲取经典叙事方式的种种经验,借由叙事人的口,通过节奏分明的长句,把主人公的心思娓娓道来,让读者从容地发掘一个充满魅力的故事,一种饱含了美的语言。

"21世纪年度最佳外国小说"评选委员会

Marie NDiaye raconte, dans son dernier roman la Cheffe, la vie et la carrière d'une cuisinière qui est née pauvre mais qui a connu une période de gloire, gloire de l'art de la table. Au centre du récit, la cuisine est vécue comme une aventure spirituelle, sans que le plaisir et le corps en soient absents.

La Cheffe cuisine toute la vie, même quand elle ne travaille pas dans la cuisine, elle n'a d'autres activités que de réfléchir à la cuisine. Pour réussir dans sa profession, pour offrir aux clients le plaisir extraordinaire des goûts, des odeurs et des vues, et pour leur donner les doux et les merveilleux, elle a goûté toutes sortes de malheurs de la vie et de travail.

C'est un roman virtuose qui emprunte aux grands classiques pour dire la vie d'une contemporaine. Les phrases de Marie NDiaye se trouvent longues et se déploient lentement, comme pour envelopper le lecteur avec un charme mystérieux, une beauté doucement sublime. Le récit dévoile une humanité violente, claire, à la fois mélancolique et enviable.

**Jury des meilleurs romans
étrangers annuels du XXIe siècle**

译者前言

《女大厨》是一部很有特色的小说，可说是一部烹调小说，也可说是一部女性小说，一部成长小说；它充分体现了作者特有的写作特点，长句子，多段落，无章节，一气呵成。

作为译者，对《女大厨》的理解和喜爱，是一个逐步的过程。先是阅读它，爱上它，选中它，作为人民文学出版社的21世纪年度最佳小说的法语作品；再是花了好几个月时间，认真地翻译了它，当然也更深一度理解了它，更进一步地喜欢了它。

在这篇序言中，应该先介绍一下小说的作者。

中国读者对这位叫玛丽·恩迪亚耶的黑人女作家并不陌生。湖南文艺出版社的"午夜文丛"早在1999年就翻译出版了她的三部作品《在家里》（姜小文译）、《季节的天气》（王林佳译）、《女巫师》（涂卫群译）。2011年她的获奖作品《三个折不断的女人》又由袁筱一翻译，在译林出版社出版。

玛丽·恩迪亚耶（Marie NDiaye）1967年出生于法国，但她的父亲来自塞内加尔，后来又去了非洲老家，玛丽与他离多聚少。玛丽的童年在巴黎远郊的女王堡度过，基本上是跟着外祖父母生活的。玛丽是一位天才型作家，从十二三岁开始写作，年仅十七岁时，午夜出版社的编辑就站在她的中学门口,手上拿着她首部小说《至于远大前程》的合同等她下课。十八岁时,这部小说就出版了。如此的少年才华,法国当代文学史上堪与相比的恐怕只有当年写《你好,忧愁》的弗朗索娃丝·萨冈了。

1987年,玛丽·恩迪亚耶的第二部小说《古典喜剧》出版,作品长达97页,从头至尾却只有一个句子。后来她在午夜出版社出了一系列小说作品,如《变成木柴的女人》(1989)、《在家里》(1991)、《季节的天气》(1994)、《女巫师》(1996)等。2001年,她以小说《罗茜·卡尔普》赢得了法国著名的费米娜奖。她在午夜出版社出版的作品还有短篇小说集《蛇》(2004)。另外,她还专为儿童写过一些文学作品。

玛丽的丈夫也是个作家,叫让-伊夫·桑德雷。目前,他们一家人居住在德国柏林。

早在1985年,也即玛丽·恩迪亚耶十八岁出版第一部小说时,法国的《文学半月刊》就曾这样评论她:"她找到了一种只属于她一个人的方法,来说出属于所有人的事。"

与萨冈很是不同的是,玛丽·恩迪亚耶写的小说有越来越精的倾向,而不是像萨冈那样"一蟹不如一蟹"(当然,这只是我的评价)。例如,她于2009年写的《三个折不断的女人》,以饱满的激情、感人的笔调,讲述三位女性诺拉、芳达和嘉蒂在家庭、爱情和移民方面各自的命运,三人都因为共同的坚决反抗与迫切的求生能力而联系在一起,是一曲颂扬社会底层女性不屈不挠地奋斗以求改变不公命运的颂歌。《三个折不断的女人》这部小说获得了龚古尔奖,打破了"作家不能兼获费米娜和龚古尔两项大奖"的所谓魔咒。根据《快报》与RTL当年公布的年度排行榜,玛丽·恩迪亚耶是被人阅读得最多的法语作家。她后来于2013年出版的小说《拉蒂维纳》,讲述了三代女性的悲惨命运,其中的祖母是个黑人。

在文坛上,玛丽·恩迪亚耶并没有多少新闻,她只是以作品来说话。但是,她也有所谓的"官司事件":1998年,玛丽·恩迪亚耶在给媒体的公开信中指责女作家玛丽·达里厄塞克的作品《幽灵的诞生》剽窃了她两年前的小说《女巫师》。事实如何,有兴趣者当可追寻查究,我们不在此展开叙述,也不做什么评价。

恩迪亚耶也是一位剧作家,其剧本《爸爸必须吃饭》(2003)入选法兰西喜剧院的保留剧目,这是获得此项殊荣的第二部由女性创作的作品。她还曾和法国女导演克莱尔·丹尼斯共同创作了电影剧本《白色物质》,影片由曾两次夺得威尼斯影后的法国女星伊莎贝尔·于佩尔主演。

恩迪亚耶其他的作品还有《希尔达》(1999)、《我所有的朋友》(2004)、《绿色自画像》(2005)、《拼图游戏》(2007)、《大人们》(2011)、《害怕你的缺席》(2014)等。

有评论家认为,她和让·艾什诺兹一样,属于给人带来麻烦的作家。她不遵循任何既成规则,却通过独特的文字告诫读者,理解世界的必要,就是不要把世界看成是一台和谐的、遵循理性的机器。

这一部《女大厨》(*La Cheffe*)是一个贫穷女子的个人奋斗史,它的副标题是《一个女厨师的故事》(*Roman d'une cuisinière*)。在小说中,女大厨的故事是通过她的一个徒弟,也即她的追求者之口叙述的。从这位男厨师前后颠倒、插曲交错的讲述中,读者得以慢慢地了解这个没有姓名(只是在小说的最后,读者才知道了她叫什么名字),人们只叫她"女大厨"的人是如何在社会的底层奋斗的,她的日常生活又是如何只作为她对烹调艺术孜孜追求的陪衬的。

女大厨除了善于做菜,没有其他的才能,她除了对厨艺的追求,也没有别的嗜好,她的日常生活极其简单,没有任何可以互相利用、互相依靠的社会关系,也不懂得商业社会中的买卖与竞争,只有当她碰到赏识她价值的东家时,她才有发挥才华的余地,但也只是作为一个"女大厨"而显现其烹调技艺而已。

女大厨尽其一生所追求的烹调艺术,不是"食不厌精、脍不厌细"的那种奢华与精致,而是与大自然的和谐,质朴元素的提取。在她生命的最后一刻,她是这样来总结她的厨艺经验的:

> 当我幸福地轻轻叫喊了一声,说我真饿了,女大厨挺起身来,伸出胳膊指了指母鸡,鲜嫩的蔬菜,还有已经成熟的樱桃。
>
> 她对我说,饭菜就在那里,简洁,精彩,完美。
>
> 我们能够想象每一种元素的滋味,恰如这些混合元素。她恐怕永远都发明不出比这更简单,更美的东西了,还有我们的酒,这美味的格拉夫白葡萄酒,足以配得上我们的午餐,而这午餐,她带着一种痛苦的严峻说,将构成她那职业生涯漫长仪式的桂冠。

女大厨也有弱点,而且是致命的弱点:她无法与社会融合,与时俱进,她继承了一生贫穷的乡下父母的勤劳吃苦的品质,这一点充分体现在她日常生活的简朴与单调中。但她也有大手大脚地乱花钱的地方,那便是无休止地给她远在他国的女儿寄钱,而她对女儿的过分宠爱也差点儿引导她走向自己餐馆的破产。她生命中几乎没有爱情生活,太年轻时就糊里糊涂地生下了女儿,却不懂得如何养育,如何教育。她对男徒弟,即小说故事的叙述人颇有好感,却把爱情的窗户向他关得死死的。

《女大厨》通篇的叙述结构,完全是照着叙述人思维的流动而展开的。这位故事叙述人是女大厨的一个徒弟,比女大厨要小二十多岁,而跟她女儿年纪相仿,他暗暗地爱着女大厨,同时也很清楚,自己再怎么努力也得不到女大厨全部的爱。因为,他知道,那不是"一个男人和一个女人之间的爱",而是"一个母亲对一个小男孩的爱",而且他对烹调技艺的熟练,也能帮她在厨艺上的探索精益求精,日趋完美。后来,他稀里糊涂地跟女大厨的女儿结了婚,而且有了一个女儿。从故意叙述得颠三倒四、不太清楚的故事中,读者知道,最终,正是叙述者与女大厨女儿所生的孩子珂拉开了一家名叫"嘉布丽爱拉"的餐馆,而根据小说叙述人最后的交代,"嘉布丽爱拉"正是女大厨自己的名字。

而这,应该是一种象征。故人已逝,厨艺永存。

"女大厨一辈子都在干厨艺,在思考厨艺,她就是为厨艺而生而长的,为让食客享口福,品甘美,自己尝遍了人间的辛酸。"21世纪年度外国最佳小说评选委员会的这样一段评语,大致可被看作这位女主人公的生活与职业,思考与追求的关系的总结。当然,在这里,我也不打算过分地展开情节结构的分析与人物心理的剖析。小说写得很明白,读者自可去读透看穿。

《女大厨》,如同玛丽·恩迪亚耶以往的不少作品,其写作风格也很有特点,且是一贯的特点。从句子结构上,很有些像新小说作家克洛德·西蒙的小说,绵长的长句,从句套从句,一个段落往往只有一个句号,翻译起来有很大难度。不过,好在我一方面早已有翻译克洛德·西蒙小说的经验,另一方面我也参考了这位女作家作品国内以往的几个译本,我发现,涂卫群和袁筱一在翻译《女巫师》和《三个折不断的女人》时,处理得各有千秋,而姜小文和王林佳的《在家里》和《季节的天气》也对我有所启发。

意识流的长句子,自然而然地增加了读者阅读和理解的难度,读者需要根据不断产生和补充的意识之流,来重新构成他(们)头脑中的女大厨生平。例如:书中某处提到女大厨开的餐馆好时光"开业于一九七三年四月三日";又比如:"一九九二年的这天上午《导游手册》给好时光颁发了一颗星",让读者想象,女大厨的餐馆兴旺了大约二十年。叙述者"我"最终迎接女儿(也即女大厨的外孙女)的来到,则已经是21世纪的事了。而如此推算,女大厨则应该诞生于20世纪的50年代。

意识流的长句子,不但增加了阅读难度,也增加了翻译难度。在翻译中,我要去猜测,要根据语言的逻辑,动词的时态,句式的语态等去猜测。我不禁有些嘲笑自己,在翻译这本小说的过程中,很多句子和段落的处理简直像是在猜谜语。戏谑性地模仿法国哲学家笛卡尔的名言:"je pense, donc je suis",而说一句:"je suis, donc je suis"也很能说明问题。只不过,这里的第一个变位动词 suis 是 suivre(跟随)而不是 être (存在)的现在时。

为了更好地翻译《女大厨》,在 2017 年,我比平常更自觉地注意了几点。一是阅读各类文学中美食题材的作品,计有陆文夫的《美食家》，林文月的《饮膳札记》，新井一二三的《东京时味记》，外国作品则有墨西哥的劳拉·埃斯基维尔的《恰似水之于巧克力》，法国的妙莉叶·芭贝里的《终极美味》，米歇尔·波尔图和娜塔莉·克拉夫特的《莫扎特，请入席》。

还有那么几天晚上，我就守在电视机前，一集不落地看电视剧《深夜食堂》，只为寻找一丝丝食客眷恋美味的感觉。

再有，就是在厦门、北京等地有意识地去吃了几次餐馆。厦门的世贸大厦、中华城，北京的新世界、中粮广场，在那里寻找中餐西餐日餐印度餐越南餐泰国餐缅甸餐阿拉伯餐的眼福和口福，寻找舌尖上美味的感觉。其实，也不知道，那对我的翻译是不是真的有所帮助。反正，钱是花出去了，美味也吃到了，但口福之后，美味如何化为译文中的好词好句，也不是随口说说那么简单的。

还是让我们去读作品吧。

余 中 先
2017 年 9 月
写于厦门大学敬贤楼公寓
2017 年 10 月 18 日改定于杭州

哦,是的,当然,这是人们常常问她的一个问题。

我甚至会说,自打女大厨出了名之后,人们便不再问她这问题了,就仿佛她掌控着一个秘密,而她最终,或是出于软弱,或是出于厌倦,或是出于无所谓,将会把它揭示出来,也许是出于无忧,或是出于一种突如其来的慷慨大方,那会让她对受到该职业诱惑,同样也受到一种荣耀,一种切切实实的名誉诱惑的所有那些人产生兴趣。

是的,这当然能激发很多人,最终,她无心追求却自然得到的这一崇高声誉,他们兴许会在心里说,他们兴许会暗自想象,她会给自己留着这份神秘的澄清,他们从中看到了一种神秘,她可并不太聪明喔。

他们错了,错了两次。

她聪明得很,而且,她实际上根本就无须那么聪明,就能赢得职业成功。

她希望人们在这一问题上走错路。

她讨厌被人逼近,被人探测,讨厌被人揭开面纱。

不,不,在我之前,她从未有过贴心人,她有太多的厌恶反感。

人们频频向她提问,你们同样也很关心这问题,而每一次她都只是耸一耸肩,微微一笑,总是那一副神态,稍稍有些惊愕,疏远,真心诚意地或假模假式地谦卑,这个,人们搞不太清楚,她回答道:这并不难,只要组织好就够了。

当人们执意坚持问下去,她则满足于回答:只要有一点点趣味就足够了,这不难的,那时,她就微微掉转她那高高的、窄窄的额头,紧紧抿住薄薄的嘴唇,像是要显示出,她不仅不想再多说一句,而且她还准备竭力阻止别人撬开她的牙关。

她脸上的表情,甚至肢体上的表情,僵硬,密封,疏远,此时带有某种迟钝的、荒诞得决不妥协的东西,足以吓退任何新的问题,人们不会因自己的缠扰不休而自责,反而会认为她愚不可及。

女大厨实在是聪明绝顶。

我是多么愿意看到她乐于被人当作一个能力有限的女人!

我感觉,我们两人共有的对她精神之极端细腻的这种嘲讽般的认识,在我们之间编织出了一种我觉得非常珍贵而她也并不讨厌的连接,我也不是唯一有此感觉的人,因为除了我,还有别的人,很久以来跟她有所接触的那些人,都了解她的聪明,她的洞见,也都能猜想,对陌生人,对冒失者隐瞒她的这些优点是很重要的,但我是最年轻的,早先,当她还没想到要掩饰自己时,我也并不认识她,我是最年轻的,同时又是爱她爱得最深的人,这一点,我敢肯定。

也正如此,她觉得人们开始对她的厨艺所作的那些赞美也颇为过分。

她觉得那些赞美之词既滑稽可笑,又虚情假意,这是个文风的问题。

任何地方,她都既不看重也不尊敬夸张的风格,太高大了。

她理解种种感觉,既然她致力于促使它们诞生,不是吗,而它们在食客脸上的表达让她着迷,毕竟,她正是在这一点上孜孜不倦地努力着,日复一日,年复一年,几乎毫不歇息。

但是,要用词语来描述这一切,在她看来就很是不妥啦。

只愿人们对她说:很好,除此,她不会要求更多,尤其不会。

她似乎觉得,通过细细说明人们所感受的口福的种种原则和种种效果,比如说,靠着她的绿衣羊羔腿肉,既然,如今这是她最著名的拿手菜,是她手艺的一块金字招牌(人们并不知道,到后来,她就不愿意烹调它了,她已经厌倦它了,就像一个女歌手唱着人们永远要求她唱的同一首老歌,她已然隐约有所厌恶了,她颇有些怨恨这美味的腿肉,怨它变得比她自身还更有名,怨它让其他一些菜品默默无闻地留在了阴影中,而它们实际上让她付出了更多的劳动和心血,她也因此而为之感到更自豪),她似乎觉得,通过具体分析这一快感的不同形式,人们会公开显示出一种最微妙的亲密感,食者和女大厨的互为影响的亲密感,她会因此而尴尬不已,这时候,她就更希望什么都不做,什么都不提供,什么都不牺牲。

她没有这么说,但我知道得一清二楚。她是永远都不会说的,说出来,那就会是一种投降。

但我知道得一清二楚,当人们把她从厨房中拉出来,让她倾听一位渴望表达的顾客的夸奖时,她会躲藏在固执而又冷淡的沉默之中,那顾客会被女大厨的缄默所困惑,所妨碍,或者所刺激,得不到一个大致的回答会决不罢休,于是,为了有始有终,她就慢慢地摇摇头,从右到左,就像一个太谦虚的人,为这一波赞美而感到痛苦,她什么都不说,她羞于如此自我展示,赤裸裸地,面对同样赤裸裸的顾客,当然,顾客是意识不到自身的赤裸裸的。

随后,她的心绪就不太好了,就仿佛人家批评了她,人家是侮辱了她,而不是恭维了她。

假如我出现在这样的场景中,或者,至少,假如她想到会这样(经常是错怪我的,因为,当女大厨不得不来到餐厅里时,我会赶紧溜之大吉),我觉得她就会抱怨我,觉得她的尊严在我面前受到了伤害。

然而,我曾是那样一个,我甚至还想说是唯一的一个,但我又如何能保证自己是唯一一个呢,任何一切都无法让我改变对女大厨的崇敬和柔情,甚至连餐厅中的一场吵闹之戏也不能,有时,果真会有那么一个极端不满的顾客提出批评意见,而她则一如既往地以她高傲的沉默来对待,而此时,顾客也会摸不着头脑,以为受到了轻蔑的慢待,而实际上,她的这一沉默只是出于腼腆,不知如何对待朝拜者而已。

确实如此,比起攻击来,种种祝贺并不会更让她感到轻松。

至少,那些攻击表现得并不那么激烈,那些词语也并不刻意要钻入女大厨的心灵魂魄中。

是的,就是这样,指责只是针对女大厨所做的菜肴,所做的某一种配料组合的选择(就这样,甚至连著名的绿衣羔羊腿,在赢得如今享有的毋庸争辩的巨大声誉之前,也曾遭到某些人的指责,说是裹在外层的酢浆草和菠菜不好,他们宁可要单一的这一种或那一种,哪怕单单是甜菜叶也好),而那些恭贺则马上就流入到女大厨的赞美之词中,并从那里再进入到她假定意愿的秘密中,那种想了解其最真实的本质的渴望,那种能让她创造出美味佳肴来的唯一的渴望。

有一次,女大厨对我说了这里头的整个好戏:他们可真够傻的。

她还承认,人们所写的关于她烹调技艺的三分之一内容,她都不明白,这在那些人的头脑里更是印证了自己的看法,认为她不是聪明人,认为她是碰巧了才成功的。

是的,他们认为,司管烹调艺术的顽冥的、苛求的神明,赶巧看上了这个不容易打交道而且稍稍有些傻的小个子女人,附身于她,让她成为了厨神。

如我已对你们说过的那样,她受到了不开玩笑的严肃评判,而她摆脱了。

她可不是那种人,由于装白痴装多了,自己也就变成了白痴,因为他们忘记了,那首先只是一个角色,不,这一人物只不过让她变得更狡猾,更狡黠,兴许还难以觉察地恬不知耻,这个我不清楚。

她残忍,她粗鲁,然而我总在想,这个年轻姑娘既贪心于取悦和诱惑她的世界,同时却又躲在门后,满足于悄悄地隔墙谛听食客们心满意足的喃喃细语,看他们津津有味地品尝她想象和烹制的佳肴,我在想,这个追求真情友谊,温和宽厚的孤独姑娘,就隐身在女大厨的胸膛之中,她偶尔也伸个懒腰,猛一下异样地装扮出女大厨的脸,克制住她的话语,让她自己也惊讶不小。

她常常向我显现一张温柔的脸,她满怀信任,我却得不到什么好处。

无论如何,她野心勃勃,是的。为什么不是呢?

她想成为某个这样的人,但那只是心中的想法,毫不客气,也丝毫不用说出来,成为某个让人忘不了的人,即便到最后,人们也难以一见其面。

她想在食客的记忆中留下一段令人眼花缭乱的回顾,如此的非凡,以至于当他们竭力回想,一个如此诱人而又忧郁的形象,一个如此像一种一去便不复返的幸福的形象,究竟会来源于哪里,那时,他们脑子里留有的只是对一道菜的回忆,甚至只是这道菜的名称,或只是一丝香味,或只是一只乳白色盘子之上清清爽爽的三种颜色。

她的真名实姓,女大厨希望人们不再回想起,她那轻易不露的真容,她希望人们永远都不看到,永远都不知道她是苹果脸还是瓜子脸,是小巧玲珑还是雍容端庄,不知道她的身材是丰满还是苗条。

这是不可能的。为塑造其传奇而工作,这本不是女大厨的自然秉性,也不是她的内心倾向。

她并不掩掩藏藏,即便她并不喜欢抛头露面。

她一会儿做这个,一会儿做那个,她跟她的雇员一起在餐馆门口摆姿势拍照,为一份地方报纸提供照片,在这张由美食专栏记者拍得不怎么地道的照片中,女大厨因一个玩笑而开心得笑容满面,那是她背后的助手出其不意地开的一个玩笑,她在正午的强烈阳光下微微眯缝起了眼睛,那种神态,那种奇怪的心满意足的漫不经心,俨然一副家中母亲的样子,因卓有成效的多产多育而刚刚赢得奖励,倒不太像是我们全都认识的那位不屈不挠、威武严厉、绝对守密、有时又神秘莫测、不可思议的老板娘。女大厨的这张照片如今成了最有名的一张,现在,任何一篇写到女大厨的文章都会配发这张特写的欢快而又俏皮的脸,仿佛那才是女大厨的真正脸容。

我向你们担保,再也没有比这更假的了。

另一方面,因为她也并没有什么策略不策略的概念,当需要在餐厅中跟一些尊贵的顾客,一些政客,一些演员,一些大企业的老板共同合影时,女大厨就知难而退,人们就会记恨她,觉得她有些狡诈,或者有些傲慢,总之,不太友善吧,而实际上,她不过只是有些许猖狂,还有些许腼腆,些许疲惫而已。

我敢肯定,假如她接受了,顺从了,展露出她那张如此疏远,如此别扭,死命地封闭在她复杂内心中的脸,那么,这些照片一定会见证一种真相,要比她那么淘气地出现在《西南法兰西报》上的照片还更实在。

此外,她也不喜欢这张照片,并非因为照片上她的表情连她自己都认不出来,毋宁说那是会令她喜悦的一种样貌,因女大厨会想方设法就她自己的话题搞乱线索,而是因为她担心,这一如此不着调的形象会让人以为,摄影师成功地捕捉了她真正的本性,并让一些人心生希望,相信他们自己也同样能发现这种本性,甚至,他们还能说服女大厨,她就是那个样子的,她基本上就是这样一个爱笑的、宁静的、富有母爱的、很阳光的女人,一个连她自己都不怎么了解的女人。

人们对她无论是不识真相,难辨面目,还是一味认定可亲可爱之类,她全都无所谓。

她只是拒绝别人找上她,稀里糊涂地沉湎于那种荒唐的介绍中,她可不愿意跟那些人聊天,他们总是尝试着让她那放荡不羁而又波澜不惊的形象显示出来,把她推入到她从未待过的,她也无言以对的壕沟中。

无论她的私密肖像是真实的还是虚假的,她都不愿人家来管她的闲事,不愿人家通过种种借口,例如照片,来对她感兴趣,甚至来惦念她。

她就那样。总而言之,我相信她就那样。

但是对我,女大厨隐藏了她个性中绝大多数的重要特点。是的,人们能理解这一点,既然我是她的雇员,而且,我们之间的年龄差距,至少跟我们之间的社会地位、生活阅历的差距一样大,甚至还有性别的差别,假如你们愿意考虑它的话,尽管在我看来,我是个男人这一事实,在我竭力想做的与女大厨心心相通方面,从来就不是最关键的,我也从来不把它看成是一种不便的劣势。

正相反吗? 很有可能。

我还更加努力,我从来就不认为,我以为感受到的,猜想到的,破解了的那些,都是显而易见的。

是的,假如我要对你们讲一讲另一个男人,那就是可能的,那我就有可能会依照我自己在相同环境中的行为来分析他的行为,这兴许会是一个大错误,不是吗,因为我现在知道了,以我对某些情感的感受方式,以这些情感的本身性质,我跟绝大多数男人都不同,而我也早就深深地进入了女大厨的内心中,即便她是一个女人,即便她年长我两倍。

请原谅我的这番大言不惭,但我想,我天生富有某种细腻的精神。

总之,这就是女大厨心中所猜疑的,她试图把我驱走,远离开她,但白费劲。

人们没有任何办法来否定一个热恋中的人的忠诚。

那假如她接受呢,假如她顺从呢? 是的,当然,她也爱我,以她的方式。

你们不怀好意地窃笑,你们会问我:一个女大厨的童年会是怎样的? 你们会猜想,我没有抓住要害,你们认为我教养不够。

你们猜得很有道理,我在学校里真的没学什么东西。

我一走进教室,就会感到一种莫名的焦虑在压迫我的膀胱,另外,更麻烦的,它会把我好不容易送进脑子里的东西通

女 大 厨

通从记忆中赶走,头一天在家里好几个小时的用功就白费了,那可是充满了焦虑与渴望的好几个小时啊,一心想要好好干,争口气,不让人指摘,然而,一进课堂,就这样,短短几秒钟内,我死记硬背换来的珍贵成果就消失得无影无踪,大厅中的唯一气味,汗水味,皮件味,灰尘味,粉笔味,就把我的脑子变成了氢气球,一旦我身上有一种运动给出准许,它就随时准备从我的脑壳中飞走,而这一运动,我了解得很清楚,我还无谓地想要抑制它——正是它,当老师用目光寻找着该问谁问题时,让我这整个小小的人都蜷缩起来,不寒而栗,大气都不敢喘一下,我活像一个罪人,一个无赖,根本就无法大胆地承载起自身的懒惰和厌烦,这时候我特别想大声叫喊:我全都知道,我能回答所有的问题!而就在这同一时刻,那个气球升起来了,穿越了玻璃窗,飘上了秋天的天空,跟所有那些在它之前逃出来的气球,我的记忆、我的努力、我的聪明的气球去会合了,只在椅子上留下了我真身的躯壳,又消沉,又细小,又愚笨,又可怜。

绝大多数时间,我都一个人独自过。

自从女大厨走后,我更是过得越发孤单,尽管我在滨海略雷特①的公寓单单一个星期中接待的人,就要远远地多于我在梅里亚德克②的单套间中好几年期间见过的人,尽管如此,我还是深深感到孤独,同时也深深满足于这一环境。

我结交了人们在这里很快就叫作朋友的人,对于这

---

① 滨海略雷特是西班牙加泰罗尼亚地方赫罗尼省塞尔瓦县的一个市镇,为布拉瓦海岸的主要度假地之一。
② 梅里亚德克是法国城市波尔多城内的一个商业街区。

一特殊种类的朋友,我从来就没想过要说任何知心话,因此,我对他们来滨海略雷特过日子之前的生平也几乎一无所知,我是他们中的一员,尽管我要比他们都年轻得多,他们很看重我,因为我跟他们很相像,我也很乐意看到他们,跟他们一起没完没了地喝开胃酒,就在他们家的平台上,或在我自己家跟他们家一模一样的平台上,就在从底部被照亮的波光粼粼、五光十色的游泳池之上,我很开心地待在那里,因为他们并不期待我任何什么,只求一种舒心的交际,而我们之间,谁也不希望用种种故事来困扰我们的记忆,而假如我们生活在法国的话,就会感觉我们不得不那样做,奢华的流亡用一种温馨舒适的奥秘紧紧裹住了我们。

我大量地阅读,我甚至还想我很有教养,就如人们以前说的那样。

我不再下厨房做饭,此外,我也从来没为我自己下厨房做过饭。

当然,女大厨对我讲述了她的童年中她想让我知道的那一切,但我们大家何尝不是都那样做的吗?

我很熟悉她的女儿,她曾给我描绘过某些地方,为我明确过某些事件的意义,尽管这女人偶尔也回顾一番女大厨以及她自己的往昔,却也只是为了展示一下,在任何阶段,任何地点,她受损害都到了何等程度,我从这母女俩身上分别收集到足够多具体而又雷同的因素,得以真实地重新描绘出女大厨生活中我不太了解的那一阶段。

首先,我想肯定这样一点:女大厨的童年并非很不幸,跟那些只相信事实和日期的人所能事先预料的正好相反,这并不能说明什么,几乎什么都说明不了。

你们也相信这个吗,相信她从一出生起就饱尝痛苦?

对她那种压根不顾事实与日期,而一味感受那种种现象的方式,你们又会做何感想? 如今的年轻人,长在舒适的环境中,拥有良好的教育,父母刻意让他们了解生活中的一切,同时却不让他们体验任何的艰辛,如此的年轻人应该会觉得这些现象又可怕,又过时,又不公正,又无法理解。

我并不想说它们就不是这一切,情况还要更糟糕。

很可能它们就是这一切。

但是,假如女大厨面对这些与她有关的事实时体验到了其他情感,那么,不敢尝试以对待她的那个水准来审视我们自己,对于她难道就不会是一种居高临下的慢待吗?

她恰恰经历了我们所说的那一切。

因此,既然女大厨在她无疑很贫穷,甚至还很悲惨的整个童年期间找到了众多机会,得以苦中作乐,甚至可说是自视幸福,就像一个无比健康的小动物,与周围环境极其协调,根本就不寻求做什么改变,那么,我们就应该相信她,很简单,不要去羞辱她,猜测她用一种无中生有的快乐文饰了她最初的那些岁月。

你们会对自己说,我也一样,之前我也曾对自己说过:在一种如此的背景中,根本就不可能真诚地回忆起自己还是一个快乐而又充实的孩子,我自己,我就不会是这样的孩子,我会怀着痛苦回想起那段时光,那时,我必然会体验到这种痛苦。

因而,这样的一个孩子是不会存在的,而女大厨究竟是在撒谎,还是搞错了,这就没什么区别,无所谓啦。

不,根本就不。我敢肯定,她始终在说实话。

该由我们来努力地达到这一点,进入这一幸福中,一开始,这也是她的幸福,而这,我们是那么难以想象。

是的,几乎令人感到愤慨。

毕竟,我有过美好的童年,女大厨在谈到圣巴泽尔①时是这样说的,她是在那里度过了生命中最初的十四年岁月,在那里,他的父母受雇做农业工,东一家干干,西一家干干,一直把她带在身边,一旦确信逃避了东家的目光,就会让她也干一点活,而当时,法律已经规定禁止雇用童工。

她跟他们一样,在地里挖甜菜,或掰玉米,只要听到母亲发来一记暗号,她就立即扔下手中的活,假装在玩耍,生怕有人过来会发现并揭发。

是的,女大厨诞生于"二战"后,在1950年或1951年,我从来就搞不确切,尽管我做过相关的研究。

我曾前往圣巴泽尔去看过那栋小房子,女大厨承认在那里度过了生命中最美好的日子,尽管她后来从来都没有回去过,尽管她始终都小心翼翼地避免任何一点点绕弯,生怕会再次看到它,就像那一次,我们俩驱车从波尔多前往格里尼奥尔②,前去一个声誉日隆的饲养场购买肥鸭子,当时我就建议女大厨从圣巴泽尔那里绕一下弯。

一时间里,她一声不吭,拖的时间是那么长,我便再次重复了我的建议,心想她也许没听见,我相信,我当时是激动万分地说的话,是那种有所压制但又颤巍巍的激动,是那种毫不怀疑自己想法好得很的幸福而又自豪的人才会有的激动,我朝女大厨瞥去一眼,对自己很是满意,我是如此迫切地想取悦她,想满足她的一切,我如此渴望为她带来哪怕是最细微的

---

① 圣巴泽尔是法国洛特-加龙省的一个市镇。
② 格里尼奥尔是法国吉伦特省的一个市镇。

快乐,哪怕那会损害到我自己,我是说,会损害到我即刻的快乐,我反正都无所谓啦,因为,当时,我的幸福只会从女大厨那里而来。

我们一离开波尔多,驶上国道之后,她的脸上就显现出了一种非同寻常的泰然宁静,我看到,她的脸阴沉下来,甚至,还有两条细细的皱褶愤怒地写在了嘴边。

那个十一月的上午,天高云淡,阳光明媚,碧空清澈透亮,银白色的光芒让女大厨的脑袋扭转过去,她那向后梳去的头发在后脖子上绾成一个结结实实的发髻,她的脖子又长又直,光滑而又紧凑,恰如山毛榉的幼嫩树干,我随即生出一种感觉,仿佛女大厨并不在我身边的副驾驶座上,留在那里的只是她简单的外表,没有质感,没有肌肤,没有生命,然而却又可爱,而且庄严呆板,就像在我梦境中常常显现的那样,或者,就像在我每天的工作后,独自一个人回到卧室里后想象着看到了她,感觉到她就在我身边时那样,那时,我孤独一人,却又并非真的那么孤独,因为感觉有她。

一个很紧实的发髻,是的,几乎在折磨她那可怜的头发,被如此紧压之后,就变得细腻,单调。

她从不做其他发型,这依然是《西南法兰西报》上那张可咒照片的效果,你们一定会很惊讶,因为,人们看到她头上有一片柔软的褐发之云,它似乎不是在围绕或包裹她的脑瓜,而是在微妙地削减这脑瓜的某些部分,而那张照片,恰如我曾给你们解释过的那样,被滥用于有关女大厨的种种文章,便在那些从来没有见过她的面,也从来不期望见她一面的人心中树立起了固定的形象,就此使得她的头发在太阳穴和脑门周围绽放为一道微弱的光环,而这种自由,她本来是不会给予它的,而我也不知道那是为什么,就在名载史册的那一天,当这张不太真实的照片被拍下来时,她把它赋予了它。

不,那张照片上没有我,我那时还没在女大厨那里干活呢。

但是我知道,她总是把头发盘起,那并不仅仅出于厨房卫生的考虑,我知道她更愿意根本就没有一根头发,而假如这在当时是可行的话,她甚至会剃光脑袋,而不是让头发丧失光鲜,或者像她所做的那样,把它紧紧扎在打结后再打结又多次打结的橡皮筋里。

她更喜欢只成为那样一个形象,由十一月份强烈而又清冷的阳光透过汽车的窗玻璃映现在我眼前,她更喜欢,让她的艺术以最简明的方式,同时也是最严格的、最中性的方式——既然必须那样——物化为一张纯真的脸。

啊,不,我还会回来的,成为一个女人,这对她可不是同一回事。我想在以后再来跟你们谈。

但是那跟脸就没有任何关系了。

她并没有长着一张女人味十足的脸,脸上的光泽冰冷疏远,带着苍白,更有甚之,假如可以这样说的话,她有一张男性化的脸。

她就是脸的一个概念,脸的一个标志,在上午公正不偏的光芒中,它在宣称:既然我的厨艺应该由人类的样貌特征来表现,那么,这些特征就能最好地表达出其中的极度简单,甚至是其中的匮乏,因为它们既不诱人,也不漂亮,更不华丽,它们超越了对美与丑的任何考虑。

所以,尽管我从来就不知道那个必然非常偶然同时也非常例外的理由,靠了它,给她拍照的摄影师得以在某一天看到了她的头发没有梳拢,是的,没错,几乎很骄傲地展露在外,尽管我从来就不知道那个理由,既然没人愿意为我说明一下拍照时的确切情况,那是正中午,在餐馆门前,那个钟点应该正是顾客盈门的时光,我敢肯定,女大厨后来会遗憾当时露出了那一绺头发,从某种程度来说,这绺头发不必属于她,她出于无奈才忍受了它,它跟她想展示给世界的这张脸的本质根本就不协调。

那时,我看到,她是何等不快地听到了我的建议,要去她度过了童年时代的圣巴泽尔做一次朝圣。

她喃喃说道,根本就没瞥我一眼,借此来柔化一下她的词语:管好你自己的事。

当然,我无法否定她说得有理,但这一下对我敏感的心打击委实不小,要知道,一旦涉及女大厨的事,我的情感就如火燃烧。

很简单,并非出于自尊心,我对她就没有任何自尊心,而是因为,在我看来,我善意的坚持应该会促使她好好掂量她回答的力度,我又补充了一句,试图抹除上一句的部分因素,我说:您在那里曾经是那么幸福,也许会很有意思,假如我们……

闭嘴,闭嘴,你不知道你都在说什么!她震耳欲聋地高叫起来,难以抑制,我能猜想她使了多大的劲,才能不让她的满腔怒火在一记愤怒的叫喊中爆发,这跟她说出来的话一样,实实在在地把我击垮了。

我嘟嘟囔囔地说着悔恨道歉的话,她则耸了耸肩膀,紧张,烦躁,因为我的错,一下子失去了这次乘车兜风给她带来的欢乐。

随后,她重又找回了这一欢乐,当我们返回波尔多,带回去三箱子美丽肥硕的鸭子,她将要想办法给它们的皮上涂一层白无花果的果酱,然后放入一个封闭的锅里,送进烤箱微火

15

焖烤上几个钟头。

但是我从来都没有忘记过那天上午她的唐突。

后来,我自己悄悄前往了一次圣巴泽尔,没有对任何人提起,我东问问西问问地问了很多人,最后好不容易在村子里找到了她小时候住过的那栋房子,我不禁问自己,她是不是害怕重新看到我眼前的悲怆景象:那简直都不是一座房屋,而是路边随随便便建起来的小破棚,就马马虎虎地建在一小块空地上,四面围着快要坍塌的铁丝网,从外表来看,肯定已经很久没住人了,玻璃窗都已经破碎,兴许是被那些往围墙上乱画乱涂的人砸碎的,尽管过了那么多年,我依然能明显看出,一栋如此的屋子,为一个八口之家(是的,女大厨有五个兄弟姐妹)遮风避雨的地方,明确地把这一家归为全村最穷的人家之一,甚至就是最穷的那一家,尤其因为,女大厨曾偶然告诉过我,说她父母还只是租人房子住的,而就在这方小小的地块上,一块几乎寸草不长的路基地上,她母亲还打算努力开辟一个果园。

女大厨兴许会很尴尬、很羞愧地为我指点那座房屋吧?

不,对任何不该由她负责的一切,女大厨从不羞愧,此外,在我当时的那把年纪,我于她只不过是个无足轻重的毛头小子,她根本就不会在意我的关注或者我的情感。

我宁可这样想,面对如此明显的她父母亲不幸与灾难的形象,她害怕自己会生出怜悯之情。

因为,女大厨说过的,她的父母始终就知道,始终就坚持,不是要在孩子们眼中减少他们考验的数量和规模,而是要教会他们,把这些考验看得并不像圣巴泽尔的邻居和教师所代表的常理所说的那么要紧,就是说,不像他们说的那么严重。

就这样,女大厨总是能用她父母健康的乐观主义,来对抗那些怜悯的话语,轻蔑的或者反感的目光,那种乐观主义便是他们自己表现出勇敢顽强、不畏艰难的方式。

他们总是期待着事情会安排妥当,很简单,当它们不变得越来越坏时,他们就觉得自己还是有道理的。

女大厨是那么地爱她的父母,那么满心嫉妒地维系着对他们的回忆,而她劳累了一生的父母也永远不会被可怜(或者受到一种普遍意义上的,并不针对他们,也不触及他们的怜悯),所以,当她在圣巴泽尔的小棚窝面前感受到,或者说情不自禁地感受到一种可怕的悲悯时,尽管她的怜悯远不如我面对这一大堆烂木板时所感受到的怜悯,她恐怕会想,他们的记忆中会缺了她,她的父母就是在这破烂木板中完成了壮举,为她创造了一段灿烂辉煌的童年,或是一种灿烂童年的幻象,是的,但这难道不是同一回事吗,虽然事情涉及的不是什么别的,只是回忆。

据我所知,她的兄弟姐妹从来就没有谈到过这一阶段。

那是一些很封闭保守的人,不会通畅流利地表达,此外,他们从来都不会自由地坚持说出一种与女大厨不同的话语,毕竟,她是兄弟姐妹中唯一一个成功者,挣了大钱的。

尽管他们都更年轻,却全死在了她之前(除了英格丽特一个人),他们中有两个是自杀的,女大厨没有提他们的名字,她又能做什么呢?

她又能做什么呢,以她所拥有的劳碌命,几乎没有休假日,以及既不标出节律,又不陪同伴随,却真正成为其存在之物质本身的种种忧虑,更何况她还是一个达到了相当高水平的女厨师,她又能为他们做什么呢,还不是被催逼着一年里一两次打听他们的消息,借给或送上一些钱,始终在地理上和伦理上跟他们保持一种远离,出于所有这些理由,以及兴许还有的其他理由,她不被准许尝试着深入打探问题的确切本质,打探是什么问题在推动他们恳求她的帮助,而弟弟妹妹中最年轻的两个甚至还选择了解脱,一个跳到火车底下,一个上吊,我想是这样的吧?

她从来就没有对他们袖手旁观,再说,她也从来就没有抛弃过任何人。

但是,她又能为他们更多地做什么呢?

签署大额的支票给他们,那不已经很好了吗?

他的弟弟妹妹从不强求什么好处,也不要求任何理由,即便,想平平安安地远离连续不断的、令人痛心的、不可解决的麻烦的那种意愿,为她规定了一种如此的分寸感,他们也什么都不知道,他们不会别的,只会尽情地享受她对他们的那种如此秘密如此挥霍的奉献。

他们从来就不可怜,他们。当然不,他们本来会是很傻的。

你们都听说过女大厨的女儿亲口肯定却又不太清楚的那些事吧,由于情况总是这样,你们最好还是相信那个诋毁者,而不是尝试着在她的沉默中辨听出那样一个饱尝批评的人。

等时机成熟,我再跟你们讲吧。

女大厨从来没有夸口自己给了钱,她也从来不会承认这一点,以确保她的辩护,让人们什么都不知道,让人们相信她很坚硬,相信她缺乏亲情,总归对她会更有利,或者也会少一点麻烦。

让人们搞错她的情况,什么都不来问她,这对她才算合适。

竟然是她的亲生女儿诱使所有人弄错,为我不知道的某种冒犯复了仇,这应该大大地伤害了她,是的,致命的,我想。

但是,这个女儿,生活本身摧残了她,她只是一个牺牲品,生下来就得受苦,现在依然是,而且永远都是。

她没有一丝勇气。她太自爱。我以后会讲给你们听的。

无论如何,恰恰是因为女大厨死命抑制自己,不去再看一眼圣巴泽尔她家的老屋,生怕会在自己心中背叛她父母亲勇敢、端庄、开朗的形象,我才要以一种特别的方式为你们重新描绘她的童年,那样,我心中就不会有丝毫背叛她的感觉,因为她对她父母有着一种如此的感激之情,感谢他们把她在欢乐中养大。

当她有时间上学时,她就去,但很不规则。

要知道,那就像是在服一次劳役,而她为父母完成的劳作,尽管那么磨人,那么单调,却总让她充满了愉悦,让她觉得自己有用,因而生气勃勃。

是的,很可能是这样:她坐在教室里,心里想着父母,想他们这一刻正被迫丢弃她,更艰辛、更长时间地劳动,使她能懒洋洋地待在学校里,以求获得鬼知道什么东西,既然她常常无法看到,人们教她学的那些东西有什么用,是的,很可能就是这样,她远离父母,处于那样的情景中,感到学校实在没意思,反感它,尤其是,她绝望地感到,老师们尽管很努力地爱她,用在一些人身上成功的,在她身上却不成功,她总是一副敌对、厌烦、执拗的神态,而她的父母,则那么勤劳,但又那么怪异地无忧无虑,满足于一切,既不傲慢也不卑微,而是,可以这么说,说不清道不明的无谓。

她希望有人爱她,比爱她父母还更爱她。

在这点上,她宁愿给出自身最好的东西,甚至,给出隐藏在她身内的某个最好的人,她那还从来没有表现出来过,她应该还不知道其秘密的潜力，直到她发现了厨艺。

不，没错，她会不带丝毫痛苦地忍受不被人爱。

我认为，她不会接受别人对她父母既不友好也不赞赏的态度，少有的那几次她父母被老师叫去学校里，也让她很是受不了，因为他们个性中闪闪发光的极端特色，没能立即止住老师一心想说给他们听的很忠言逆耳的批评，那些意见从老师的嘴唇上流出，就仿佛他面对的是粗心大意、粗暴贪婪的家长，根本就不知道自己孩子的能耐，或者根本就不把他们挂在心上。

他们什么都不说，他们离去时带着过来时同样的神情，履行了自身的义务，服服帖帖，但油盐不进，退出了学校，退出了任何教育机构，是的，表面上屈服了，因为他们都是非常安分守己的人，但从根本上说，又是不可动摇地倔强，而且自己还意识不到，就像两头小毛驴，收敛于它们神秘的矜持中。

而被她父母亲的贫困外表所掩盖的可敬之处，女大厨心里想，其实只要有一个教师意识到就足够了，就可以引导她，让她在课堂上也像她在农田里帮父母干活时那样来用功，体现出同样的勇气，同样不知疲倦的聪明，同样的手法，要知道，从她很小时起，她就发明出了各种各样的正当办法，来减轻因采用一种糟糕的劳动姿势久而久之肯定会导致的疲劳或疼痛。

但是，由于学校里从来就没有过一位代表夸奖过她的父母，也没有人认定他们说过什么糟糕的话（关涉到女大厨多次的旷课以及她自己撰写并署名的异想天开的谦辞，而根本就不怎么考虑会给他们带来麻烦），她由此就把自己看成为老师们、女校长，以及包括学生在内的所有那些人的敌人，他们把学校这一世界当作真理和正义的世界，而绝不承认她父母那个奇特世界的真理和正义。

当然,是的,换作今天的时代,女大厨肯定就会频频光顾学校,她的老师们也会以开放的心态,不带成见也不带怨怒地接待那些谜一般的家长,他们会发现一种坚韧不拔的恒心和善意,而女大厨的父母,尽管还有种种不足,正是在这种恒心和善意中教育着自己的孩子,老师们还会试图就和他们这样当父母的水平,就和这一固执的、野蛮的,然而又是极端平和的生活于社会中的方式,他们还会尝试着钻入这一切之中去,觉得那当真不错,从而得到教育,甚至得到成长,而女大厨,假如她表达出对学校的兴趣,假如她接受成为其中一部分,她也不会有什么背叛父母的感觉。

是的,但当时情况并非如此。

从十四岁起,她彻底停止了上学,她会阅读,但不怎么会书写,她懂得计算,自然是因为对数字有天赋。

她的父母后来到一个农户家里干活,在他的介绍下,他们把女大厨送到了这个先生在马尔芒德①的一个亲戚家,当时正值隆冬季节,他们一时间里很难找到雇主,没有活干,正好,另一方面,马尔芒德的那些人也在找一个小姑娘做用人,于是,女大厨就去城里谋生了,发现新生活的同时,她也发现了一个陌生的家庭女主人的怪异权威,还有一种对她来说全新的跟另外两个受雇者的莫名其妙的关系,一个女厨娘,一个男园艺工。

说到这两人,几十年后,女大厨情不自禁地含着微笑说:他们待我可狠了。

她重复着,这个句子她总是会说上两遍,但是,说到第二

---

① 马尔芒德是法国洛特-加龙省的一个市镇。

遍,那一丝走样的微笑就会消失,她的嘴唇会朝下弯去,露出一副庄严的神态:啊,他们待我可狠了。

很长很长时间之后,我才了解到克拉波夫妇家的女厨娘和园艺工让女大厨忍受的种种苛刻待遇的确切本质,我得向你们承认,鉴于无知,我那切切关心的戏剧性的想象力为我再现了一个年仅十五岁的小人儿,处在这样一种情景中,一个小女孩纯粹的被强暴要由故事的主人公们,由牺牲者自己来讲述或回忆,带着宿命论,作为一段走向成人生活成长阶段的必要成分。

是的,我想到:当我们说到人们待她可狠了,那可真的是在说她,十四岁半时就被强暴了,我对克拉波家的女厨娘和园艺工是那么愤恨,我真的会从事某些调查,来查出他们,抓住他们的头发,让他们罪恶的嘴脸现出原形。

是的,我就是这样的,兴许有些荒唐,但尤其苦于没能保护好女大厨,从一开始就没能够,从汽车把她连同她那只可怜的硬纸皮行李箱从圣巴泽尔捎去马尔芒德的克拉波家的那一刻起,从那时起,她就鲜灵灵地落入了所谓生活艺术的贪婪、腐败、谎言、虚伪之中,向来,她都被父母亲包裹在一种他们都很适应的纯洁无瑕的氛围中,但他们根本就无从了解它,只觉得它如他们呼吸的空气那样自然。

不,这一番为寻找他们罪恶踪迹要做的调查,我没有实施它。

那是因为,鉴于我这方面谨慎而又固执的问题提得多了,女大厨最终也就把她在马尔芒德的生活对我和盘托出了。

她什么都无须隐瞒,这么多年来,她早就很清楚,我对所有这一切是何等感兴趣,这当然有好处,但也并非只是如此,因为,有所觉察但又不太明白,她对自己无法深刻理解的东西会疑虑重重,该对我说什么,她早就深思熟虑过了,而不该说的当然不会说,有时,她宁可闭嘴不语。

但是,她毫不迟疑地就告诉我,克拉波家的女厨娘和园艺工根本就不把她放在眼里,假装根本不在意她的在场,即便那个女厨娘还跟女大厨同住一个房间。

不知两个人是不是串通好了,他们决定让他们的目光只隐约围绕着她的身影,而从不落到她身上,也不从她身上穿过,以至于她仿佛觉得自己变成了一堆死肉,就跟思维之波一样非常碍眼。

他们不跟她说话,由于克拉波夫妇没有习惯直接跟仆人们说话,除非是要训斥或者嘱咐,女大厨不得不养成闭口不语的习惯,而她在自己父母那里,总是有权利哇啦哇啦说个不停的,因此,她一开口,总能施展某种孩童般的虚荣心,以她那滔滔不绝的长篇大论的能力,来给话语不多交流困难的这一家带来娱乐和愉快。

你们会问我,你们也会自问,克拉波夫妇家的女厨娘和园艺工究竟出于什么理由故意要把家中新来的小女仆看成一个沉闷的障碍,他们怎么可能就意识不到她只是一个孤苦伶仃的孩子,刚刚脱离只有她一个人才熟悉的那种温暖的保护性环境,你们会问自己,你们会问我,他们为什么要显现得那么坏,毕竟,在女大厨与他们之间是不可能有任何一种竞争关系的。

实际上,恰如后来证实的那样,克拉波家的女厨娘对这个小人儿的敌意并非没有道理,为了安顿小姑娘,她不得不让出了本来就已很狭窄的房间中的一块地方。

只不过她根本就没有办法知道这一点,当女大厨进入克拉波家的大门时,根本没有办法知道她有没有错。

但是,她是不是感觉到了呢?

我不知道。女大厨不知道。

他们有什么要对付我的,一开始?她这样对我说道。后来,我明白了,但一开头……

女大厨是不是有某种神态使得她令人不开心或者令人起疑心了呢?

在克拉波夫妇那再庸腐不过、再小家子气不过的家中,她是不是带来了早在其父母家中,甚至在其父母的脸上就已大占上风的那种毫不妥协的纯真?女大厨早已对我这样说过,而很久以后,当她在她的回忆中兴许夸大了其父母的细小纯真(我不敢肯定,我实际上什么都不知道,我根本就不认识他们)的同时,她带着越来越多的困惑,几乎,还带着绝望和欣喜,质问道,是什么让一种如此纯真,一种如此的生活之欢乐变得可能,毕竟,她是生活在那样一些人的家中,从根本上被剥夺了构成他人幸福的那一切。

她,女大厨,是不是在不知不觉中,在无愿无望中,让这种不可忍受的正直稍稍进入到了克拉波的家中?

人们是不是还在她的脸上看到了曾以持久的方式平静地映现在她父母脸上的那种真诚?

我不知道,女大厨也不知道。

应该注意到,克拉波夫妇本身对女大厨总感觉有些别扭,尽管,这一点很重要,她的表情,她从父母那里继承来的表情,是从不做测评的那一类,以至于他们因她在场而感到的别扭,并不是来自一种让他们以为是针对自己的严肃评估(这反倒会让他们觉得彻底无所谓),而是来自于一种新的叩问,这张孩子脸的特别表情迫使他们对他们自身的正直,我是说,对他们自身正直性的缺少或缺乏有一种叩问。

我说的不是金钱，甚至也不是行为，我说的是心灵的正直，我说的是有一颗正直的心并且能感受到它这样一个赤裸裸的事实。

感受到它，却并不知道，因为骄傲的心并不应该有干涉此事的任何可能性。

由此，女大厨总是想到，她的才华和她的本能，还有她那非凡的职业生涯，剥夺了她那时候的面容，她总是想到，她的成功和她的抱负把她远远地带离了她父母居住的纯真岸畔，她总是体验到艰难，还有一种强烈的忧伤。

在克拉波家的生活，一方面充满了冰冷的敌意，另一方面则是枯燥和尴尬，很快就变得难以忍受，在六七个星期之后，她就决定逃走，返回圣巴泽尔，她一刻都不怀疑，父母一定会给他一个温柔的欢迎，会善解人意地听取她的诉怨，她的不幸。

她想象着简简单单地继续那被一度中断了的原先勤勉而又开心的生活，在克拉波家的小住实在是毫无价值的一段插曲。

但是，当她取道国道远离马尔芒德，走在公路与边沟之间的青草带上，看到天光渐渐黯淡下来时，她越来越清楚地为自己再现每年这一艰难季节中此时此刻父母家内部的情景，她看到他们俩在三个冷冰冰的小房间中走来走去，她父亲，无所事事地游荡在那么狭窄又那么拥挤的住房中，东碰一下西碰一下，显得身子太高太大，太笨重，而她母亲则忙于给最小的孩子喂奶，尽管她自己，女大厨想，是那么瘦弱，那么缺乏营养，恐怕都会自顾不暇，她清清楚楚地看到了眼下这一刻家中发生的这一切，她的不在也改变不了什么，她看到了一切，心思渐渐地变得沉重，而脚步也渐渐地慢了下来，她明白了，她在这一生活情景中已经不再有位子了。

她离家后腾出的,而她弟弟妹妹立即用他们被逼压的、充满张力的年轻躯体占满的空间,她是不能允许自己再去占据的,即便她能成功地钻入,她也不能允许自己那样做,此刻,她像做梦一样,一动不动地待在了公路边,远离着圣巴泽尔,远离着她回想起的在圣巴泽尔的美妙生活,并非被还得在黑暗中走完的路程所隔开,而是被那种出乎意料的想法,想到她父母见她返回家中会不由自主地产生一种十分矛盾的情感。

这是女大厨第一次大胆地猜想到,她父母会有十分矛盾的情感。

哦,我想她一定是弄错了。

如我想象的那样,他们会默默接受自家女儿的回归,他们不会问什么问题,不会做任何指责,他们会立即忘记马尔芒德,还有克拉波一家,把它们统统忘到脑后。

但她无疑想得更美,她想给他们来一个惊喜,让他们为她远远地逃离克拉波的家而感到幸福与自豪。

他们又怎么会那样呢?她在公路边突然这样想,无法走得更远。

在她看来,她离家前往马尔芒德的正式理由总是可忽略的,而且,从某种方式说,根本就配不上她对他父母的狂热崇敬,她突然觉得,克拉波一家付给她的微薄工钱当初一定是说服了她父母,相信让她离开圣巴泽尔是很有益的,那好处并不是,如她一厢情愿地相信的那样,能生活在城里,能获得一种健康的职业经验等,不是这样的,尽管在这方面从来就没人跟她说过什么,人们并没有跟她撒过谎,也没有"讲过故事"。

是的,她一下子就明白了,在黑乎乎的荒凉公路旁侧哆嗦了一阵,再也不知道应该往哪个方向迈步,然而却感觉到,她会原路折回,尚且还不知道,只是有所感觉,带一点迟疑,一点厌恶,还有一点屈从,她在外面挣得多少,吃得多少,对他亲爱的父母来说,就意味着同样多的缓解。

那么,看到她回到家中,他们又怎么会绝对地幸福呢?

一猜想父母亲会在欢乐和失望之间犯难,女大厨心中就有所羞愧,她似乎一下子就有了狡诈之心,她似乎觉得,在克拉波家的生活让她堕落,让她变得含蓄,这时候,她觉得自己不会搞错,为她打开家门时,她父母将会陷入矛盾中——但这就仿佛,她自身多少有些卑劣的小聪明,远远地在父母心中创造出了一种如此的精神状态。

她不会对自己说:现在我明白了,两种对立的情感会让他们左右为难,她会奇怪地在心里想:假如我没有这想法,他们的温柔就会一如既往地明晰透彻。

因此,她很怨恨自己,以为自己一下子变得很坏。

她做了她的直觉早就告诉她要做的,她掉转脚跟向后走去,这一次很迅疾,几乎是在奔跑,生怕克拉波家的人会发现她不见了。

我们在滨海略雷特的漂亮住宅几乎就是为我的朋友们那一类退休者所专用而建造的,这些奢侈安逸的法国人,而一种奇怪地默默无闻的新生活,在簇新而又中性的四面围墙之中,似乎没什么牺牲地,没什么邪性补偿地,一下子就将他们投射到一种年轻人身上,他们不认识这些年轻人,只觉得这些人爱酗酒,隐约有些成群结队,行为不靠谱,很冷很酷,我们常常开玩笑,闹腾,我们穿着游泳小短裤,穿着几乎不遮体的比基尼,聚集在圣克里斯蒂娜海滩,猛喝白葡萄酒,我们不怕对我们小团体任何否定的评判,我们自由自在,漫不经心,执拗而轻浮,我们从来没有这么自由过,这么轻狂过。我不是他们那把年纪的人,差远了,但我们相似的生活方式,我们一模一样的公寓,使我们在这一观点上也一律平等,我忘记了,我还没有老,而且,客观地说,他们是老了,我们都很健康,我们很在意自己,我们是长生不老的,我们只在意我们自己。

她重又回归于她的小女仆的生活,忙于打扫卫生,外出采买,洗衣服,洗盘子、碟子,而女厨娘和园艺工对她的态度有了改变,他们从沉默而又残忍的敌意,滑入了一种无动于衷之中,偶尔也丢下几句干巴巴的并不确指的话,而这种态度上的改变,在她看来,始终跟在圣巴泽尔公路上发生的事有所关联:她想象了某种稍稍有损于父母声誉的东西,而这种过分的洞察力并不意味着他们不再值得她全身心的忠诚,而是说,她,她搞错了,冒犯了思想的某种纯洁性。

她心里想,她已经跌落到了女厨娘和园艺工的低劣水平上,所以他们对待她才稍稍放松了。

他们看到,无疑就在她的目光中,短暂出走而又返回后她缺失了什么东西。

他们看到,早先惹他们恼怒的某种东西不见了。

他们不断地计算,综合,预期,与她那什么都不预想却显出一种极端微妙的父母正好相反。

她的父母,为自己的贫穷而感到幸福,女大厨总是这样想。

他们认定,或者不如说感觉到,一旦走出这一早已深入了他们骨髓中的贫穷,他们就会丢失很多,女大厨总是这样想。

丢失什么呢?哦,他们身上最美好的东西。

我被这样一种看待自身悲惨的方式所激怒,在这些父母身上,或者,在女大厨对这些模范父母的印象中,有着我所不知道的什么东西,它们在我年轻时暗暗地刺激我,它们还暗暗地令我气馁。

现在,我懂得了女大厨,我很遗憾、很悲伤没能够把这一点告诉她。

但是克拉波家也同样并无意识地对她表现出,在圣巴泽尔公路边的那一番怀疑之后,她身上有什么东西已经变了,因为他们对待她时也带有了更多的自由和亲切。

总而言之,女大厨在马尔芒德远非那么不自在了,不幸福了,因为她觉得,在精神上如此地远离父母之后,自己再也不是那样了,而且相当满意,她很好奇,她想知道究竟。

随后,即便克拉波夫妇那突如其来的亲和把她打发到了被她看成心灵废墟的状态之中,随着时间的流逝,她还是细细享受了此中的温柔。

她很年轻,是的。你们知道,是她始终都在那么严厉地评判自己。

她从来只朝她自身扔石头,甚至还朝她曾是的那个孩子,但那总归是她。

克拉波夫妇已年过六旬,有四个已成年的儿子,儿子每星期日中午都带着自己的家人来吃饭,老两口还经常邀请亲朋好友来家里吃晚餐,这也证实了在家雇用一个女厨娘的必要性。

他们兴许不敢承认,他们自己也需要有人天天为他们烹调美味佳肴,因为他们都是热切而又苛刻的饕餮之徒,胃里的馋虫控制了他们,迫使他们把美食放在思考的首位。

他们体验到微微的一丝忧虑。

兴许,他们如此地邀客,只是为了在自己眼中原谅一下一种如此的挂念。

因为他们是那么的喜爱吃,因此体验到那种喜欢吃的焦虑。

必须好好地招待来客,让他们吃得正确得当,他们已经习惯于这样承认了,因为,他们毕竟不能说:我们邀请客人尤其是为了谋取经常大吃大喝的机会。

女大厨在她当时的年纪,是不是已经意识到,克拉波夫妇并不完全喜欢他们那时的样子,他们更愿意对烹调有一种更为理性的激情,而从某种程度上说,他们感到自己对吃这一行为以及吃喝中获得的愉悦已经着了迷?

我不知道。我只知道,她想方设法让吃她做的饭菜的人从来都不因为狂热地爱上她做的菜肴而感到内心受到谴责。

哦,是的,她不希望人们因为她,因为她所给予的愉悦而产生负罪感,这种情况并不少,她不希望那样。

但是,在克拉波家,她无疑还太年轻,还不懂得,这些人,那么可爱,并不太复杂的人,是在何等程度上哀叹自己有这样一个弱点,会迷上这多种多样的、令人拍案叫绝的、终生难忘的、美轮美奂的佳肴。

但愿她能明白他们每一次盛宴之后都会有的持久的悔恨,对她来说,他们对待那个女厨娘的奇特态度是越来越显明朗了,他们对她抚慰有加,同时也让她提心吊胆,他们带着一种真诚的热情在来宾面前赞扬她,而当他们与她单独相处时,他们会用一些无根据的、奇怪的、含糊不清的指责来折磨她,对此,女厨娘,内心完全懂得该如何对付,也彻底明白她应该竭力表达些什么,便会以平心静气、厚颜无耻的神态来对待:是啊,是啊,你们毕竟都已经吃饱了,喝足了,她回答他们道,只不过,她没有说出这些词来,但她让人明白就是这个意思——这都一样的,我了解了一个大概,而不是细节,我了解实质,而不仅仅只是字面上,当然,这是作数的,不是吗?

无论如何,女大厨没用多长时间就证实,女厨娘极大地左右了克拉波夫妇。

当他们因为一个无谓的借口而责备她,当他们没能在之前的那一刻当即承认(面红耳赤,结结巴巴,低下眼睛),过不久他们必定会前来道歉,或是他,或者她,而他们的整个态度就是一种恳求:请别离开我们,请忘了我们对您说过的蠢话,那不是喝了酒的结果,我们不幸从来就不会喝得太多,会从我们愚蠢的恶意之上跳出,我们会被死缠在里头,而无法迈开一种快乐的醉步从中跃出,不,那决不是习惯贪嘴多喝了几杯,我们才臭骂了您一通,而只是因为在一顿美餐后,恰如今天晚上您做的这一顿饭菜之后,我们无可救药的溃败和差池感,谢谢,谢谢了,请不要离开我们。

女大厨只管整理厨房,清扫被油腻玷污了的地砖,对趾高气扬的女厨娘与悔恨不迭的克拉波夫妇之间的对话一字不漏地全听了进去,然而,我敢确信,她并没有发觉他们来回嘴仗中的那种色情维度,而且,那女厨娘所体验的性别之胜的那种自负而又傲慢的情感,当她接着转过身去朝向女大厨,毫无欢乐却又饱含肉欲地高声喊道:我又得到了他们,你看到了,他们彻底地服了我!这里的意思,女大厨是听不出来的。

后来,当然,她就能听出来了,她憎恨这个,她应该恨它整整一生。

究竟是什么呢?哦,你们懂的。

某些食客,男的女的都有,对待厨师,无论是男厨师还是女厨师,会是这样一种方式,把他们当作一个情夫或是一个情妇,因为,他们的想象力不够,对那个精彩地满足了他们的享受和幸福的男人或女人,他们无法为自己提供此外的另一种形象。

这里头有姿势,有目光,甚至还有径直说出来的词语,不带暗示,不含言外之意,我几乎会坦率地说,它们跟性快感是那么相像,女大厨十分憎恶男女杂处,便猜疑起了种种的感谢和赞美,恰如我已对你们说过的那样,她不喜欢进入客厅,她不喜欢见食客的面。

她不喜欢让自己的肌肤接近他们的肌肤,也不喜欢看到他们的舌头,他们的嘴唇,他们饭后激动的升温。

是的,我说到了想象力的缺损,我本不该这样说的。

并不是因为这么说错了,或者因为我实际上并不这么想,而是你们会问我,这时候女大厨期待着什么样的感激方式,她到底想在什么样的概念或感觉中获得祝贺。

你们会问我这个的,是吗?

因为,即便是对一个女大厨那样的女人,整天忙着干活,东奔西跑,常常很痛苦,把自身的休息时间,以及,可以这么说,整个的私生活,家庭生活,全都牺牲在令人赞叹的厨艺的祭坛上,要是再得不到感激,这会让人无法忍受的。

她不要带有色情内涵的赞赏,或者她感觉是如此,就如我跟你们说过的那样。

她要的是精神上的,她要的是食客首先进入到一种宁静而又虚心的冥想状态,她要的是他们然后才找她,假如他们愿意的话(但她更希望他们不愿意),如同去找一场既表现得非常简单,同时又准备得十分精细的典礼的女主祭,而她,女大厨,作为主祭者,此时,因完美地组织了典仪的诸多阶段,会得到赞美,她应该因睿智的实践而受到感谢,还有赞扬。

这个,是的,是可以接受的,而且是很爽的,这是可容许的,是的。

她正是在这一精神中操练的技艺。

不然,她恐怕会说,有什么用?

她既不追逐金钱,也不追逐烦恼,她不贪婪,她不求安逸,没有遗产的概念。

厨艺是神圣的。

不然,又何必付出那么大的努力?

不,当然,在马尔芒德和克拉波家这段时间,她并不这样看事物,她什么都看不到,假如她仔细观察,那勉强能看到一点点。

但是她感觉,她集中起光线到她那小小的永不停息的炉灶中,她秘密地吸收并转化她帮厨的那部分工作所赐予她的所有元素,那个女厨娘应该永远不会成为她的朋友。

一些很简单的任务,是的,削皮,洗净,切好。

克拉波家的一个孙子很好心地给我寄来那个时期克拉波夫人账本的副本,我便得以证实,肉类、蔬菜、食品、葡萄酒的采买,跟女大厨回想起看到女厨娘所做的饭菜十分忠诚地相符,而且,跟当我问她在克拉波家做学徒的情况时她试图为我精确描述的那一切也非常吻合,这属于她喜欢回顾的那类记忆,后来,她又是何等地嘲笑这些单据的厚度啊!

克拉波夫妇无法想象,如果没有一份熟肉的头盘,没有一份带汁鱼的二道菜,没有一道配有各种蔬菜的烤肉或炖肉的主菜,没有一份饰有大量烤面包的绿菜沙拉,没有满满一大盘奶酪,没有一种果挞或者蛋糕,没有这一切之后跟上的水果、巧克力和蜜饯,那怎么还称得上是够格的待客,甚至,从某种方式来说,是热情的待客。

他们喜欢"带外衣"或饰配菜的猪肉,裹面包皮的肉糜,肉末千层酥,杂味肉冻,夹火腿月牙面包,这些,他们并不让自家的厨娘来做,而是从巴黎的一家作坊订购,我忘了那家店的名字,他们认定这一家的猪肉制品是做得最好的。

克拉波夫妇对肉食有一种真正的疯狂,而奇怪的是,这一疯狂在他们看来有时候很容易承认,有时候却很难用来忏悔他们对厨艺的偏爱,他们有时候会带着一种嫉妒夸张的荒唐可笑的自豪口吻宣称:我们,我们感兴趣的,就是腌猪腿!——希望由此掩饰他们什么都爱吃,鲜奶油和甜蛋羹,箱烤蔬菜,热面包干温羊奶酪球,实际上,他们只爱吃,但是每顿晚餐的准备,菜单的制定,食材的选择,为决定做什么菜肴而与女厨娘的长时间讨论,什么菜才最配什么来宾的口味,所有这些表面上很紧张而实际上却并不伤脑筋的准备工作(每个人都应该相信,频繁宴客的克拉波夫妇是在尽力履行一项义务,完成一种劳役)对他们而言,都是一种巨大愉悦的源泉,而那种愉悦是如此难以隐藏,女大厨很快就看出来了。

是的,是克拉波夫妇首先给了她一种样板性的乐趣,那是烹调的词语能让她体验到的乐趣,他们小心地念出它们来,并不必要地重复它们,把它们尽可能长久地留在嘴里,直到转而去说下一个词。

他们还给了她一种样板性的分神与沉沦,并非因为他们只想到吃得好,而是因为他们自身的天性让他们困惑,让他们出丑,他们背负着他人责备、刻板的目光,而那种目光,他们本来应该投向任何一个鬼迷心窍的人。

他们心中很蔑视这一点,他们甚至无法理解它,因此,他们迷茫,不那么受人尊敬,人们很是瞧不起他们,有时甚至几乎不把他们放在眼里。

正是这一点让女大厨坚信,只有当一个人心中充满自豪时,他才应该把他的狂热付诸实践。

他们的相貌呢?

我不知道该对你们说什么好。我没有看过他们的任何一张照片。

女大厨也从未为我描绘过他们,她只对我说过,他们的外表没有任何特殊之处。

我不敢肯定他们是不是长得肥头大耳,要是那样,她应该会对我说的,当然她也可能有意对我隐瞒这一点,出于谨慎,出于怜悯,出于对那些善待她的人的尊重。

她并没有说过他们是不是长得肠肥脑满,因此,从这一事实中得不出任何结论。

女大厨是我所见过的最忠诚的人,很大程度上,她的神秘也就在此。

她的沉默或掩饰都是因为对忠诚的忠实,假如可以这样说的话。

至于我,我应该努力做到既忠诚又精确,忠实于忠诚与确切,这一切深深地折磨着我,而我,自从我跟你们开始交谈,我有过很多次的抑郁,是的。

我很想描画出一篇女大厨的生平传记,就像人们写出一本圣徒传记,但这是不可能的,女大厨本人会觉得它很可笑。

于是,我就只听从诚信的唯一召唤,但我有时候听到一种威胁的嗓音,它清晰、稳重、略微颤抖,对我来说很可怕,威胁我要收回其信任与亲密,我有时候听到女大厨的嗓音,她对我说:你以为你真的有权利讲述所有这些事情吗? 如果我并没有做过,你又能掺和进什么呢?

是的,对我来说,我很难接受我有朝一日会拐弯抹角地对忠诚不忠实,却觉察不到,或者觉察得太晚,而我不会不知道,虚荣心,也就是说,通过泄露某些秘密而闪亮登场的诱惑,会窥伺着我说过的每一句话,我知道得很清楚,这对我来说是很困难的。

我稀里糊涂地向前进,我什么都不确信,我只希望女大厨出名,成为一个受人敬重的女人。

但是,一番如此的事业就不会让她心惊胆战吗?

当然会,然而,她也是会弄错的,这就是我铸成的信念。

我可以继续跟你们谈女大厨,我想谈多久就谈多久,反正我已经有了决定,只要我还坚定地、毫不动摇地认为,她对人们对她生平的兴趣亮出她一贯的厌恶之情来,兴许是一个错误。

因为,我看到,这一直觉的情感在她心中已变得很机械,我同时还看到,她不敢问自己,从她终于答应接受的那些渴望见她一面的记者的苦苦央求中,她是不是真的不可能得到丝毫的愉悦,丝毫的好奇。

她确信,她是不会的,很早之前就确信了。

对于她,自我讲述,自我袒露的这一潜在性,就如同一种罪,但那将是一种她不知不觉地发明出来的罪。

假如女大厨意识到她是唯一一个能看到这一错误的人,那么,这个错在她眼中就将失去一些严重性,我几乎敢肯定。

她很自豪,却并不骄傲。

她承认她判断上的错,她野性的心灵拼凑了种种幻觉,她知道自己很固执,会迫不及待地指责自己,惩罚自己,感觉自己有罪。

而我,我给我自己的口号是正直,然后,我对她的爱只能排在其次,因为我知道,女大厨更看重的价值是正直,而不是爱,她似乎觉得,一个人可以以爱的名义表现得很糟,却永远不会在正直的名义下那样表现。

一个男人与一个女人之间的爱,并不让她太感兴趣。

她的所有那些才能,去爱,去献身,去痛苦,去希望,早在我遇到她之前,厨艺就把它们全都夺走了,我说的是厨艺的实践,但尤其是厨艺的想法,而还能做到让她为之放下厨艺的不多的爱的源泉,都传到了她女儿身上,女大厨的女儿,你们兴许已经见过了,在我看来,她可配不上这一爱。

但那是一种充满了绝望的爱,因而,说到底,那兴许就不是一种爱。

我常常想,我对女大厨的情感妨碍了我成为一个真正的大厨师,然而,我并不为此而遗憾。

每一天我都利用了我的爱,而如果说,我还能头脑聪明地活成我自己,那全靠了我的那种专一的、绝对的、永生不死的爱,它把我这样一个早先渴望成功,却平平庸庸、一心务实的小伙子,转变成了一个能屈能伸、荣辱不惊的年轻男人。

假如没有这一爱发生在我身上,我又如何能为自己变得无论在道德上还是精神上都比早先更为崇高而遗憾呢?

我是无法为此而遗憾的。

让我的厨师之梦见鬼去吧,我会满足于按部就班地做好我的职业,并且活得酬需平衡,游刃有余,而我的需求则十分简单。

我无法为我勇气的增添,为我本来狭窄的心胸的阔通而遗憾,没有人会为此而遗憾,无论是男人,还是女人,没有人会那样。

只需要在心中承认这一点,以牺牲具体愿望为代价的自身意识的这一提升,于是,人们体验到对此的感激,而失望与沮丧就将永远被远远地推开。

37

所以,我是不会遗憾把我的才能用在了爱上女大厨并为她效力之上,而没用在我自己身上,对此,我是不会遗憾的。

在滨海略雷特无精打采地整理着我的平台准备晚上的开胃酒,打开金属折叠椅,擦桌子,扫走从为我遮挡阳光的老蓝花楹树上柔柔落下的蓝色花瓣,我想着一个个白天如此单调如此相似地拉长了,而我的朋友和我似乎已经很机巧地躲避了岁月的枯萎阶段,我们看着别人从我们进入时间的避风港起渐渐老去,而我们瞧着我们自己并证实我们一点儿也没有变,即便是酒精也没有让我们永远紫铜色的脸变红,我们觉得我们漂亮而且幸运,我们永远都不允许怀疑啊焦虑啊生存之忧郁啊钻入我们幸福的心,我们那从容不迫并重又冷下来的心,我们在我们不变的面容那谄媚的镜子中彼此观察。

就如我对你们说的那样,克拉波夫妇很奇怪地产生了这样的想法,他们对肉食无节制的喜爱以及由此而来的享受让他们忘记了对一般意义上的食物的狂热,就这样,肉食成为克拉波家的家常便饭,而他们甚至将发展到要把这一习惯看成一种必要的食疗,由此肯定,是肉食让他们防止了种种病痛,而假如他们的每顿饭菜因某种原因而缺了猪肉或牛肉,那他们定然会遭遇这些疼痛。

女大厨看到的那厨娘做的菜肴,是在一个很现代很干净的大房间里,房间朝向四面围有高墙的城市式小花园,花园中贴墙栽种了很多的梨树和桃树——克拉波夫妇对这厨房是那么自豪,每每会指给宾客们看,并用一种假含嘲讽的嗓音欢呼道:瞧,我们房屋里最重要的一间! 他们希望别人相信他们很刻薄,被不知道是谁,兴许就是女厨娘本人的可笑奢望弄得有些疲乏,以为这个房间真的被当作那样,但他们所有的亲朋好友都知道,实际上,只有他们才会那么严肃认真地把这个厨房看作他们家最重要的一个房间,女厨娘对此则嗤之以鼻,这又不是她自己的家,这地方没有任何东西属于她——女大厨看到的每天做的菜肴应该就这样留在了她的记忆中,它们只由肉食构成,蔬菜只是为视觉的愉悦而添加的,从某种意义上说,是出于救赎。

有配了几片很细的白菜叶的咸味小点心和小腊肠,裹面粉后烤熟再浇凤尾鱼油的小里脊肉片,有各种动物的腰花,用黄油来炒,再浇马德拉调味汁,葱香蘑菇烧兔肉,干酪焦皮牛舌,小豌豆烧鸽子,有奶油胡椒小牛肉片,糖渍苹果片垫洋葱或肉片粗血肠,油炸鸡肉饼,克拉波先生最爱的维勒鲁瓦风味羔羊排,他把它们叫作他的小可爱,他喜欢它们裹上厚厚的一层面包粉,烤得焦黄,外焦里嫩,他喜欢有微微的血丝味。

克拉波夫妇甚至对他们所赞美的也很快就腻烦了,他们习以为常的对新滋味的痴狂随着年岁的增加而愈来愈强烈,仿佛生怕还没等尝遍所有的美味,煎炒烹炸,还没享尽口服和眼福就一命归西,他们只想尽情地享受吃喝行为能给他们想象力丰富的大脑提供的所有感觉。

他们催促女厨娘赶紧让他们见识他们还不知道如何命名的新菜,由于无法命名,无法描绘,他们便情不自禁地把她推入到一种尴尬的情境中,她不得不奉命为他们烹制他们连半点想法都没有的菜肴。

他们给她拿来从奇异的旧书中找到的菜谱,那是用一种她几乎读不懂的话语写的,他们让她照它们的启发去做就行,从中好好反思,好好琢磨,然后,从这些谜一般的菜谱出发,打开所有的幻想之门,大大地打开。

女厨娘只是假装往那菜谱瞥去一眼。

只有当克拉波夫妇如此站在她面前时,她才格外地轻视他们:蠢蠢欲动,充满期待,猴急猴急,苦苦哀求却又带着不满,怒火中烧,无可奈何,恨铁不成钢。

女大厨看到所有这一切,我甚至会说,她一一记下,不做评判,什么也不想,因为她强大的直觉早已告诉她说,她还太年轻,太缺少知识,无法对那些人形成一种见解,尽管在她看来,那些人远不如克拉波夫妇有人生经验,却远比她要更经风雨,更见世面。

女大厨应该从成年起就养成了这样一个习惯,暂缓对他人的行为做判断。

她很想搞明白决定了这一行为的所有因素,然后再表达无论是什么意见,不是因为考虑到正确性,而更是因为考虑到准确性,她担心自己并不总是准确无误。

正因如此,有时候人们会指责她太过审慎,不能痛痛快快、清清楚楚地说出自己的观点,而是反复权衡山羊与白菜的问题①。

在这一话题上,人们不会再从根本上搞错了。

别人对她的想法会怎么想,女大厨彻底无所谓,无所谓得几乎叫人无法理解。

相反,她难以忍受必须作答的潜在可能性,她自身的严厉、偏见、失足、歪曲、虚荣的罪名,轻而易举地就把她打发到了她小小的内心法庭的被告席中。

---

① 典出著名的寓言故事"狼、山羊与白菜"。农夫带着狼、山羊与白菜过河。渡船每次只能承担农夫再加另一物(或狼或山羊或白菜)的分量,且农夫不在跟前时,狼会吃山羊,山羊也会吃白菜。问农夫如何安全地把这三个东西摆渡过河。

女 大 厨

无疑,人们会更惊讶于这一审慎,换了别人,这种审慎兴许不会被人注意到,尤其是因为,女大厨对厨艺之事有一种断然决然的观点,而且她会毫不犹豫地跟人争论一道菜或一种食材,哪怕这样会招来对方的憎恶,或者,对她来说几乎还要更糟,招来一种过分的殷勤。

克拉波夫妇在她面前无所忌讳,当他们跟女厨娘说话时,他们忘记了她的存在。

而看到他们如此热切和诚恳,毫无希望却又饱受欲望的折磨,是不是就会径直把她带往这一令人困惑的质问:他们为什么不自己来烹调呢?他们为什么那么信任这个厨娘,而女大厨发现她实际才智平平,导致他们实在很不幸?

他们知道得比这个阴冷忧郁的女人要多得多,他们为美食拓展了一种比她远为更宽广更博学的兴趣,他们本来有种种机会来接近他们梦寐以求的陌生菜品,假如他们想小试身手的话,他们本来会仔细琢磨,用心体验,而不必费舌地解释和描述,不必无谓地寻找适当的词语,来让一个天性倔强、敌意深深的厨娘明白他们自己还不明白的,为什么他们自己不做呢,女大厨心里想,他们对那厚颜无耻、乖戾怪僻的女厨娘悲怆而又被迫的爱慕实在让她困惑不已。

她觉得,没有任何出路适合于一种如此含糊的关系,她觉得,那女厨娘,尽管那么优柔寡断,面对克拉波夫妇模糊而又专制的要求,甚至可说是央求,表现得很激怒,这并没有错,而对那些为自己的饕餮大胃而如此羞耻的人没有表现出丝毫的恭敬,这同样也没有错。

但是,她觉得,克拉波夫妇同样也没有错,他们批评这个苦涩阴郁的女人缺乏创造性,做菜时总带着一种阴沉沉的怨怒,还有若隐似现的野心,从来就无法让他们真心满意。

41

女大厨很长时间里没有对我说她所知道的克拉波夫妇的事,她对他们绝对不可能下厨的想法。

她停留在对他们的追忆中,仿佛某些词突然就忘在了嘴边。

她期待着更加了解我。

在她跟我讲述她在克拉波家受教育的那个时期,她已经知道,我对她跟我讲的任何东西永远都不会报以冷笑,我不是那种爱冷笑的人,人们从我这里甚至可以猜想到一切,除了冷笑。

她知道得很清楚,但她兴许还想弄个彻底明白,我不会冷笑这一点仅仅只是内心中的,我会把她的所有话全都当真,总之,我对她深信不疑,没有片刻迟疑。

她对我解释说,如果说,克拉波夫妇不认为自己有理由干厨艺,那是因为人们不能跟自己崇拜的对象直接对话,而必得有一个天真地或有意识地命中注定要担此任的人居中调停,因此,那个浑身都是缺点的女厨娘就履行了这样一个特殊的、无法转让的义务。

克拉波夫妇如果出于傲慢而决定直接跟厨艺打交道,从某种程度上亲自动手的话,那他们就会以为,自己对神圣的烹调法则做了无法弥补的冒犯。

没有人会因此而惩罚他们,女大厨说,但他们会知道,他们,知道他们做得很差,岂止是差,简直就是犯罪。

而那女厨娘无疑也觉察到了,她懂克拉波夫妇胜于懂她自己,她把自己封闭起来,她拒绝他们,她有时候会怀着一种故意的充满了狡猾的残忍,冲他们喝道:来吧,处在我的位置上干他一回吧!她不怀好意地嘲笑他们知难而退的行为,自知在这祭坛范围内无比强大,她都已经献身了,而这时,她极为有限的才能也就不重要了,而他们并没有投身其中,而且,出于害怕,也永远不会投身其中。

对不起,你们在说什么,我有些兴奋,你们说得有理,不,我很清楚你们没有说,但你还是很有道理的,我兴奋得有些可笑。这又有什么用?

但是,当我说到那些对于女大厨如此重要的事情时,我很难保持镇定的神态和理性的嗓音,我那时的躁动又原封不动地回来了,我又看见了我自己,那么年轻,什么都不懂,在其他人都下班走人之后独自一人跟女大厨一起留在厨房中,贪婪地听着她说,却又不显现出一丝一毫的这种贪婪,这种在我心中满满的想了解她一切的渴望,我听她讲述着我今天转述给你们的那些事,她的嗓音清脆明晰,她的目光一刻都不离我的眼睛,仿佛为了确保其中丝毫没有任何妨碍她的东西,既无厌烦,也无疲惫,更无任何困惑。

我知道的,假如她在我的眼睛里发现有丝毫的兴趣,稍稍大于她所认定的对她那些故事应有的似是而非的程度,或者有一种激情,稍稍强于她认为能接受的地步,我知道的,她就会猛地一下子停住,而且,兴许,在擦得干干净净、整得整整齐齐、显得空空荡荡的厨房中度过的那些夜间时刻,我就不能再在她的陪伴下度过,在几乎疲惫不堪的状态下,有时还是冷得或累得发抖的情况下度过,而是独自一人回到我在梅里亚德克的一居室,同样也睡不着觉,仿佛自己依然还留在那里,看到女大厨决意不离开厨房,尽管厨房里再也没有什么需要整理,洗涤,擦拭,她似乎害怕去餐馆楼上的公寓睡觉,她朝洗涤槽边上的瓷砖台方向努了努嘴唇,我刚才正靠在那上面听她说话呢,而我已经并不在那里了,她几乎都没有意识到。

我知道,我躺在梅里亚德克我的床上,我知道我的心不在那里,我为她而痛苦不堪,尽管很显然,她从来都不是一个可以让人去怜悯的女人,同样,为她而痛苦对她也不是一件适合的事。

不,她从来就睡得不多。

她当然希望能迫使自己睡上必要的几个钟头,以便恢复工作所需的体力,但这是不可能的。

她在空荡荡的厨房中转悠,反复对自己说她现在该上楼上床了,然后,她瞧了瞧挂钟,惊愕地发现,一个钟头以来,两个钟头以来,她就在不断地恳求自己,但她始终还留在那里,在下边,走在工作台和炉子之间,不知道自己在发什么呆。

这一切,克拉波夫妇与女厨娘的关系,好对你们解释,女大厨的脑子里怎么会钻进这样一个信念,而且一进去就不再出来:人们把一些手放在了厨艺上,一些被吩咐的、微妙的、轻盈的、意识到自己在做什么的手。

假如它们得到了命令的话,那么就算它们再笨拙,又有什么关系?

被谁呢?哦,被自己,这不是什么文凭的问题,也没有满师不满师一说,不,人们应该感觉到,厨艺的灵感是不是真正钻进了内心之中。

克拉波夫妇滋养了太多的畏惧和暧昧情感,使得这种精神在他们错综复杂的心中无法找到道路。

夏季,他们习惯于在他们位于朗德省的别墅小住一段日子,而且会带上厨娘,但是,那年夏天,厨艺的精灵已经安驻在了女大厨的心中,她十六岁的那年夏天,厨娘第一次拒绝跟主人同行,她想去见她的家人,跟她的孩子们一起待上一段时间,她告诉所有人,她有孩子在香槟地区,或者我不知道的什么地方,反正离马尔芒德很远。

女 大 厨

克拉波夫妇瞧着她在那里准备行装,一刻都没想到他们还能再见到她,依他们看来,所谓在香槟的孩子们只是一个借口,为的是离开他们而又不说白了,而女厨娘感受到一种强烈的喜悦,看到他们就这样没着没落,白费劲地掩饰他们心中的恐慌,怕他们很难挨过几个星期没有她的日子,她感受到喜悦,既然她残忍地责备了他们对她的需要,而她没有说一句话提到她的回归以安慰他们,她知道她会回来的,她一个字都没有提,那活该她倒霉。

一个时刻终于来到,女大厨始终这样想,我自己也这样想,与一种对自身价值的极端看重十分匹配的对他人的一种如此轻视,在这一时刻将不应该再得到回报,在这一时刻,这一行为甚至应该被制裁,无论是被一个决定,还是被环境。

于是,活该她倒霉,女大厨始终这样想,我自己也这样想,我可以向你们保证,女大厨总是醉心于平衡,仁义,此外还有怜悯,她会很容易就彻底忘掉别人的小小差错,她丝毫没有为女厨娘的命运哭泣,也从来没去探听这一位到底怎么样了,也不想知道她对新的情境会怎么看。

因为,克拉波夫妇刚刚来到朗德省后,便在就地寻找一个女厨师这项艰巨的任务面前退却了,他们要找一个合适的,就是说既了解他们又理解他们的人。

女厨娘极其了解他们,也极其理解他们,即便她恨他们,她还是常常装作既不了解他们,也不理解他们。

克拉波夫妇坐在依然还覆盖着罩布的扶手椅中,一到朗德省的别墅,他们整个夏季里就大门不出二门不迈了,他们瞧了瞧周围,然后,他们的目光就落到了女大厨身上,这个刚好年满十六岁的姑娘,正忙着给众多家具掀罩布呢,那些无用的、无意义的家具充塞着整个别墅,恰如在马尔芒德的家中。

您就替代女厨娘一段时间吧,他们用一种显然的口吻对她说,情况很可能就是这样,但并不是这一口吻说服了女大厨相信自己能胜任这工作。

克拉波夫妇的建议或强制命令,正巧遇上了她一段时间以来兴许拥有的一种感觉,她想象自己作为克拉波夫妇与女厨娘之间无果争论的证人,替代了那厨娘,她还隐约幻想起她可能会说的话,甚至最终得出结论说,即便她替代了那个位子,一种如此的争论恐怕也从来就没有发生过。

因为,她曾多次这样想过,她永远都不会在一个与克拉波夫妇的期望有足够差距的方向上工作,足够远得可以让这二位尝试着说明他们所渴望的一切,但又不够远到足以让他们合情合理的抱怨不被听取。

她恐怕应该这样做,她这样想过,不是满足他们那模糊的、矛盾的、无法实现的愿望,而是在对他们目下情境之偶然性的一种如此的遗忘中来烹调,怀着一种如此疯狂的意愿,努力走向一种完美,超越他们那谁都预料不到的口味,他们的,如同她的,使得克拉波夫妇只能屈从,带着幸福,带着感激。

她恐怕会,她这样想过,以毋庸争议的方式来烹调。

我问她:那么,人们就没有批评的权利了吗?

她回答我说:当然有的啦,我本人,我就批评人们为我做的所有菜,你知道的。

只不过,克拉波夫妇是不会重新来质疑她努力走向一种理想厨艺的真心诚意的,他们会理解她,欣赏她,因为他们自己也在探索一种能让他们上升到贪嘴之上,能让他们原谅自身原先状态的美食。

因此,女大厨尽管无法表达清楚,却切切实实地感受到,她在克拉波夫妇与女厨娘的斗嘴场面中总是感觉到,那女厨娘不是克拉波夫妇该要的人,甚至,就如在那些不幸的组合中那样,一些人的缺点,他们的疯狂,会加剧其余人的缺点和疯狂。

女大厨停在了她的工作中,双手依然还留在她正准备掀走的一块罩布之上,她缩回了双手,交叉放在肚子上,平静地回答说:是的,当然,很愿意,而她的脑子已经飞速转动开了,几乎在超速运行,脑子里飞掠过那天晚上她准备睡觉时所构成的种种菜肴形象,那时,在马尔芒德度过的最初时光里,她只看到她父母的形象,现在,她回想起了在她眼中女厨娘所犯的错误,还有人们可以对砂锅猪肉禽肝做出的改进,克拉波夫妇不无道理地觉得它做得索然无味,还有食材清单也有待于改进,越简约越好,比如用面粉和浓汤来做调味汁,是的,女大厨烹调中已经不那么喜欢用面粉了。

她是不是吃过或品尝过女厨娘做的所有的菜了呢?

是的,我想是的,兴许除了烤肉,因为那是每人按片上的,排骨肉,脊下肉,小牛、羊羔或猪的连肋排肉,而且,我还无法向你们保证,因为克拉波夫妇有这一伟大的品质,或者这是他们坏良心的一个结果,这我不太知道,想让他们的仆人吃得好,吃得多,想让他们狂吃,但是不狂饮,他们憎恶喝得烂醉。

通常说来,他们从不关心采买时的花销,以至于,我想,女大厨、女厨娘和园艺工应该永远都不会是多余的,来吃完克拉波夫妇无法很体面地吞食光的那一切,但,他们甚至都吃不完,在这里我说的不是剩食,而是每人一份的份额,连这都吃不完。

克拉波夫妇从来都不会想过,让女厨娘为她自己,为女大厨和园艺工做不同的饭菜,从不,他们不是那样的小心眼。

正因如此,女大厨得以阐发她对女厨娘厨艺才能的评判,尤其是对她的灵感,在她看来,才能是无可指摘的,但灵感则几乎为零。

她对我说:我总觉得我是在吃同样的东西,无论食材中肉或蔬菜或粮食的种类是多么繁杂,一切都归向于一小撮滋味,实在令人太腻烦。

至于调味汁,总是那种奶油色白汁,区别在于不同情况下加不同的香料,或者添上黄油或奶油使之变稠,调味汁的量总是很大,它们千篇一律地覆盖了一切,让人不再分辨得出是鱼是肉还是土豆——女大厨曾反复这样想,晚上,在睡觉之前。

她有了一些大胆的想法,她还没有记下来,却在脑子里把它们归了类,例如,五香粉的想法,就是这样在记忆中凝定的:把它们加在鱼肉香菇馅酥饼中,在牛肉汤中,在浸泡有朗姆酒的葡萄干蜜饯蛋糕中。

或者,对新鲜奶油:要取消,除非在炖牛肉中。

这些要求很是天真,并不那么体现出女大厨在食料方面的一种特别早熟,也无法见证其经验方面的狭窄,既然她只了解克拉波家的厨娘的烹调技术,而且,除了克拉波的口味,别的什么都不知道。

但是,女大厨从那个年龄起就养成了习惯,不把白天吃过的所有食物过一遍脑子,不对进入她嘴里的一切做出判断、分析和评价,就像她用锐利的目光评测一切那样,就绝不睡觉,一只盘子上的色彩布局啦,生铁炖锅的严峻之美啦,一把它们端上餐桌,她就能立即感到让人胃口大开的美学趣味,而不是像女厨娘所做的那样,像所有人在那个时期所做的那样,要等到把锅里炖的东西倒出来,蔬菜汤,炖兔肉,炖牛脸,倒在一个装饰有傻乎乎的小花图案的盖碗中,在一个银制的盘子中,而它灰蒙蒙的光泽却适得其反,把褐色的肉弄得惨兮兮的,面目可憎,她总是这样想,也正因如此,自打她有了自己的餐馆之后,她从来都不用银制的器皿来盛菜,出于同一理由,她总是按照烹调结束后菜肴的色调来小心翼翼地选择她那些陶瓷炖锅的色彩。

今天上午,克拉波夫妇对她说,让她来代替女厨娘,今天上午,女大厨那结实而又干脆的小手明白到,它们最终将用来做它们生来就该做的事,女大厨一刻都没有怀疑,她应该在第一顿晚餐上就给克拉波夫妇留下深刻印象,用她才华、她智慧、她魅力的无可辩驳的重量把他们压垮。

是的,在这一刻,她什么都不想,只想迷倒他们。

如果说,她的烹调方式在此后向我们显示,她前所未有地提防着诱惑,她逃避着一切会让人想到她是在取悦和讨好贪吃美食者的办法,那么这一天,在朗德省的别墅客厅中,夏日早上的大太阳光很难透过松树丛,透过那枝条发棕、从沙土中汲取一种蓬勃生命力的老松树而照射进来的客厅中,取悦克拉波夫妇的前景激发了女大厨的聪明才智,她的思路转得那么快,她都怕会无法控制,她惊慌了。

她对克拉波夫妇说,她必须马上去买菜,到那一刻为止,女大厨还从来没有对克拉波夫妇说过她必须做什么什么,只有克拉波夫妇才有默许的权利对她说她必须做什么什么,就这样,在这个关键的早上,她以一种专制的口吻说了这个,她的目光没有落到瘫软在依然盖着灰尘蓬蓬的罩布的扶手椅中的那两位克拉波身上,而是在松树那干巴巴的枝条上,那松树已经老得仅仅只剩树梢还是绿的了,人们从别墅的窗户中望出去,只能看到像是已经枯死的树,赤裸裸的棕色枝条,有时候,它们还沉甸甸地耷拉在窗玻璃上。

那是夏季,那是克拉波家一向来的度假别墅,松树环绕了房屋,它位于一直延伸到海边的一顶干枯的棕色冠冕的正中央,女大厨生平第一次听到了海洋那懒洋洋的浪涛声,那是夏季,克拉波夫妇无奈地忍受着这一阶段,这一别墅,棕色松树的监狱,海洋那永不止息的浪涛声,散发着潮湿味同时又小里小气的别墅,他们忍受着这一无奈,那是他们建立起的一种习俗强加给他们自己的,不得不度过长长的几星期,远离他们亲切温暖的家,而马尔芒德才是他们唯一觉得适合的地方。

显而易见,这里的厨房没有马尔芒德的那一个设备齐全,它要小得多,他们这样对女大厨说,几乎突然变得很卑贱,就仿佛女大厨完全可以做出决定,在如此的条件下,她就不替代女厨娘干了。

他们一下子站了起来,为她展示厨房,以及炊事器具。

这是房屋后部一个很小的房间,地砖上蒙了一层沙土,一棵松树光秃秃的粗大树干正好位于带窗格的窗户前,整个白天期间都让厨房显得有些昏暗,然而女大厨钻入里头时感受到一种全新的幸福感。

她第一次感觉进入了一个属于她自己的地方,只属于她自己。

有一个全新的煤气灶,还有一个烧木柴的老炉子,有很多蒸锅,有各种尺寸的炖锅、炒锅,有杂七杂八一大堆过了期的香料和调味品,像是罐装的灰,以前的那个女厨娘把它们积攒起来,而且很在意地不标写任何说明,任何名称,女大厨立即想到,这是怕泄露秘密,然而她对她的发现并没有什么不满,因为它显现出,她已经把女厨娘的往昔场景掀了个天翻地覆,她根本就不需要步此人的后尘。

她什么都没有对克拉波夫妇说,她对自己的感受只字未提,她没有对他们承认她的激动,在被窗前一棵苍劲老松严密守卫的这个小小房间中,她发现了她才第一次感受到的精神上的一种喜悦和一种紧张的种种全新要素,而这些因素,当她晚上躺在床上时,当她在心中默默制定菜单,修正她已吃过的那些菜的缺点,追求完美的菜肴时,她其实早已想象到了,但那只是一些影子或者幻觉而已,而现在,这一喜悦、这一紧张的现实就在眼前,它们已然有血有肉地体现在了她十六岁的年轻身体中,就像她所说的,终于触手可及。

当克拉波夫妇焦虑地问她是不是来得及准备,他们说这第一天晚上他们完全可以去餐馆吃,这样她就能有时间熟悉一下她的新角色,她眉飞色舞地回答说,假如他们愿意开车带她去购买她所需要的一切,那她就能做出这第一天的晚餐,一边说,一边还瞧着柜橱的深处,把装刀具和锅铲的抽屉大大地打开,她活跃而又稳当地移动在蒙有被风吹进来的沙土的地砖上,她如此清楚地表现出,她现在一下子拥有了克拉波夫妇家中的地盘,以及他们饥饿的肌肤,而这两位正在后退,身躯堆积在门槛上,无疑确信了他们把这小姑娘召唤到这一关键职位上来并非一件错事,但他们又一次感觉自身的多余,从来就没有被选上,被看中,从来不配此重任。

而这个如此年轻、如此小巧玲珑的姑娘,这个还长着娃娃脸的长头发油亮油亮的姑娘,这个他们还不太熟悉,还没怎么感过兴趣的姑娘,用坚定的目光把他们推向了走廊,她的目光立即拥有了他们,也拥有了这个小小的厨房,兴许从这一刻起,克拉波夫妇知道了,她会留下来做他们的厨师,甚至在回到马尔芒德之后也会,他们还没有吃过她做的任何菜,出自她手的任何食物,然而他们已经知道了这一点,他们看到了是什么落到了她身上,却从来没有落到他们身上,他们知道得清清楚楚。

他们没有问她打算如何烹调。

她什么都没说,只用手一抹,便抹掉了积在桌子上的沙土,一种极细的沙土,从窗户缝、房门底下钻进来的,她从由一根细绳挂在洗涤池边一枚钉子上的记事本上撕下一张纸,然后坐下来,写了一份她所需各种食材的单子,她把背转向克拉波夫妇,不让他们看到她写字有困难,写得很慢,铅笔握得太直,直直地对准纸,像是一件专门用来刺穿、谋杀的工具。

她不需要这一提示,她觉得一开始有必要给予克拉波夫妇的,只是她个人的一个形象。

女大厨始终在心中暗暗记下她为她的工作所需做的一切,所有那些关于厨艺的想法,她有一种令人叹为观止、极其井然有序的记忆,此外,她阅读和写作上的困难,也让她对记笔记的求助归于无用,具体来说,那些写下来的字对她没有用,只有付出一种极端的令人望而却步的努力的代价,才能让她脑子想起一件或另一件东西。

是的,女大厨有着神奇的记忆才能。

所有那些人,了解到她几为文盲,认定她是个半傻,便只醉心于她的烹调才华,以为这一点揭示出了原始聪明才智的一种意外形式,他们始终忽略或不知道她异常的记忆,而实际上,全靠了它,女大厨可以不用文字的菜谱或笔记,她的所有菜谱都很仔细地珍藏在她的脑子里,她有着我所知道的最富条理的头脑。

不可能回忆起这样那样的庆典是在哪个平台上举行的,我时常得努一把力。当我坐在一把金属椅子上或站在栏杆前,小臂放在热乎乎的铝制的栏杆上,胯部在后,屁股在我那永不离身的百慕大短裤中高高翘起,努力回想我是在自己的家中或是在安德烈弗萝兰丝杰基薇萝多

女 大 厨

米尼克马努埃尔西尔维家中,回想起我是不是要尽地主之谊或他们中的一个是不是向我建议再喝不知道已经是第几杯酒,再吃一根烤肉肠、一碗塔布莱①,我走出去看看游泳池是不是在底下很远,既然从我独自一人住在二层楼的家中,人们可以毫不冒险地跨越栏杆跳入金光闪闪的水中,人们不是已经这样做了吗,所有那些场面全都混淆在了我的回忆中,被照得太亮的水最终让人头疼,必须转过脸去,但是一种迟钝让我的小臂牢牢地粘在铝制的栏杆上,而我迷离的目光在令人眼花缭乱的水中眨动,从这个平台上一定得控制住不要往底下很远的游泳池跳,如此说来是在杰基家在帕斯卡丽娜家。

当克拉波夫妇那庞大的雪铁龙汽车远离了别墅,驶入被松树夹道围住的沙土路上,那些松树是那么紧密,颜色是那么棕红,密密地遮盖了中午热辣辣的日光,只让一圈灰尘蓬蓬的红棕色光环晒到它们脚下,女大厨并没有胡思乱想,她还是太过天真,根本就看不到事情会那样,她占据着宽大的皮面座椅,仿佛她才是老板,而克拉波夫妇正负责把她送往她想去的地方,他们稳坐在前排,迫不及待地想知道她的心中所愿,一旦穿越了松树那密集的、棕红的、无数的线条之后,他们应该把她带去哪个商家,公路两旁的松树,让七月里的大太阳那不多的光斑,东一块西一块颤颤巍巍地落到灰色的沙土地上。

首先,要一只漂亮的鸡,女大厨说。然后我需要好几种鱼,大葱,胡萝卜,土豆,还有别的,我会慢慢对你们说的。

克拉波夫妇久久交谈着。

---

① 塔布莱是一种沙拉,源于黎巴嫩,包含有香菜、番茄、小米、薄荷、洋葱等,伴有柠檬汁和橄榄油等,做开胃菜来吃。

一种不习惯的神经紧张让他们的嗓音变得几乎有些尖厉,同时他们问着自己,该走哪条路才能找到这些食材。

克拉波先生把汽车停在道路尽头,就在大路跟前,仿佛他们迟疑着不敢在颤巍巍的光线中直闯过去,阳光照得沥青路面上有一种神奇的液体在波动跳跃。

半个小时后,他们钻进了若达农庄的大院,同样的大气之火,苍白而又颤动,在硬土地面上投射下一些尽管奇幻却明确无误的水洼——因此,我敢肯定,女大厨从来就不能把烹饪的激情,把彻底转向创造一顿佳肴的沸腾思想,跟法国西南部一个夏日的响午时分那极端逼人的炎热,跟那铁青色的、液态的、颤颤闪烁的光亮截然分开,她在冬季的几个月里关闭餐馆,每年的那个时节,她想象力枯萎,她忧伤,她冷酷。

是的,她应该很冷酷,但是请允许我认为,我是唯一一个感觉这个,知道这个的人。

她什么都没有向任何人显露。

我的心是一块砖,当我去她位于餐馆楼上的公寓看望她时,她这样对我说,当时我就坐在我那把坐习惯的扶手椅中,问她为什么要半拉上那厚厚的深蓝色呢绒窗帘,而不让一月份可怜的阳光照进来,她懒洋洋地摇了摇头说,我的心是一块砖,而这应该就解释了一切,勉强拉开一条缝的窗帘,她的缄默无语,而我却竭力想用从当地报纸上读到的小故事让她放松放松,她的目光有些凝滞,她迟迟疑疑地不敢装出彬彬有礼的样子,而她通常的行为举止都是极好的。

一切都源自这个,钻出松树林棕红色枝条的覆盖之后大路上那令人目眩的白花花的光线,源自那让一种本不存在的水无可争辩地在若达农庄大院的硬土地面上颤颤悸动的炎热,夏日里,厨艺精神重又认识了女大厨,而克拉波夫妇也看到它在她身上附体,在她身上而从不在他们身上,然而他们却很善于分辨出,它源自这个:女大厨总是在想,冬季里阴郁的天难以允许有一种如此的澄明,而假如她十六岁时的夏日阳光不在那里揭示她心中被无休无止地遮掩住的一面,那么,她,女大厨,她将会躲藏得不见人影,甚至连自己都不认识自己,既看不见,也碰不到。

你们可知道,女大厨最好的菜谱,最赢得成功的,同时也是她心中最珍贵的,例如,卡玛格牡蛎馅小酥饼,帘蛤芦笋汤,雅文邑白兰地浇烧小牛胸腺肉,她都是在盛夏季节中构思和精制出来的,此时,人们无法待在餐馆的厨房中而不大口喘气,无法不同时感到身上的每个褶缝中都是一种油腻腻的汗水,在这一阶段,我们萎蔫在她的周围,我们只是凭借习惯的能量完成着日常的习惯动作,却无法有丝毫的思想在引导,而女大厨则处在她力量、她才能的巅峰,在这溽暑腾腾的几星期中,女大厨处在她本能的巅峰,同时也达到了她快乐的顶点,她的皮肤上并不流淌一种油腻腻的汗水,因为快乐吸收了一切,疲竭,无法忍受的炎热感,稀薄而又沉闷的空气,创造性的欢乐恩宠吸收了一切,她的皮肤闪耀着一种黯淡、新鲜而又朴实的光亮。

她并不显摆这些,但是我知道,那些夏日的夜晚,闷热把我驱离了我在梅里亚德克的单套间,让我走在餐馆的围墙前,我更喜欢在阒无一人的黑黝黝的街道上溜达,而不是在我湿渍渍的床单上辗转反侧,我知道,对女大厨来说,这样的夜晚有一大部分是在试验中度过的,独自一人在厨房中,让自身的想象力付诸实践。

我看到明亮的灯光从底层的三个窗户中透出,把一种生涩的白色微光照到人行道上,这时,我格外羡慕在那里干活的女大厨,在夜晚启迪灵感的孤独中,在夜晚无穷无尽的、沉醉入迷的时刻中,她切,她煮,她测试,独自君临于夜晚密集的寂静中,我是多么羡慕她,不受爱情的束缚,做着自己最喜欢做的,没有任何人,也不用痛苦地想到会有什么人(除了她的女儿,但那是爱吗,那不是一种令人窒息的绝望吗)来打扰这一最偏爱的活动纯粹、简单的快乐,而这一极其幸福的创造,只是蜷缩于她自身之中,无论她的周围,她的身外,都没有任何东西存在。

是的,我非常羡慕她。

但是,假如我不明确说我幸福无比地如我所能爱的那样爱上了女大厨,那我是故意隐瞒的。

如何知道什么才是最好。

若达一家提议给克拉波夫妇一只大肥鸡,两天前刚宰杀的。

女大厨仔细地检查了它一番,然后同意买下,而在几十年之后,她对我描绘到,当时她是如何认真地掐了掐黄色的鸡皮肤来证实它的厚度,尝试着捏断骨头来验证它的结实度,她又是如何严肃地探测肫和肝,以确保它们的新鲜与肥实,说到这里,她禁不住露出一丝令人难以置信的尴尬微笑。

当我想到我打算把它,把这只壮丽的鸡做成什么,她口吻一成不变地说道,当我想到我是以什么方式有意识地决定屠杀这块美丽的肉的!

而当然,她既考虑到了她当时的小小年纪,又感觉到了她不得不在克拉波夫妇面前展现自己肯定具有的所有才华的必要性,如果不施个计谋,不来个手法(哗众取宠呗,她说的),她承认,事情就不会成功,但她一直就很迷糊,从那个夏天起就没能够弄明白,她甚至都没有丝毫怀疑,她都用不着跟自己的敏感性做斗争,她不明白,对处死一个动物的独一无二的核准竟然存在于尊重、礼貌和体面之中,人们正是带着这样的情感,有条不紊地处理它的肌肤,然后一口一口地吞进自己嘴里。

四十年之后,她依然被纠缠在其中。

因为,她的厨艺精神与曾启迪了她第一顿晚餐之想法的那种厨艺精神是如此根本地相对立,以至于她很难想象自己当年,某一天,曾经就是那个年轻姑娘。

女大厨的所有记挂,从此就该走向对她所处理的食材给予尽可能大的尊重,她在它们面前鞠躬,她向它们致敬,她对它们充满感激之情,尽可能地崇敬它们,蔬菜、香料、植物、动物,她什么都不轻视,不浪费,不糟蹋,不慢待任何对象,不鄙视大自然的任何作品,哪怕它再细微不过,而这对人类来说很是重要,尽管对他们,她根本就无须做什么加工,她从来就没有鄙视过我们,这对我们所有人都很重要。

对女大厨来说,世间生活的万物,世间存在的万物,都值得尊重。

她从来没有玷污过任何生物,任何人,从来没有。

除了,兴许,若达农庄的那只漂亮肥鸡,是的,确实,她从来就没有真正回想起来过,啊,啊。

假如人们能就此话题问一下克拉波夫妇,毫无疑问,他们的观点会很不一样,毫无疑问,他们会把在朗德省的这第一顿晚餐长久地留在一种愉快的回忆中,很快地,这一回忆就会充满了他们经常会带来的固执照料,以至于到后来,会让一顿很让他们开心的晚饭变成一段传奇,但克拉波夫妇的这种看重对女大厨来说改变不了任何什么,她知道,对他们来说,厨艺中根本就没有什么道德可言。

这是一个超越了他们理解能力的问题,而他们的理解力生来就不是为了研究它的,甚至都不是为感受它的。

克拉波的汽车离开了若达农庄,在正午地狱般的炎热中一路驶向老布科①,所有的车窗都摇了下来,但眼花头晕的女大厨还是觉得,吹进车内的滚烫空气只是更厉害地加热了座椅的皮面,还有她脸上和裸露的粉红色小臂上受尽折磨的皮肤,他们是此时此刻唯一还在热浪腾腾的公路上行驶的人。

女大厨生平第一次感觉到受宠,美滋滋的,尽管,在这一刻,她也有痛苦,而且,看到时间流逝就开始焦虑,问自己,她这一根本性的挑战是不是一个错误,这一挑战,要在几个钟头里完成一顿那样的饭菜,从而一劳永逸地征服克拉波夫妇。

眼下,他们前往老布科,因为女大厨想要买一些鱼和海鲜,她这个从来没有见过海的人现在竟然不怎么在意大海,当克拉波夫人示意她车窗左边就是大海时,她几乎都没有掉转眼光去看,而是一心专注于思索那她野心勃勃地打算作为头道菜的鱼汤。

女大厨对鱼不太懂行,她既不知道它们的名称,也不知道它们的烹调特点。

但是,因为曾陪同女厨娘去过马尔芒德的集市,也品尝过后者在星期五做的鱼汤,她似乎觉得,如果说,一周一次必不可少的那道鱼汤,克拉波夫妇当作任务一样喝下去而且从来就不提及的那道鱼汤,是那么平淡无奇,几乎还有一种肥皂的后味,那一定是因为,女厨娘用了她那很乏味的蔬菜汤,并满足于往里头扔进几片白鱼片,它根本就不能增添任何滋味,甚至都不能给予它们清爽、微妙、含碘的味道,却只能产生一种

---

① 老布科,法国朗德省的一个市镇。

白花花的泡沫,其气味和样貌总是让女大厨感到厌恶。

在马尔芒德,看到一碗这样的鱼汤端上桌来,她就会感到很别扭,一想到鱼汤还会做成这个样子,惨兮兮的,要命地拒人于千里之外,她就会感到很别扭,当她在晚间的沉思中,当她躺在床上回顾白天做的菜肴时,她终于坚信,再来一点点东西,再来一点点努力,就会让鱼汤变得美味无比,而这一点点,她觉得自己完全能够胜任。

因此,她觉得,过一会儿,要让克拉波夫妇成为她的俘虏,显然得尝试用一种鲜美的汤来征服他们,今后只要提一下这汤的名字,就会让他们恋恋不舍。

等他们一回到被棕红色的老松树弄得阴沉沉的家中,女大厨马上就着手干了起来,她怀着一种令人钦佩的决心,去构想,去备制,当然,不仅仅为了马尔芒德的这两位克拉波,同样也为了给她自己一个证明,证明她完全可以干厨艺。

而如果她可以干厨艺,她善于干厨艺,那么,她就只需调动起她那支由种种品质组成的队伍,勇敢,顽强,果断,创新,大胆,就能得到她想要的结果,而对她来说,要动员起这样一支部队来并不是什么难事,她已经有了一种极大的而且几乎有些固执的意愿,她不畏惧做出任何努力,她为完成使命甚至都不惜牺牲,既不犹豫不决,也不考虑其他。

她就是这样在朗德的那家别墅中干活的,在她十六岁那年的夏天。

她从若达农庄的那只漂亮、壮丽的肉鸡开始做起,她得牺牲掉它鲜嫩、肥壮、油黄的肉,以完成她之后要达到的目的,就如我对你们说过的那样,但她在满地沙尘的黑乎乎的小小厨房中还没有做到这一程度,只是在纯粹的意识中想把它做得恰如其分,把她事先贴着骨头剔下来的全部鸡肉剁得很碎很细,把这又油腻又黏糊的肉放进绞肉机里,而这肉的存在理由就是祈求人们在嘴里接受它时它还是原先的样子,煮得再简单不过,而尤其,得保存其完整性。

她在这绞好的肉里打入五个鸡蛋,再放上香料,以及在牛奶里泡软了的面包屑,再加一点点小茴香和丁香,然后她实现了一种神奇的敏捷,重塑了若达农庄那只华丽肥鸡的精确形状:她把碎肉贴回到骨头周围,惟妙惟肖地模塑到骨架上,让人们还以为这只鸡从来就没有被动过,然后,她再重新覆盖上那张玉米色的漂亮鸡皮,保留住它完美的幻象,让这鸡得到魔幻般的重构,虽然重塑的填料抵不过原料,却让人几乎会以为,它就是这个样子从鸡场中出来的,处在一种伪装的沉醉中,而女大厨此后应该把这种沉醉扔到九霄云外,但它,这一天下午,在她眼中仿佛就是其艺术的顶峰,就是对她远胜马尔芒德女厨娘一筹的庄严肯定,因为后者,她从来就做不到把任何东西做成任何别的东西。

后来,女大厨又是多么地憎恨伪装的傀儡啊。

剩下来的闹剧就好演了,她填充了骨架的内部,那只鸡顿时就有了更胖的样子,在其卓越的外表底下,饱满得几乎就要撑破。

这是一个奇迹,女大厨确实配得上巧夺天工的美名,人们无法猜想,这鸡居然先是被摧残、切碎,然后又被重塑,像是开某种骷髅跳舞的玩笑。

她把它放入烤炉,充分地浇上融化的黄油,一个小时之后,再在四周围上一圈小小的土豆,还有胡萝卜、水萝卜、紫洋葱、整头的大蒜。

她独自一人待在黑乎乎的小厨房中,厨房的窗户被那棵松树脱了皮的枯枝老干挡住了,房间被凄惨地封闭起来,静悄悄,冷冰冰的,让她感到喜悦,而她后来始终在寻找一种同样的喜悦,却哪里都找不到——这是她第一次独自一人工作,独自一人决定她该做什么,因而,也将独自一人来面对总是可能的失望,或是说不定的赞美,而我猜,她心中满满的,正是创造过程中这种令人陶醉的孤独,我特别羡慕她,而当我后来,如同我对你们说过的那样,在波尔多几个闷热异常的深夜,窥伺着我们厨房的灯光时,也正是这种灼热的、紧张的、既发人深省又催人入眠的孤独让我羡慕不已——女大厨为我描绘过这种孤独,一点儿都没有厌倦它那酸涩的滋味——我觉得我还从来都没有真正熟悉过它,从来都没有完整而又纯真地熟悉过它,因为我总是缺乏强有力的意志,在那一刻超脱与厨艺不相干的一切,而在这种极其贪婪的内心自省之外,人们就不能严肃地思考和发明,而且,很久之前我就明白了这一点,它还是该职业的一种悖论,因为人们要满足、要诱惑、要屈从的那些人,食客们,厨师的精神和记忆在那些时刻已经把他们彻底去除了,他们只奉献给他们未来的幸福。

我,我从来都没能成功地忘却我为之做菜的那些人,我总是担心不能讨他们的好,我竭力让我的厨艺实践落实为我对他们口味和他们希望的体现,因此,我始终停留为无名小卒,怀有美德而心有戚戚,因此,我从来就没有统领过任何什么,也没能找到平静的心境,平庸的挂虑从未离开过我,我从来都没有见识过安宁,那种镇定,那种冷冷的欣喜,正处在创造过程中的孤独。

在这个被老松树的树干团团围绕的不很舒适的小小厨房中,女大厨兴许并没有感到比以往更为幸福(她跟父母在一起时曾是幸福的,她奇特而又艰涩的童年时代曾是幸福的),但她以一种她从不熟知的方式感到幸福,它似乎具有一种质量,一种广度,远远地高于她能为自己提供的任何形式的满足,那种幸福的理由只在于她自己,在于她的忍耐,她的胆魄,她对自身能力的信任,并不因为某个人希望她幸福,即便那是她亲爱的父母,对此她总是有所怀疑,这无疑在她心中毁掉了看重和接受一个男人的爱的任何可能性:她只想把这一情感、这一幸福的感觉归于她自己,由于总是希望如此,她变得无法从一个要给他带来欢乐的男人的心愿中汲取丝毫好处、丝毫愉悦,她腻烦,所有人都让她腻烦,除了她女儿,女儿一心只想给她带来与任何欢乐正好相反的东西,但她真的爱她,那还是爱吗,或者那只是充满了负罪感的绝望,我对此自然有我的想法,你们已经见过她了,你们看到了不愉快、不孕育的、傲慢而又虚荣的女子,她现在试图向整个世界出售有关女大厨的似是而非的故事。

我恨她,我无所顾忌地承认,我恨她,蔑视她,她不配当女大厨的女儿。

算了,不说了,当人们自身无足轻重时,仇恨与蔑视是不会让我们伟大起来的。

我试图让你们明白的是,女大厨在这个几乎被松树林窒息的厨房中,品尝到了被身体每个部位所包含和承认的神圣使命的精美果实。

就这样,她的脚来来回回地走在水泥地砖上,带着两只训练有素且在工作中极其喜悦的小野兽①的那种敏捷与轻盈,本能地、美妙地熟悉着那些不太牢靠或无用的角落,还有移动空间中那些阴险的障碍,一个明显的事实是,我在女大厨身上

---

① 两只小野兽,指她的两只脚。后文中,也把她身体的各部分比喻为一个个的小动物。

始终能看到,即便在狭窄而又拥挤的空间中,她的动作与步态也透着一种令人着迷的精确,她器官的每一丝纤维都勤勉地回应着确切而又带补充性的指令,带着优雅,带着一种灿烂的爽快劲,它给人感觉,她在厨艺典仪般圈子中的每一个动作都严丝合缝地依照了美与必然性的标准。

我从未见过女大厨在工作中受伤,我从未见过她步履趔趄,或者磕碰到一件家具,这样的事情也许发生过,但我不敢说我什么都知道。

相反,我见过她那双小手的令人难以置信的精湛技艺,那么灵巧,那么有力,怎么可能想象,这双手会并不总是准确无误地服从她下达给它们的命令,我同样还看到,女大厨那双精巧的手小心谨慎地过着它们自己的日子,得以在操作台上行动自如,比如说,当女大厨把手机夹在耳朵和肩膀之间,说着跟她的双手正在做的事完全不搭界的什么话时,那双手也从来不犯错误,连手指头都善于思索和决定,一点儿都不会弄错,那双手从来就不犯错。

女大厨在朗德的小小厨房中发现了这一点,她认识到了她自己的身体,一向来,她始终把它用作一个整体,用作一台从心里操作的勇敢机器:她在激动和狂喜中明白到,她的身体实际上是由各个不同的小动物构成的,它们各自独立学会完美无缺地工作,而在那个下午,它们满足,谦虚,既表面温顺,又暗中大胆,为她展现了它们本领的范围,以及它们是如何彼此协调,成为组合,从某种程度上把女大厨排斥在外,并互相合作以求获得一种有效性的,而女大厨若是固执己见,刻意引导这台自身机体的机器,就无法达到这一有效性,直到现在,她一直都是这么想的。

她会这样对我谈到她的四肢,她的器官,仿佛那是独立、狡猾、忠诚的生命存在,她得避免对它们发号施令,她理解它们无法像它们自己理解自己,像它们彼此理解对方那么好。

有时,她会一边轻轻地拍打大腿,一边天真得出奇地对我说:这两条腿真是不知疲倦啊,我尽可以对它们提任何要求。

她还会摁一摁胃部说说:它能吞下一切,它从来就不会生病,也不会吃撑,这可怜的胃。

她觉得,那些在她体内构成种种器官的小动物,她并不带领它们,她对它们并没有控制权,她只有带给它们的友谊,她对她自给自足的强度和异常能力并不感到丝毫的骄傲,她对它们只有感激,这是大自然的一种天赋,我们对此唯有卑微地感恩。

当她用那只母鸡自身天真而又大方的肌肤完成了它的异装工作,她就开始做喷香的鱼汤,她把从老布科的一个鱼贩子那里买来的两公斤杂鱼,倒入一口盛了半锅水的煮锅里,胡瓜鱼、泥鳅、鲱鱼、小沙丁鱼等,加入一些胡萝卜和芹菜梗,还有大葱和洋葱,一点点丁香花蕾,还有,很偶然地,家里剩下的褪了色的藏红花干,那是在香料柜里唯一一只贴了标签的大口瓶里找到的。

孤独,活跃,静默,在被蒸煮而产生的湿热变成了一个蒸汽浴室的小小厨房里(她打开了几乎被又粗又老的松树那鳞状斑驳的树干彻底堵死的狭窄窗户,并不因为她为蒸汽所痛苦,她并不痛苦,而是为了防止过量的蒸汽歪曲了她的味觉感受以及食材的气味,有一股夹杂了松节油味和热沙土味的沉闷空气慢慢地钻了进来,让不太习惯这些油腻味的女大厨很是困惑,很快就又把窗扇关上了,这时,她感觉到跟松树,跟它们的威严,跟它们令人不安的温和暂时隔离开了),女大厨什么都听不见,只听到在她身上工作的那些勇敢的小伙伴隐隐约约的声响,还有她低声说出的对自己的盼咐。

但是,如果说,没有任何一种活动的动静从其他房间中传来,她却感觉听到了克拉波夫妇气喘吁吁的呼吸声,就在厨房的墙壁后,她看到他们变得众多,大量,不耐烦,焦虑,太过激动,无法在此刻体验到他们惯常的对嘴馋胃贪的羞耻感,而是紧张地听着她,听她前行在为他们制造狂喜的过程中,兴许还在一阵颤抖中想象:我们的幸福就全在这个小姑娘的手中了,是的,她突然看到他们变得数目众多,还跟间谍松树一起竞争着监视她,好几十个克拉波,倒是并不那么猜忌和怀疑她的才能,但一想到她可能会表现得一无是处,一无长处,却会担心得发抖,而从某种程度来说,这种可怕的焦虑并非专门针对她的,它甚至还保护了女大厨这个特殊人才,因为从个人角度来看,克拉波夫妇并不会因她令他们失望而抱怨她,他们只会责备他们自己,他们的疯狂。

她相信听到了他们正沿着厨房的墙壁走过来又走过去,像是在外面,在冷静得犹如同谋一般的松树之间,又像是在把厨房与餐室分开的那条走廊中。

她并未被打扰。

她并没有对自己说,几乎也没有意识到,但她深深地懂得了克拉波夫妇,她接受了他们的那个样子,带着他们的疯狂。

一顿平庸或贫乏的晚餐会让他们加速走向忧伤,而这种忧伤对于她既不徒劳,也不好笑,也不令人尊敬,她能接受这样一种前景,但没觉得这样好,也没觉得这样不好。

尽管……你们说得对。在这一点上我兴许弄错了。

她理解克拉波夫妇面对一顿差劲晚餐时的沮丧,远胜于能理解对此的无动于衷,而克拉波夫妇的焦虑不安在她看来更值得尊重,尽管她并不羡慕他们的疯狂。

当他们出于对食物的痴迷激情而增加他们狭小的生存幅度时,当他们允许一种如此的疯狂来构建他们日子中每一时刻时,她会理解它,尊重它,感到在自己心中也已有一种类似疯狂的萌芽,而且更可期望,因为她会把它变成她赢得声誉的工具,她会被它带着走,却永远不会被它控制,总之,一直到她操练的最后岁月,让这一疯狂将她彻底吞没。

但是,事实上,想象有一大群克拉波正隐藏在那里试图伺机发现她在小小厨房中准备的饭菜,想象他们欺骗了傲慢清高的松树,赋予了它们一种询问的目光(她无法忘记她背后的窗前有老树干的存在,她感觉到它气喘吁吁,想平白无故地闯入厨房来干扰),这并不让她难堪,她从不指责任何人,她干活很利索,精神爽朗,开心,深谋远虑。

是的,这是我始终能在她身上看到的特点,从不指责任何人,只指责她自己。

她并不抱怨,她不批评别人。

她是不是对人们感兴趣呢,就如你们说的那样?

哦,是的,她静悄悄地不动声色地观察着,带着她那张微微疏远,不太活跃,有时候仿佛还冷冰冰的,凝集在一种刻意中性化表情中的脸,足以让那些满怀热情和博爱向她走来的人改变航向,由于她的眼睛只有落在一大扇肉、一筐蔬菜或烹调不可或缺的什么食材上面时才变得炯炯有神,由于她的眼睛从一片精致地切下的鱼片转到刚刚完成这一动作的徒弟的脸上时似乎就被蒙了起来,人们会相信,让她上心的只是这一片鱼,而不是这个徒弟,人们会相信,她更重视去研究,去评判眼前那以极其简单的形式完成的精美鱼片,而不是把目光落向她对面的人那复杂多变的脸上,但这是个错误,当人们的注意力悄悄地落到这个或那个对象上时,他们就会明白到的——因为这时候,被选中的修饰语会真真实实地抓住你们,就像那么多的投箭纷纷击中靶心的正中心。

人们自己恐怕无法找到这样的词,无法想到还存在一些词可以如此精确地指涉一张脸的真相,它的表情,一个行为或一个动作的意义,然而,人们会立即觉得这些词是无比正确的,同时也是在此情此景中唯一恰如其分的,而女大厨知道怎么找到它们,因为尽管表面现象扑朔迷离,尽管她神情谨慎,眼光迷茫,她还是在检查并比我们更彻底地钻入了那些脸中,而我们只是以我们真诚的微笑,以我们自己四分五裂的亲和形象,来对抗一张脸的奥秘,殊不知我们脸上的一切神秘早已被驱逐干净了。

提到女大厨,有人会说,她是个机灵鬼,但我想,这一没有选对的说法只是证实了我们界定她个性时会有的困惑,她精明却不至于狡猾,好奇却又冷远,隐藏在她那谁都不熟悉的矜持中,我敢肯定,除了她女儿兴许还对她熟悉一点点,而这女儿动摇不定、忘恩负义、自私自利、凶狠的性格迫使女大厨显露出了她唯一的弱点,不是爱情,不是的,不是它把她撵出了她那私密的巢穴,而是困境,是绝望,是看到一个可爱的小女儿变得那样之后的艰涩的惊愕,不是爱情,连我自己在这方面都没有成功,既然我所知道的关于女大厨的事,我现在对你们说出的,并不是她告诉我的,而是我以为我自己弄明白的。

我带给她的爱,或者她对我的深厚情感,在这里都是远远不够的。

有时候她是那般天真,真是怪!

她有时候会对某个顾客或某个雇员的大声说话表现出惊讶,当餐馆中某次服务结束,气氛轻松下来,我们开心地惊讶于她的惊讶,说到某个人只能表现得那个熊样,我们觉得这也太耸人听闻了,这时候,她会轻轻地摇摇头,寄寄地喃喃道:我根本就不是这样看事情的。

然后,她会用一种看似在愉悦人实则在掩饰自身失望的口吻,因为她失望地发现,我们这些远比她年轻得多的人对此早已有所心理准备,失望之际,她就会说些诸如此类的话:但你们又怎能看出来只有那些跟这家伙一样可恶的人才能看出来的东西?

于是,我们哄堂大笑起来,她也笑了,我们很开心地逗笑了她(我们相信我们逗乐了她),而且我们更满意还教她见识了生活,短暂地小小胜了她一筹,而她一旦走出厨房,就对世界一无所知,我们是这样想的,因为我们想到,认识世界首先意味着不要被人骗了,要对众所周知的那种好心好意有所疑心,要怀疑一张诚实的脸。

是的,她有时会弄错,但始终是在同一方向上,对一副容貌的审视常常会让她想到,她是在面对一个正人君子,而实际情况却往往并非如此。

我想,她从来就不会提防一个表现出古道热肠的人。

我为什么如此看重这个,要对你们讲女大厨性格的这一面,我为什么此时此刻不寒而栗?

你们会说我不寒而栗,这是可能的。

太多人了解错了她,他们偶尔才接触她一下,却把她描绘成一个对别人的在场不甚敏感的女人,幽禁在她狭窄而又狂热的激情世界中,偶尔才迟迟疑疑地从中浮现一下,只为让一种严厉,一种坚定行得更畅,而那些无知者却说,它们才是唯一能把她拉离自身的东西,是的,我知道,她女儿是她开始要对其转让一切,原谅一切的人,然后,她才会悄悄地远离这个危险的女人,同时却用她最终已经启迪给了她的那种压垮了的爱不停地爱着她,我曾看到她很害怕地读着一封电子邮件,嘴里结结巴巴地说着一些绝望的、不明不白的话,女儿写来的这一疯狂的电子邮件最终骚扰到了她,她把一张痛悔不及的脸转向我,就仿佛是她自己做得不妥,然后,她嘟嘟囔囔地说出一些道歉话,来原谅她那无法原谅的女儿,或者回顾当年那个曾如此令人喜爱的孩子,就好像对这孩子的回忆会减轻这个成人后来的愚蠢和残忍,或者让人把它们看成可以忽略甚至并不全是真的。

如此说来,我一生得以自吹自擂的实际上唯有一种品质,那就是比任何人都更了解女大厨,我可以肯定地说,她很有深情,很有同情心,很能理解人,有时候甚至远远超出了应有的程度,而其证明就是,从来没有一个她的雇员叨叨叨叨地说过她坏话,然而这并非由于他们缺少被人邀请,被那些觉得没什么对她不利的话可说的或可写就会厌烦的人邀请,女大厨本来的样子,她那慷慨大方,富有怜悯心,善解人意的心就让他们厌烦,远远超过了应有的程度。

就这样,女大厨在朗德省的小小厨房中工作,既信心满满,又有些紧张,就像她总希望的那样,是那种被控制的、生气勃勃的、激情昂扬的紧张,它吸引来种种神奇的想法,不甚张扬地接受它们,如同一种该得的东西,一种显然性,而缺少了它,一旦工作结束,一旦已完成的使命赢得承认,就会引来一种轻微的眩晕,一种疲竭,一种与其说是美妙无比还不如说是将信将疑的疑问:我怎么能有一种如此的功绩?

唯有这种紧张,女大厨总是这样说,才有助于忍受厨艺的无情劳作。

当人们心中感觉不到它,或者当人们感觉到了它却并不体验到愉悦,当目光落到被肢解的动物尸体上,依然沾满泥土的蔬菜上,所有那些封锁住滋味的秘密并沮丧地期待着想知道人们将会把它们变成什么的食材上,这时,一种厌恶,一种巨大的腻烦就会让你们生出愿望,赶紧逃离那地方,女大厨这样说,别让你们再感觉跟那些东西连接在一起,跟死去的肌肤,跟沉重的气味,跟内脏,跟油脂,跟各种各样却又极其单调的折磨,跟不可避免的肮脏,跟那些无论是动物还是人的痛苦,它们一来到厨房的台子上,就揭开了成为沉默无言的迟钝食品的序幕,动物的叫嚷,人的疲惫,当这种重复不已的悲惨扑到你们脸上,当冰冷的创造性狂热不来保护你们时,你们巴不得赶紧逃之夭夭,越远越好,女大厨带着她那略带歪斜的小小微笑说,有时候我就是这样做的,我以为获得了自由,不过我总会返回来,当然,女大厨说,因为,要让我摆脱厨艺的种种考验,比起忍受它们来,会让我更加不幸,当我远离它们,当我不间断痛苦时,我其实很少忍受它们,这是肯定的。

　　出了我的厨房,我从来就无法长久地幸福,女大厨这样对我说,然后她又匆匆补充了一句:除非跟我的女儿在一起,而我们两个都知道,这不是真的,无论如何我都是知道的,恰如我知道女大厨感到自己不得不发明和展现出一种母亲的幸福来,不是为了她自己,不是为了自尊心,而是为了竭力说服她女儿,无论她在哪里,她都不跟她在一起,就仿佛这样的词语连年累月不断重复,最终就会充盈在空气中,能让她女儿在世界的某个地方呼吸到,就能解除她健忘却又记恨的心中的戒备,她那颗心并不保留对所接受之爱的记忆,却牢牢地记住了所谓的受欺侮。

　　你们应该会遇见她的吧?

　　他们立即就会感到,在你们面前的是一个阴险狡黠的尤物,魔怪一般地爱着她自己,要说傻还真有点傻,这倒是让她稍稍变得不如她希望的那样有害。

我不担忧,你们马上就会感到的,我不觉得需要为我自己的强硬辩护,哦不,我不担忧。

假如她讨厌我呢?是的,是的。

假如她憎恨我呢?那是自然。

尝试一下处在她的位子上,她又怎么会不恨唯一那个毫不怀疑她曾有过的意愿的人?再者说,她也从来没有在任何领域中有过任何别人,会削弱她母亲的伦理的和生理的力量,通过摧残她,消灭她,来让她落到平庸、懒惰、舍弃、自满得意、牢骚不断的层面上,并始终自觉自愿地把自己留在那里。

我明白她恨我。

我从来就没有进入过女大厨的这一游戏中,它并不是什么别的,就是当她回想到她那如此有本事、如此可爱的美妙小姑娘时,要开心地赞同她一下,而假如人们自己有一个远非那么出色的孩子的话,那么,赞同时,兴许还要带着一种羡慕或遗憾的神情,其他人通常都会投身于这一喜剧中,丝毫不会去怀疑它究竟是不是一出喜剧,他们对女大厨的生活和女儿不会有一种如此的兴趣,竟至于他们会想到要去怀疑这样的宣称,他们只是漫不经心却彬彬有礼地敷衍一下。

只有我知难而退,既不赞同,也不微笑。

而女大厨心里很明白,我知道她本人枉费心机地不想去知道的东西,就是说,她女儿根本就不是她所谓的端庄稳重聪明伶俐的人,她从来就不是那样的,她甚至动用了本来就很有限度的小聪明所有可怜的源泉,试图让她母亲为她的失败担当罪名,让她的母亲感觉有罪,并变得真正有罪,因为女儿把她推入了一个如此的情境中,她不得不远远地离开,以免跟她一起淹死在里头——她真的会淹死在里头的,但是她女儿会迟迟地才浮出水面,我敢肯定,她是那般地看重生命,看重她那小小的舒适生活,尽管她没完没了地威胁着要去寻死。

不,女大厨从来都不抱怨我在她开始描绘一个想象中的女儿时拒绝上她的当。

那是,在她耳朵边上,一记翅膀的扇动。

是的。

一记微妙的摩擦来自我真诚得发狂的头脑,于是,我们的眼光相交了,她兴许是轻松地,或是感激地,注意到了我的保留,也可说是我的正直,她保持住她的理性,并继续说着她那卓越的女儿,同时意识到她自己是在胡编乱造。

没有你的话,我会变疯的,她有一次像是很顺便地这样对我说,而我没觉得有必要问她到底想说什么,也没想到要傻傻地抵抗一下,我马上就明白了她的意思:由于总是把她女儿说成为一个令人赞赏的人,一个爱着她并满足她这一母亲所有意愿的人,而从来没有任何人来反驳,哪怕只是给她的太阳穴风吹似的轻轻抚摸一下,久而久之,她也就自欺欺人地相信了这一点,从而失去了她头脑中很重要的一部分清醒,这并不会让人把她当成一个疯子,没有人会发觉到,会关注到,但是,这会,她想到,会损蚀她投身其中的厨艺的结构本身,而本来,这厨艺的基础在她看来是建筑在一种永远沉着冷静的头脑上的,因此,从她所理解的意义上,她还真是变疯了,既然她已在真实性和精确性上丢失了她的警惕。

正因如此,她很是感激我执意对抗着简单的同情心,或者说,对抗着一种困惑或畏惧的形式,而这形式本来会激励我用一个得体的词来赞同她所说的关于她女儿的话。

面对这个女人,我总是狂野地停留在我的迟疑和我的恐惧中,我叉着胳膊,后退一步,瞧着女大厨,把我忠诚、温和并且真实的想法发送给她,而女大厨从来没有因此而记恨过我,正相反,她承认,我把她从一种更大的危险中救了出来,而没让她沉浸在那种盲目的快感中,没让她最终相信那个可悲的女儿各方面的所谓优点。

当她的小鱼羹煮得恰到好处时,当她证实已经不再分辨得出蔬菜丁和小杂鱼块时,女大厨开始摘除最大的鱼骨鱼刺,然后她把所有内容都搅混,很满意地认定颗粒状的浓汤已经差不多了,因放入其中的藏红花而显得金黄金黄的。

她在里头放进一块鳕鱼背肉和一片绿青鳕肉,又让它咕嘟咕嘟滚了几分钟,然后关上火。

她从来没有下过厨,从来没有看到过别人用这种方法做一份鱼汤,她也还没读过什么,她认字不多,读起来很费劲,也就从来读不了太多什么。

然而,就如她向我解释的那样,马尔芒德的那个厨娘所做的毫无表情、阴郁乖僻的菜肴中所欠缺的一切,都间接地教育了她,让她晚上躺在床上时总在尝试着想象有什么办法能让她所尝过的东西变得更好吃,以至于,她会带着一种兴许有轻微撒娇色彩的悖论说,她似乎觉得,她从马尔芒德的厨娘的隐晦教训中学到的,比她可能从一个好厨师那里学到的,要更多更好,更能训练她的发明精神,无论如何,她从中汲取了一种平静的自豪感,几十年之后,她还始终那么惊讶自己竟然在朗德省这小小的厨房中完成了一份如此漂亮的活儿,而且,还是在化身为松树的克拉波夫妇的严密监视下,克拉波夫妇本人,克拉波军团,狂热,烦躁,充满了渴望和不确信,化身为这些如此不自信的松树,在窗户前咄咄逼人的老松树。

对她自己这一主题,或者说,对如此奇怪的曾是她本人的这个十六岁的好奇姑娘,惊讶之情是很晚之后才来的。

这个姑娘,在平静的忙碌中,在关于工作的紧张的沉思冥想中,对什么都不会惊讶,尤其是对自己的匠心独具。

一切都显得那么自然而然,不言而喻,操作的迅速,动作的细致,还有她蜷缩成一团的小小身体的简洁舞蹈,清晰轮廓,当她来来回回地走动,不浪费一丝多余的运动时,她对此有一种平静地享受的意识,她带着一种美学上的断然否定,断断续续地回想起早年间马尔芒德的女厨娘在那个大房间中杂乱无章的、犹豫的、乖戾的移动,那个女人似乎很恼怒地决定绝不记录下这个厨房何以就是那样而不是别样的特殊比例和任何细节。

在女大厨的眼中,马尔芒德的女厨娘每天早上似乎总要被扔进一个古怪狡诈的环境中,而她的尊严或她的安全则总是无法适应它,而女大厨,则更为机灵,很善于发挥她自身的和谐,对任何厨房都能做出平衡的、得当的和漂亮的适应,她平静,精力集中,兴奋,成为偷偷窥视的松树的朋友,对周围的一切既觉醒又敏锐,至高无上。

我敢肯定,当我闭上眼睛,看到她在朗德省的那个小厨房中时,她已经拥有了那种令人困惑却又令人艳羡的才能,全然一副对自己彻底满足的神态,满足于她自由而又殷勤的身体,她极大却又得到控制的抱负,她并不太迫切的欲望,她那有所克制的心的优雅交际,这就是我们对她的想法,我们就是这样看重她的,一开始,当她成为我们的老板时,隐隐约约而又相当恭敬地以为她什么都不需要,因为她自己就已足矣,甚至连厨房本身也属多余,对一个不怎么喜爱偷懒惰怠的女王来说,是一种挑战,一种高级的娱乐,总之,她以为,她可以不要一切,不要厨房,恰如不要女儿,不要爱情,恰如不要我们大家,我现在知道了这是错的,当然,在厨房之外,她很难忍受她的团队,她跟她那充足而又全面的个性相处,远不如我们其他人跟我们平庸的性格相处来得容易。

我们?

哦,我说的是我们当时的同事,当我为女大厨工作时,就是说作为一个管事,我加入到一个由小伙子们组成的团队,他们长期以来就围绕在她身边,我也不知道是怎么回事,我总觉得我很习惯于他们的观点和情感,但是到后来,我才认识到,我对女大厨想得跟他们大不一样,我当时爱上了她,我试图以我能有的微妙心境去理解她,我难以变得文雅,我还太年轻,我的洞察力有时候很不给力,我什么都看不清,但我顽强坚持,我靠着爱情做得有了些名堂,我学会了比任何人都更了解女大厨,我一刻都不怀疑,有谁能像我那样爱她?

他女儿吗?你们开玩笑呢,我想。

猜测她兴许已经蒙蔽了你们,这会让我腻烦,我觉得跟你们说实话还真有些不太自由。

得相信我,你们都是一些可尊敬的人。

假如人们那么轻而易举就被一个在鸡毛蒜皮的小事情上如此粗俗、如此精明、如此狡猾的女人给骗了,那人们怎么还称得上可尊敬呢?

而我又怎么跟你们说实话呢,我根本就不习惯的这种永恒而又直爽的冲动,它震撼我,一回想起它来,我夜里就会从梦中惊醒,那时候我真怕会厚颜无耻地打破女大厨的沉默,说出我自己的秘密,我会大汗淋漓,沮丧万分,厌恶我自己,也从某种方式上厌恶你们,我再也无法复睡,我在黑暗中睁大着眼睛,血液奔流在我的喉管中——我又怎么能跟你们说实话呢,假如我想到,我的话会落到由我与女大厨之间的对话在你们心中挖出的怀疑论的深洞中去?

因为,这样一来,你们会怀疑我对你们说的一切,你们会把它们跟她女儿说的全然不同的话做一番对照,你们会期望仔细权衡我们这两种观点,却看不到,你们这样会给我带来一种看来如此奇怪的攻击,让我受苦,就仿佛在同等受尊敬的情况下放在她身边,跟这个女蠢材,这个女撒谎者来相比,就等于把我留在了更接近真相的地步。

一切都变得很荒诞,你们明白吗?

朝我那些滨海略雷特的朋友身上投去一道充满嘲讽的目光是再容易不过的事,他们天真地属于那样一类人,他们似乎只是为了让轻蔑嘲讽存在于世才在那里的,他们穿着五颜六色的实用服装,透着一种故意卖弄的好脾气,还有他们生理情结的缺乏,以及从中流露出来的肌肤的天真展现,然而,他们对自己以往生命的种种元素的严格选择,为的是快乐地简化为他们在滨海略雷特的六十平方米所包含的财产,他们激起了我一种充满好心的尊敬。

女大厨应该总是很少关注餐后甜品,不过她承认它们的益处,甚至它们的必要性,就是说,她翻来覆去地再三考虑过这一问题,尝试着让餐后点心不跟甜味联姻,从而构成一段极其富有节奏的航程的略微草率粗糙的尾声(比如说,在大葱牛尾之后,上一道绿橄榄冰糕或者蜜糖黄瓜丁),她允许人们冒一下险,不讲礼貌,不求优雅,高傲自负地删除掉甜蜜的、富有旋律的、毫不复杂的传统性结尾,删除掉一段总是美味的,有时却也会稍显更粗犷的简述中那些两厢情愿的甜蜜辞藻,女大厨的厨艺会是艰涩的,尤其是在最后几年中,在她近乎狂热的俭朴中,是的,乍一接触,她的厨艺会是很冷酷的,不怎么讨人喜爱，然而，人们一旦爱上了它之后，就会对一种勾人食欲、矫揉造作、油腻柔软的美食只感到厌恶了，在这样一种美食面前，人们感到不怎么受尊重，这就好像是在跟那样一种人打交道，你并不怎么期待他们，也不会要求他们展现出自身的最好一面来，他们的胆魄，他们的好奇心，我还知道什么呢，人们不会觉得受到了尊重，作为顾客，作为食客，人们会为厨师感到羞愧。

但女大厨没有成功，她停止了憧憬，没能把一种对甜味结局的古老而又深切的愿望变成一种历史的风尚，假如我能这么说的话，让所有人全都同意，并把食客们全都团结在对厨师意愿的一种快乐、开心的赞同中，而女大厨还在尝试，直到最后一刻，直到最后那一口，她想要在食客心中刺激起的，不是他们惊讶的能力，不是他们对挑衅的抵抗，她从来就不喜欢挑衅，尽管得承认，她也常常那样做，而是对一种简洁性、对一种苦涩的羞耻心的追求，她野心勃勃地想把这种简洁性和羞耻心变成她所有种种爱好的主人。

而她为激励那些看重她厨艺的人而一心渴望获得的这些品质，在她看来，在一种甜品的习惯性轻易的甜柔中是找不到的。

但是，她更希望能从斗争的场域中跳出来，她选择不再谈论它，不再想它，就仿佛甜品的定义本身从来就不存在，而为结束一顿饭最后端上某种东西，而它恰巧是更甜而不是更咸，是更柔而不是更酸，人们实在很难回想起那是一种纯粹的甜柔。

人们第一次品尝女大厨的手艺时，假如什么都不懂的话，便会期望有一种稠腻醇美的报偿，会褒奖人们做出的内心努力，以自己的那种挑剔劲来看重所推荐的每一道菜肴，这样，人们就会看到,那充当甜品的东西就是对自身价值,而且几乎就是对自身心灵之崇高的一种暗中考验,因为,要想享受美味,就还得克制住自身对一种甜点的稚童般的渴望,但是,只要人们做到正直而又好奇,他们就能实实在在地享受美味,人们享受美味时会感到自身的高雅和端庄,人们会一边推开自己的椅子,一边对女大厨表达这样的想法:您从我身上汲取了最好的东西,从而满心喜悦地把自身变成一个长久的感恩戴德者。

是的,人们享受美味,而这,很奇怪,要求它有坚定和热情的价值,而作为交换,人们会记住一切,什么都不忘却。

如果说,人们又回到讨人喜欢的甜品上来,那并非,我想,并非没有一种内心的失落,那并不确切是由向着一种偏好或一种怪癖,而是向着自我的最无关紧要的那一边的回归所激起的,当然,它会随着时间的流逝,随着生活的充实,还有所有那些常规习惯而自行消除,然而我更愿意相信,一种遗憾会潜伏在那里,在人们缺少胆量、缺少风格时随时随地爆发出来,遗憾就在那里,人们会记不起它的根源,记不起它要对我们说什么,恰如人们无法回想起某些忧伤的遥远缘由,而有时,短短一瞬间中看到金色光芒下的一段墙,或在一个死气沉沉的夏日中看到闪光的镀铬汽车散热罩,那忧伤就会抓住我们,遗憾就在那里,遗憾没能学会或没能足够地渴望站在那一行列中,而女大厨只用一顿饭的时间,就以厨艺精神让我们晋升到了这一高度。

我哭了?不,那只是一点点水从我眼睛里流出,没什么意义。

我不是那种喜欢在别人面前哭的人,你们知道的,我从小被教育不该那样,我母亲会不怀好意地嘲笑我的。

女　大　厨

我不认识我父亲,确实,但我们还是避免在女大厨面前谈论我的生活,那是没有意思的,因为我就是在带着受聘的希望把脚踏进餐馆的那一天才真正出现在这世上的。

此后我很少见到我母亲。我没有太多时间。

那没有什么意思,我对你们说了。

对备制一种只为满足追寻快感的甜品的这一迟疑,女大厨从在朗德省的小小厨房的那天下午起就在自己心中发现了,这是她厨师个性的最早也是最持久的特点,她几乎为它所困惑,在桌子前一动不动地待了好几分钟,双手撑着木头的桌面,问自己是不是有道理这样,根本没意识到心中已经有些担心直觉会太过分,兴许,同时还明白到,她还有别的选择,并不非得听从直觉,假如她想把她使命的火焰维持得又高又旺的话。

是的,女大厨是一个宁静的幻象者,一个有保留的狂热者,她的炽热是隐匿的,深刻的,只有在窗户外观察她的松树才了解她,而它自己被禁的欲火也被封闭在树皮底下,在粗壮的树干中。

她心中很清楚,她无论如何都不想模仿马尔芒德的女厨娘,那女人为克拉波夫妇做甜品只不过是为讨好他们不断的好胃口,奉承这一馋嘴的扭曲而又可悲的羞耻感。

她从中体验到一种说不清的厌恶,然而,她自身的厌恶也让她恶心,她对这一切什么都不想去做。

很简单,当她晚上躺在床上时,她分析了一杯咖啡冰淇淋、一种蛋黄奶油、一块萨瓦风味的小饼干或者蛋奶酥甜甜圈在她心中唤起的那种转瞬即逝的失误感,她似乎看到,把所有这些甜品与她那种不满、她那种持续重复的失误感连接起来的东西,都来自于一个事实,即它们太甜,太腻,太乏味,它们以纠缠和粗鲁的方式增添到一顿饭菜之中，它们从来都不是，女大厨在床上的孤独思索中感到，不是一顿必然更重要、更严肃、更辉煌的饭菜的必定的、确切的、秘密的终结，它们从来都不在其正确的位子上，它们只是在一种有趣并恰到好处的形式上的一个很不适时的隆凸。

她有时候很惊讶于马尔芒德的女厨娘制作克拉波夫妇十分迷恋的甜品时的那种勤快劲，还有她在这一层面上为迎合他们的偏好而付出的良苦用心，这个喜怒无常的女人，她只能在知道自己无法满足克拉波夫妇的条件下为他们工作，她总是停留在快完成却又未完成的边缘上，由此，她的一部分恶语就这样喷泄而出，而马尔芒德的厨娘也就保留着她喜欢暗中想象的东西不受损伤，女大厨想道，因为她从来就不会把它赠给任何人，她幻想中的宝贝：她自己强大的创造力。

但是女厨娘处心积虑地要用她的甜品来诱惑克拉波夫妇，而这些甜品不是什么别的，只是彻底无用的糖和黄油，就仿佛，女大厨这样想象，一旦她从中看出一种能使克拉波夫妇堕落的方法，她就允许自己从中尽情地汲取创造性的源泉，他们这两口子不仅知道大量食用糖和黄油有害于健康，但我相信他们会嘲笑这一点，因为他们更喜欢大吃大喝，大饱口福，而不是活到更老，不仅如此，他们尤其还选择了把糖和黄油认定为他们偏爱的基本要素，他们承认对这些食材有一种卖弄炫耀性的仇恨，也不知他们是知道还是不知道，这一点我一点儿都不确信，他们本来是可以努力摆脱糖和黄油的，而对拌有香芹的肉，对肥腻却有滋有味的砂锅菜，对香喷喷的腊肉，他们是根本无法摆脱的，他们不能够恨它们，毕竟它们给他们带来那么多的快乐，那就去仇恨对他们没那么必要的糖和黄油去吧。

他们完全可以拒绝它们,但他们实在无法痛下决心,他们所炫耀的仇恨只能怪它们根本就不是他们混乱的基础。

女厨娘感觉到了这一点,她了解克拉波夫妇胜于了解她自己,她了解他们就如人们了解自家的孩子,自家的宠物,自家屋里所有的轻微声响,她感觉,糖和黄油比起别的来对他们就没么重要,由此,她运用了她巨大的、无限的、毫无来由的、也无可能解决的发怒,试图让他们对这些东西无法短缺,让他们,让这两位只是隐约看到一条道路的克拉波夫妇永远走在歧途上。

如同我对你们说过的那样,女大厨却不愿意涉足其中。

她想用她掌控的冷冷的、密密的、不可避免的光芒来照耀克拉波夫妇,而又不钻入他们潮湿的心中,不必轻拂他们黏滋滋、热乎乎的皮肤,既不刺激,也不挑衅,既不惩罚,也不原谅他们扭曲的激情。

如此,她制作一份甜品却根本不在脑子里想到他们,也不想到那只肥鸡或那份鱼汤的反面,不想诱惑他们。

不过,她的甜品在其意图的严肃框架中应该是毫不妥协的,不带哄骗的,无可挑剔的,只有这意图还可能被愤怒地批评或嘲讽或摒弃,而她动手制作的则不会,她做的甜品完美无缺。

她带着她已在马尔芒德的女厨娘的动作中看到过的那种灵巧,很快就捏出了一团做水果挞用的面,这面里头,她并没有放黄油,而只是放了面粉、水,还有两个鸡蛋。

她在面团上放上几片桃,撒上一小撮糖,一点点盐,并且,很简洁地,假装几乎没发觉,撒上从石台阶下采撷来的切得极细极细的马鞭草。

她并不确信,这样的一种水果挞是不是美味可口,也不确信克拉波夫妇会不会吃上整整的一块,毕竟,这样的制作法跟他们的习惯正好相反,她也并不确信,她自己吃到这块水果挞时是否会有愉悦感,或者,她从中获取的愉悦兴许来自别的东西,而不是知道她自己准确无误地完成了一份恰如其分的、和谐的、平衡的佳肴,按照女大厨后来喜欢借于自时装行的说法,一份天衣无缝的佳肴。

她并不确信是不是会有愉悦,但相反,她几乎确信会赢得总体上的成功,这对她就很合适了,对她来说,最根本的是要有道理,不是去说服,而是从心底里知道她并没有弄错,知道是直觉在引导她,而她头脑中拥有的东西,浮动在她精神边缘的东西,像是人们在梦中见到的一个意象,精确,比现实还要更真实,显而易见的,丝毫不懈的,兴许很丑,却是充满了尊严和确信的一种丑,对这,她很善于以最深入、最细腻的方式把它具体化。

由此,先是有了一种桃子果挞的理想而又简单的幻象,带一种淡黄的琥珀色,这种色调因了她想象会是某种马鞭草之类的东西而得到加强,颇有些金光灿灿,但色泽发暗发麻,不太透亮,像是添加了一点点焦糖(马尔芒德的那个女厨娘总是要在果挞上涂一层浓稠的糖浆和杏子酱,果挞来到桌子上时显得熠熠生辉,富有光泽,像是墓碑上上了光的装饰,克拉波夫妇欢呼道:这有多美啊!别碰它!而女大厨回想起了它,毫不担忧地想象,克拉波夫妇兴许更愿意不去碰她的果挞,觉得它模样丑陋,令人厌恶,她毫不担忧地想象着,带着一丝丝提早了的失望,她憎恶浪费,知道她自己靠近她的甜品只是为了体验它),然后,在果挞端出烤箱时,她心满意足地证实,在眼前的物品与她曾有过的预先想象之间没有丝毫不同,以至于她早就把后者忘到了九霄云外,而给予了现实的果挞以一种理想的里程碑身份,她今后要做的所有果挞就将以此为楷模了。

因此,她会喜爱、备制和提供一份甜品,她会做到那样,而不至于感觉自己是在降低身份,巴结顾客,她会在甜品中发明出正直与对自身的尊重。

佳肴"天衣无缝"地水到渠成,是吗?

女大厨是不是还有来自时装行的别的表达?

不,我不认为。不,她对服装不怎么感兴趣,时装在她看来徒劳、无用。

你们到底想知道什么?

我猜测,她十六岁那年的夏天,在朗德省的别墅中,厨艺之精灵在她褐色的眼睛前跳舞,然后一下子钻进了她心中,她穿着两条仅有的布裙子中的一条,淡灰色的或海蓝色的,高高地系紧了腰,打了折褶的裙边一直盖住了膝盖,上身穿一件本色的短袖衬衫,扣子一直扣到下巴那里,这身衣服,很简单,没有任何装饰,是由圣巴泽尔的一个女邻居裁剪的,女大厨固执地黏糊上了这身装束,这使她时时回想起家乡圣巴泽尔以及她的父母,同时它也属于一种制服,这种无人称的风格也很让女大厨满意,因为它们什么都不会展露,既不显露风骚,也不期待讨好什么人,并不比一种潜在的多疑的决心更不讨好任何什么,而且,其剪裁和布料还都那么直率和赤裸,天真无邪,当真什么都不想说,也不想启迪说出什么,事实上,也什么都没有说。

这身衣服仅仅只是它本身,不错的布料,剪裁得体,很适合人们想要它扮演的角色:不干别的,只为保护一个同样天真无邪、默默无闻、无意声张的身体,女大厨在朗德省别墅中的小小身体,结实而又小巧、秘密而又健壮的十六岁的年轻身体,而女大厨以一种理性的方式对待它,如同对待工作中一件不可或缺的工具,根本就不想去损伤它,但她对它既没有好感,也不反感,她不去看它,也不嫉妒它,它不会让她惊讶,她也说不准它是不错还是很不完美,这勇猛的身体好几年时间里都将没什么变化,就仿佛停留在了女大厨对它的一种无动于衷之中,凝固在了一种永恒的漠然的青春中。

女大厨还有两条裙子,天冷时穿的,按照夏裙的同一式样裁剪的,一条是苏格兰呢绒的,另一条则是栗色的平针呢织品,她还有两件本色的法兰绒衬衫,她从十三岁起就停止了长个子,同样的衣服连穿三年之后都不嫌小,还能继续穿很长时间,她隐约想象能穿它们一辈子,如她所说,她不怎么费衣服,她愿意有那样的远景,永远穿着这身圣巴泽尔的衣服,每天早上并且永远永远都穿上对圣巴泽尔的这段回忆——把自己紧紧裹在圣巴泽尔的这份纯洁之中。

很久之后,当女大厨开了自己的店,她给自己添置了很多一模一样的工作服,穿在白大褂底下,它们不由得叫人回想起圣巴泽尔时期的衣服来,只不过把裙子换作了笔直的长裤,黑色或深灰色的,同样地把扣子一直高高地扣到腰身上,并且把一件短尖领的沙土色衬衫的下摆塞进裤腰里,衬衫扣子也一直扣到最上面一粒。

女大厨似乎生来就适合穿这样的衣服,生来只是适合穿如此简洁的衣服,既不摆阔,也不装穷,处在故意地缺失意义的被剥夺状态中,以至于,在一个星期六的下午,当我穿越胜利女神广场,遇到了步履匆匆走过那里的女大厨时,几秒钟里,我竟然停留在了不确信中,不敢确认就是她,这个有着女大厨那张脸的女人,她的目光黯淡、平静、如梦,她穿戴的方式我是从来没有在她身上见到过的,我也从来想象不到的,我想,那身衣着让她显得那么可怕,仿佛在她自己的皮上又披上了一张陌生人的皮,带着它的渗透,它的体液。

女大厨认出了我,她停下脚步,毫无喜悦。

她用一种阴沉乏味的嗓音跟我说了几句,她的目光马上就离开了我的眼睛,飘浮在我的肩膀上,我明白她有些尴尬,有些别扭,显现出一副如此的形象,裹在一张让她很不喜欢甚至让她极度厌恶的局外人的外皮中。

她前去参加一个侄女的婚礼,她觉得,为了不让她一直忠诚地、无条件地、不无忧伤地爱着的家人觉得她高傲轻慢,不让他们因看到她穿着深色的长裤和棉布衬衫来参加一个如此重要的庆典而瞧不起她,他们或许会想,她不愿意出钱,她很瞧不起这个(而我相信,只会是她的家人把她排斥在外,而她则畏惧他们的评价,她怀着一种忧郁的、伤心欲绝的宿命感畏惧着它),她觉得应该穿戴得像应邀参加婚礼的其他女人那样,要考虑到一种外表上的悲剧般的优雅——因此,她穿了一条海棠红色的相当短的缎子裙,隐约有些紧身,腰上系了一条细细的黑皮带,上身穿一件很显曲线的黑色小上装,腿上是一双带花边的黑丝袜,脚上是一双轻巧的高跟鞋,这一切全是为了在一种祛魅和一种努力中显得性感,但这个样子让我很是失望。

女大厨想取悦圣巴泽尔,但圣巴泽尔的澄明又在哪里呢?

圣巴泽尔永恒的清爽又在哪里?

她知道,这一切已经不剩下什么了,她只是想安慰一下圣巴泽尔,赢得圣巴泽尔平淡无奇的赞许,当她的目光从我肩膀的一边转到另一边时,当她拨弄紧束在腰上的细皮带上的穗穗,把她那并不那么显露的、羞愧的、愠怒的腰身冲向我时,我感到既惋惜又高兴,我居然会想到跟她同时路过胜利女神广场，她无法直视我，她把自身奉献给我的评判，我的惊愕，带着一种阴沉沉的禁欲主义，一种对无理或嘲讽味的想法闷闷不乐的接受，她心想，这些想法此刻应该在我的头脑中蠢蠢欲动。

由于太阳光正朝向她那张毫无防备的脸，朝向了她那转移到别处的目光已经无法再来保卫的脸，我看到她脸上的线条中有一种怪异的橙色在微微闪光，她的嘴唇上有一种闪亮的浅玫瑰色，映衬出一种怒气冲天的笨拙，我这样想，就仿佛女大厨在一个惹她恼怒的领域中正竭力不显出丝毫的灵活来。

我为什么如此开心？

哦，这一点我可以对你们说的，我竭力抵抗着那种欲望，那种可怕的需要，克制着不跪倒在女大厨跟前，紧紧地搂住她那裹在黑色丝袜中的双腿，是的，这恰恰是我十分渴望做的事，在车水马龙的胜利女神广场中央，跪倒在女大厨的脚下，拥抱她，感谢她为我如此展现出了自身，我方寸大乱，荒谬地感激涕零，因为女大厨本不希望我看到她这个样子，她只是把这归咎于运气不佳，那个下午我恰好走在了她正走着的路上，她要走向教堂，她的侄女要在教堂行婚礼，女大厨不太明白人们的这种借托宗教的假虔诚，兴许还悄悄地指责它，要知道，她的父母总是表现得仿佛不知道这世上还存在着宗教，然而他们的行为却总是考虑到伦理道德上的一种最高层面，但是侄女在教堂中结婚，女大厨不得不前去那里，不得不依照兄弟姐妹之间的约定俗成，遵从那种默认的指令，"冠冕堂皇地"出现在那里，她如此遵命，为的是向他们显示，她爱着他们，尊重着他们，尽管他们有时候并不那么值得尊重，她在他们面前屈服，她只在他们面前屈服，出于无奈，出于乡情。

女 大 厨

　　她仿佛觉得他们就是圣巴泽尔,但在他们心中,圣巴泽尔的天真无邪又在哪里?

　　这条反射着生硬光泽的缎子裙,其展示传统女性色彩的王牌的方式很是奇怪,像是在用一种刺眼的海棠红色的嗓音高叫道:你们来瞧一瞧那底下有些什么!

　　那底下有女大厨的那个有节制的壮实的小小身体,她那能干的、强壮的、干干净净的小小身体,人们会梦想得到它,热烈地爱上它,就像我在梅里亚德克单套间中所做的那样,因为,首先,人们会爱上女大厨。

　　因为,这个自豪而有效的身体没有任何理由要展现在一条反射着生硬光泽的裙子中,它很美,配得上人们所猜想它应有的活力、勇敢、动物性的完美,而为它搭配的缎子裙则展现不出这一切,缎子紧身衣显现的正好相反,它恶意地、愚蠢地展现出,这身体对于它还不够漂亮,粗壮敦实的身体并没有让它骄傲,这可怕的闪闪发光的缎子裙,它只能抚慰悠闲的、修长的年轻身影。

　　女大厨的妹妹和弟媳妇们将会,我知道的,包裹在一种类似的缎子衣裙或一种野性味十足的平针织物中,我的母亲在节日里就是这样穿着的,她有一身结实的肌肤,就像女大厨那样,而流畅、轻盈、波纹闪闪的布料,轻薄的衣料,则会嘲笑她,嘲笑她那在愚蠢的光亮底下威武雄壮地鼓突出来的肌肉,当我母亲以这样一种笨拙的、令人伤心的方式打扮自己时,我真是无奈,真是怜悯,实在怒其不争。

　　那么,不是吗,这里头,圣巴泽尔独特的辉煌又在哪里呢?

　　我在胜利女神广场遇见女大厨之前很久,她的父母就已经死了。

　　他们的孩子丝毫没有保留住这种野性的崇高,这一崇高

87

让他们独领风骚,也会让女大厨的母亲断绝一种想法,我心里说,她不会穿上一条玫瑰色缎子短裙现身于一场婚礼的,她要去的话,我心里说,也只会穿一条由圣巴泽尔的女裁缝比照着她的身材裁剪的裙子,完美无缺,没有光亮,简洁,威严。

女大厨的弟弟妹妹似乎一点儿都没有遗传这种精神。

我要怪他们的父母,怪他们最终的失败,没能让自己成为后代模仿与借鉴的榜样。

怎么可能,我经常问我自己,只有女大厨一个人意识到了父母亲令人赞赏的独特性,一种伤心而又有罪的意识,既然她认定,她对厨艺的选择把她带向了她的父母亲向来都完全依靠不上的妥协与算计中(满足于自身的贫困,你们回想一下),怎么可能,她的弟弟妹妹,全部,五个人,都从未表达出更带肯定性的意愿,而只有一种急切、悲怆、无果的意愿,要彻底地远离圣巴泽尔,远离圣巴泽尔宁静而又安详的穷困?

怎么可能,女大厨所爱戴的父母亲,会在其他孩子的眼中成为令人厌恶、令人不安、可怜的例子?

怎么可能,他们无法阻挡教堂和海棠红的裙子,恰如无法阻止两个最小孩子的自杀?

我抱怨女大厨的父母死得太早,我觉得,他们没能见证他们的失败,没有让圣巴泽尔的光明传承下去,我抱怨他们死在了幻象中,我想到,幻想他们含辛茹苦地把孩子们养大,养成了应该的那样,而女大厨紧紧裹在缎子裙中的身影,还有其他孩子的那种强烈意愿,一心想活得,一心想表现得如同他们父母时代风俗的最严厉的审查官那样,这一切在我看来,不无忧伤地显示了,他们把自己的孩子变成了敌人,即便人们能在这里头看到爱,看到温柔,看到牢牢的眷恋,而在女大厨本人与女儿维持的关系中,这些情感正是以一种令人沮丧、难过的形式体现的。

因为女大厨的弟弟妹妹同时还得依恋对自己父母的回忆,并且仇视父母在圣巴泽尔卑微的孤立生活中的那一切,我一边这样对自己说,一边瞧着女大厨踩着高跟鞋摇摇晃晃地渐渐远去,这天下午,我们的道路互相交叉到了一起,这天下午,我看到,带着一种如此的精确性,就仿佛我真的那样做了,我看到我自己跪倒在女大厨面前,抱住她的腿,把我的脸紧紧贴在那上面,对她说,我无可挽回地爱她,我还说很高兴地看到她在缎子裙的伪装中是如此易受伤害,如此别扭,几乎就跟我可以紧紧地搂住她赤裸裸的、充满信任的、充满渴望的身体那样幸福,那样激动,就像我在梅里亚德克的单套间中晚上做梦时那样(那时候,我就不去想餐馆,也不去想怎样把某道菜做得更好,而只想着女大厨,想她会神奇地爱上我,渴望我,来单套间里找我,而实际上,她从来就没有来过,她脑子里也从未动过来我这里的念头,这也就是为什么我成不了一个伟大的厨师的原因,爱情、欲望和种种的奇思怪想总是纠缠着我)。

对我说了几句话之后,女大厨就匆匆穿过广场走了,说的是什么我现在已经忘得干干净净,我只记得她穿那高跟鞋和那裙子的样子实在太不自然了,摇摇晃晃的几乎变成了一个残疾人,我的目光无疑侮辱了她,她不由自主地扭转头瞥来一眼,想看看我是不是还在观察她。

既然我并没有跪倒在她脚下,也没有抱住她的双腿,我就努力把我所有的温柔,我所有的理解,以及我对她的感恩放进我的眼中,我疯狂地希望,她能知道这一点,确信这一点,而不要等到广场上的车水马龙把我们分开,更不要等到当天晚上,在厨房里,任由羞耻心禁止我们再回想起这一刻,这一刻,我看到她跟她自己大不一样，如此无奈无助，如此服服帖帖。

她心烦意乱了，兴许很惊喜？

她是不是知道了，这之前，我有多么爱她？

不，这是一个从未触及过她的问题，它不会让她感兴趣的，我在她眼中太没分量了。

她很喜欢我，是的，她很满意我的工作，但我只是一个很不起眼的年轻雇员，其私生活和感情包袱直到那时为止还不能唤起她的注意，而正是这一点在此刻让她感动，发现她自己在我眼中是个被崇拜的偶像，而与此同时她感到自己在缎子裙和丝袜底下很是荒唐可笑，这一点让她感动，尽管我不是什么重要人物，不是某个她看重想要取悦的人，我还是太年轻，一点儿都没有影响力。

但是她不得不，眼下，朝我投来一道警惕的目光，我一边心里这样想，一边瞧着她的背影摇摇晃晃地消失在胜利女神广场的人群中。

我只是带着狂热和焦虑，希望她对我对她的爱的惊讶发现丝毫不会改变她在厨房中对我的态度，而实际上，这正是我当时还不怎么熟悉她的一个明显信号，因为，在我看来，此后有一点是显而易见的，一种此类的启示根本就不会影响女大厨的工作质量，她的行为始终依照着工作的要求严丝合缝，她从来不会允许任何的私人情感掺杂在工作所需要的明确态度和工作本身之间，她从来不会允许别扭、愉悦或懊丧来多多少少地改变我们所建立起来的无可挑剔的职业关系，即便没有任何人看到，即便那没有影响到工作。只有她的女儿，你们兴许知道了，只有她才有能力动摇她的职业生涯，我很快就会讲给你们听的。

我们还很喜欢滨海略雷特短暂的冬季，尽管我们之后会装模作样地追求夏季滚烫的平台镀金色的火热游泳池还有我们欢乐持久的迷醉,我们冬天里在滨海略雷特更为节制,我们驾车行驶在坐落有一栋栋房屋的平庸的乡野,我们去上西班牙语课,我们重新捡起曾被丢弃给朗朗晴日的阅读俱乐部。我们这些法国人摆脱了在一种掌握不好的语言中与陌生人相遇的乏味考验,这不让我们为难,没什么能让我们为难的,我们并不为难任何人,我们行驶在两边排列着面目可憎的小楼的公路上,我们在米雪尔的克里斯蒂娜的马丁的车子里高声歌唱,被时光所遗忘,时光只是糟践了别人的面容和身体,雨蒙蒙灰蒙蒙的冬季在滨海略雷特是如此短暂。

在圣巴泽尔的父母亲?他们是怎么死的?

此事发生时,我还没有遇到女大厨,是别人后来跟我说到的。

在餐馆里,同事们,悄悄地,只言片语。

我不喜欢重复这个故事,它在女大厨和这一暴死之间建立起了一种命定的联系,而这条连线只是一种意外,就这样,谣言四起,沉渣泛滥,女大厨应该是足足受够了这可怕事故之苦,到如今,人们恐怕不会再去挖一个始终血淋淋的伤疤,无论女大厨今日在哪里。

她的父母双双死在父亲驾驶的,女大厨一个星期前刚为他们买下的一辆汽车中。

无法解释的是,父亲在路口闯了停等线。一辆从主路上高速驶来的车横腰撞上了他们。

父亲,尽管在服役期间就拿到了驾照,之前却从来没有开过女大厨送他们的这种全新的菲亚特车,她曾想过要送他们很多很多东西,首先,是一栋房子,好让他们不再被迫住在圣巴泽尔的窝棚中,但父母亲谢绝了一切,既不要房子,也不要家具和电器,他们谢绝了一切,脸上始终带着,我猜想,那同一种和蔼的、微妙的、不可简约的表情,以前,每当有老师传他们去学校时,他们也总是带着这样一副与己无关的漠然表情,而女大厨就如当年的老师一样明白,对这一十分温柔的、并不明说的、却又非常清楚的谢绝,她什么都做不了,而对一种如此坚定的抵抗,她也不能报以一种背信弃义:女大厨从来都不敢强迫他们接受她以一份惊喜礼物为借口带上或让人送上的某种东西。

我知道,女大厨因这一固执而不幸,尽管,他们性格中几乎令人匪夷所思的这一特征蕴含了她对他们的钟爱。

但是,一旦这一特点不再把她,把那满怀着巨大的、可尊敬的爱的女儿,跟所有那些曾试图压制他们意愿的人区别开来,它在她眼中就变得可怕且令人遗憾。

因为她根本就不想从他们那里得到什么,她只想让他们接受在一种相对的贫穷中安度晚年的想法,兴许她还希望,但很谦虚地和短暂地,感受到他们反馈过来的爱,而他们也正是这样,她想到,通过一次性地放弃他们向来平心静气地奉行的这一仿佛充满敌对性的拒绝受理,来显示他们真诚的爱——难道她不是,她,不是他们的朋友,不是他们最伟大最忠诚的朋友吗?

他们怎么能猜想她没有感到受伤害,甚至受冒犯呢?因为当她变得很富有后,她还得继续到圣巴泽尔那个肮脏的小屋里去拜访父母。

圣巴泽尔的真福精神,这种不同意,当真就在那里吗?不感激充满了温柔的馈赠奉送,不接受把它优雅地引入自身中?

这一切,都是我说的。

女 大 厨

女大厨从中看不到冒犯,她只看到她的父母,住在四面墙壁因返潮而朽腐的棚屋中,他们的健康日益恶化,但他们顽固地不想动窝,他们嘴里并没有说,但他们兴许在心里想:我们在这里很好,我们不向任何人要什么,她为什么要拿她的焦虑不安来烦我们,渴望我们搬去住更好的地方,而我们根本就不觊觎什么最好的,我们甚至始终在逃避最好的,并暗暗觉得它会对我们有害呢?

但是,我觉得受到了女大厨的冒犯,当她以一种人为的假装活泼的嗓音,对我讲到这一无谓的斗争,好让我相信,这一切都是毫无结果的,而她的父母则再一次刺激了我,这两位心地闭塞的无比优秀的人,实在无法放弃他们的自由,来应和一种不带太多要求的、真挚情感和发狂眷恋的举动。

女大厨在这一叙事中并没有走得更远。

随后的事,我是在跟女大厨的一个妹妹的讨论中连蒙带猜地重构起来的,它在我看来总是属于那种典型的瞎决定,某一类固执的人最终总会这样做出不幸的决定,表现出一种突然勇敢得令人咋舌的奇怪运动,一种灾难性的游戏方式,把手中最后的一张牌打在另一张桌子上,打在并非刚才玩的那一局牌戏上,把周围人全都带入混乱和某种迷醉中,而这种迷醉,一时间里抹除了任何的思维能力,正是这样,她父母又一次拒绝了女大厨为他们在圣巴泽尔买一栋房子的建议,不假思索地声称,让他们喜欢的唯一东西,就是一辆汽车,我不知道他们是真的渴望有一辆车,还是想用这个办法来满足女大厨的精神需要,平息她想为父母提供舒适生活的记挂,我真的不知道,但他们兴许从中隐约看到了一种解决法,既可以让她不再缠着他们,同时又不至于让他们放弃他们随心所欲地生活的决定,因为,一辆汽车毕竟是一份很重的、反常的、却对他们毫无重要性的礼物。

终于听到了他们问她要某种东西,这一番欢乐彻底迷住了女大厨的眼。

平素那么深思熟虑的她,怎么会考虑让她从来没有开过车的父亲来开车呢?

她妹妹不知道该怎么回答我的提问,她耸了耸肩,然后做出假设说,父母也好,女大厨也好,兴许谁都没有严肃地想象到,这辆车真的会由什么人来开,兴许他们三个人只需要知道,不言自明,那辆占据了屋前院子好大一部分面积的汽车,本身就是一个证明,证明了女大厨的关心,以及拥有一颗周到而又封闭的心的父母对她的爱的承认,我这里暗自这么补充说,另外也不排除一种可能,她妹妹还说,等过了对女大厨来说比较合适的一段时间之后,她父母说不定最终会把汽车转送给他们孩子中有需要的一个,不排除这种可能性,但是,可惜啊,她妹妹说,事情最终不是这样的,我们的父亲坐到了方向盘前,与所有的期待、所有的推理正相反,而你们知道最后结果是怎么样了,对一个如此的行为,真的没什么好解释的。

她妹妹还告诉我说,在圣巴泽尔举行的葬礼过程中,女大厨猛一下发出了某种沙哑而又冰冷的哀叹,然后昏死过去。

女大厨从来没跟我说过这些,有几个夜晚,当我们在荒凉的厨房中交谈,回顾她的父母时,她的措辞非常系统地使用了现在时态,以至于我竟以为他们都还活在世上,我恐怕真的会那样以为,要不是我的同事们在一开始就告诉了我实情,兴许多少是出于偶然,而后来,我曾这样想,根本就不是出于偶然,而是带着一种急切的兴奋,渴望为我展示他们所了解的女大厨的某些秘密,说明他们有能力赤裸裸地揭露她的本来面目,并有可能伤害她到极端,她这个不愿意让人随便靠近的人——别碰我,她的目光、她的身体、她的微笑似乎在这样说,这目光转向了内心,这身体则彻底奉献给了工作,而这既和蔼又简短的微笑从不胡来,它保护了另一种微笑,另一种我想应该是看到过的一个罕见之人的微笑:宽厚,甜美,温柔,充满了信任。

是吗?哦,女大厨的女儿,还是个孩子时,应该看到过这一珍贵的微笑为她而倾吐,但对我而言毫无疑问的是,从女儿的青少年时代起,猜疑、悲伤和失望就遮掩住了它,而后来,女大厨对她就只能毫不愉快地抻长了她突然变细变薄的嘴唇,无论女儿是在她跟前,还是女儿发来的一份咄咄逼人的电子邮件迫使她去想她,她都会尝试着不再想她,你们知道,但她无法下决心忘却女儿发给她的电子邮件,当我在她身边时,到最后,情况每每总是这样,我看到面对着电脑屏幕,她的嘴是如何松弛地化为一种扭曲了的可怕微笑,这时候我就知道,她刚刚接到了女儿的消息,而我就把双手轻轻地放到她的肩上。

她喃喃道:还是我的女儿,而我则叹一口气回答道:别懊丧,我在这里。

我的双手轻轻地压下,我感到她皮肤的温度,我相信她放松了下来,她爱着我,她需要我,她爱着我。

不,我不知道克拉波夫妇是不是熟悉女大厨真正的微笑。

我不认为。

当他们因紧张与焦虑而几乎颓丧至极,因而情不自禁地板起一张灾难性的、崩溃的、庄严的、虔诚得有些奇怪的脸来,当他们在餐室中摆开桌子时,他们似乎竖起了耳朵,不过并不伸向厨房,好几个小时以来,他们如今的雇工,他们十六岁的小女仆一直就在那里工作,她那厨师岗位的晋升在他们看来颇有些突然,仿佛是一种奢靡,让他们不无担忧,他们在这一如此的冲动中都有些认不出自己来了,他们兴许在抱怨自己冒冒失失地赋予了这个小姑娘一种如此重大的责任,同时也多多少少有些抱怨她如此不知天高地厚地承担了这一责任——他们的耳朵不再朝向厨房,而是朝向了那些守卫并围绕了房屋的松树,那些看到并知晓了一切的松树,劲松无言。

克拉波夫妇面对面地坐在摆了两副餐具的桌前。他们静静地等着,严肃而又茫然。

然后,厨房门开了,女大厨干练果断的小小身影出现在他们面前,而他们这天早上对她的天分突然产生的那种神秘而又私密的信任,一下子又回到了他们心中,他们看到了她那幽幽目光中的深切陶醉,他们不由自主地感觉到,那种强烈的紧张已经极好地控制在了她那平静的面容中,窄小的胸脯中,那里头什么都不显跳动,那里的一切都控制得极好,但在她额头边缘的细小汗珠上,那一丝紧张兴许得到了些微的流露。

他们感觉到,这姑娘大喜过望,但一丝痛苦的阴影已经渗入到了她驯服的心中,因为她还没有学会如何让她的精力达到神秘的集中,能让这种聚精会神允许她在一种精细的冷静中直视克拉波夫妇那可怕的希望,直视他们面对她端上的菜肴时的反应,这还不是发抖的时刻,她奋力地抵抗着,很艰难,一丝痛苦已经渗入。

她在克拉波夫妇面前亮相,然后返回到厨房,让门大开着。

她没有说话,他们也没有。

由于她只找到一只画有玫瑰图案的汤碗,觉得它跟自己做的鱼汤根本就不相配,她就把这汤直接盛在了已被损蚀的威严的生铁汤锅中端了上来,放在桌子上,一个干脆的动作,掀起了那个笨重的锅盖。

女 大 厨

她知道,她冒犯了克拉波夫妇惯常的敏感性,迫使他们眼珠不错地死盯着那可怕的汤锅,如此,他们应该对她另眼相看,他们甚至会感到被仿佛来自她那里的一种淫秽的冲动镇住,她同时还预料,从那丑陋的、无可指摘的和高傲自大的汤锅周围,从绣花的细麻桌布上,从马尔芒德带来的银制餐具上散发出的强烈而又艰涩的威严,会专横地剥夺克拉波夫妇的任何抗议愿望,甚至会把他们感觉到的一种不优雅扼杀在萌芽状态,并非因为他们关于什么才值得放到桌子上的观点突然就会由此而改变,而是因为这汤锅的强力(由那汤锅自身权威性地公布的)让他们目瞪口呆,把他们给镇住了。

女大厨把长柄大汤勺缓缓地伸进汤里,然后,后退一步,转身朝厨房走去,她本打算让克拉波夫妇自己来盛汤,她觉得有必要让他们亲眼看到黑乎乎的汤锅中琥珀色鱼汤的全部内容,然后让他们实实在在地估量一下这份鱼汤充实丰富的内容,看看它与马尔芒德的女厨娘迫使他们接受的可怜巴巴的微腐野味浓汤①有多么不同,她执意要把这一点强加给他们,要把他们绝对争取过来,她后来以一种抱歉的口吻对我回忆起,来强调后来被她看作自命不凡的这样一种想法,这样一种意愿,迫使食客们先欣赏她的作品,然后才开始吃。

接下来,她致力于不让任何菜肴走向迷人的外表,不让它从形式上来吸引人的赞赏,而是相反,让菜肴或盘碟的配合体现出一种如此微妙、如此简洁、如此严格的美,只有当人的目光相当开放,并适应一种如此的狂喜时,只有当它渴望这一点时,它才会被这种美吸引。

---

① 所谓"微腐的野味",是烹调中的一种做法,即把野味放置一段时间,等到它开始发酵,使肉质变嫩时,再开始烹制。

而假如它不渴望这一点,假如它不注意到这一退缩的美,女大厨则认定它没有什么重要性,不为目光所逮的那些因素,根本就不妨碍食客会去赞叹她的菜,同样,她也不会抱怨那些狼吞虎咽的,仿佛在吃食堂大锅饭的人,她不认为他们会琢磨滋味。

她始终觉得,表面鲜亮风光的菜肴底下总是隐藏了什么,而这什么东西让她很不喜欢——兴许是一种无用的或错位的高傲,一记幼稚的叫喊,或者一种尝试,为的是转移对厨师行为初衷的注意,而厨师她,终究将不会知道,也不会发现有必要尝试以生动活泼的方式来点缀一下主要食品本身,从而把整个菜全都虚荣地摆进做成天鹅形状的一丛蔬菜叶中,或者做成一个贡多拉小舟形的奶油果仁糖脆中。

女大厨憎恶吸引人们眼球的想法,她的精致便来源于此。

而她极其谦恭地在一个菜碟中构建出的灿烂辉煌,我总是这么想,会留在那些根本没能注意到这一点的人的梦幻中,会唤醒他们的心灵对另一类和谐的向往,那是对感知与灵敏的一种补充,而女大厨对此却一无所知,她无法知道,也不会在任何时刻考虑到,一个天才的神童从她心中走过却不为她所知,她对此应该一无所知,一无所懂。

但是,在朗德省别墅中的这一顿晚餐时,她很谨慎地不让自己来把鱼汤盛到克拉波夫妇的盘子里,为的是让他们不得不俯身在汤锅之上,从而证实食材与颜色之间大致而又喜人的平衡,带着玫瑰色反光的鳕鱼脊肉在光滑发亮的汤里依然完整不残,颗粒状的汤锅边缘,在其野性的威严中,并不配用于盛上并端来那精致的浓汤,它得不到赏赐,但它做到了,带着一种稍稍有些粗糙的优雅,为这浓汤提供了它所独有的毋庸置辩的精细。

女大厨希望,汤锅的至高无上的担保,会让克拉波夫妇忘记那只有小玫瑰花图案的汤碗,甚至还让他们忘记有小玫瑰花汤碗的存在。

女大厨希望克拉波夫妇能明白,她根本就没打算得罪他们,正相反,在大胆地让他们看到那汤锅,见证它那几乎令人震惊的力量的同时,她向他们表示,她是在何等程度上信任他们的辨别能力,这也并不完全确切,女大厨只是在迫不得已的情况下才寄希望于克拉波夫妇的英明洞察,一则,他们来到餐桌前时已经被松树所控制,所抑制,所击垮,二则,他们不得不换掉了他们使唤惯了的厨娘,那些松树虽十分熟悉他们,却并不跟他们说话,它们虽知道他们的弱点,他们的缺点,却跟他们老死不相往来。

女大厨本想对他们说:别害怕那大汤锅,预感到汤锅毕竟没有一种如此大的影响力,能干扰或动摇克拉波夫妇的小小世界,她几乎都想要伸出一只温柔的手,去抚摩他们不安的额头,去宽慰他们,安抚他们,她愿意看到他们高高兴兴的。

她隐退到了厨房中,一边忙着从烤箱中取出鸡来,一边竖起耳朵谛听来自餐室中的细微声响。

她没听到别的,只听得汤匙碰到陶瓷盘子的丁零当啷声,她知道,克拉波夫妇不喜欢在餐桌上聊天,他们的警觉性会全都集中在食物带给他们的种种感觉上,即便在宴客时,他们也习惯于谨慎地克制着不发起谈话,而对来宾会怎么想也不是很在意。

女大厨觉得,直到喝完了汤,他们始终都没有交换过一句话。她便隐约有些心慌。

但是,她凝固在了那种精心加工的保护性的平静中,这让她在行动时不知不觉地有些远离自身,就仿佛她稍稍拉开了一点距离,来控制并支配自己的头脑,就这样,她撤走了盘子,然后撤走了汤锅,避免太过直接地瞧着克拉波夫妇,然而,在一瞬间里,她又无法阻止自己偷偷地瞥了一下克拉波夫人的眼睛,只见它们仿佛有些腼腆地抬向她,却又马上垂下来,在它们游动的轨迹中留下了一道惊愕的光芒,女大厨得以证实,盘子已经吃得空空,汤锅里也只剩下一个浅底,这让她稍稍放下心来,但克拉波夫人眼睛中闪耀的那道微光又让她心中有些不知所措,她仿佛看到了这道光还在她与她女主人之间微微地闪耀,而这种恐慌,会不会把她,把女大厨,变成一个女巫师呢?

她把那只被她以一种野蛮玩笑的方式先洗劫一空而后又整体复活的肥鸡拿到她的烤盘(一个搪了血红色瓷面的铁盘)中,烤鸡周围的小块蔬菜还在并不太多的金黄色、香喷喷的油脂中吱吱咕咕地作响,那油脂是若达农庄的美肥母鸡有缘有故地、有脸有面地分泌出来的。

她两手拿着烤盘,当着主人的面,简短地献上那只鸡,只见它那闪闪发亮的黄铜色皮肤紧绷绷的,几乎就要在闹剧一般高高鼓起的肉片上,在胖得异常的腿和翅膀上裂开,她希望克拉波夫妇能相信,这是一只普普通通的烤鸡,这样可以把它整体上的凹凸有致归结于神秘玄虚,把它整个的闪亮光泽归属于她魔术师一般的精湛技艺,女大厨会努力向我这样承认,并带着一种她对我讲故事时我很少从她脸上看到过的羞愧。

既然,当她把烤鸡拿回到厨房里去切好,把每一块肉都排放码齐在一个绿色彩釉的大盘子上,接着再端回来放在餐桌上后,克拉波先生一看到香气四溢的奇怪的肉就惊叫起来:她竟然把整只鸡做成了一个炸丸子!而克拉波夫人则从喉咙里发出一种古怪的咕噜声,不但没有安慰住女大厨,还差点儿动摇了她的冷静,而且立即就显得如同一记响亮的作答,回应了她想象她都看到了的在克拉波夫人的脸和她的脸之间依然燃烧得那么炽烈的恐惧的细微火焰,它指认她就是一个毫无德行的小小女巫师,并非因为她侮辱了若达农家的漂亮母鸡,而是因为,女大厨隐约感觉到,她已然允许自己展示了她认为具有的、她如今也坚信不疑的对克拉波夫妇的支配,而对这支配,克拉波夫人也不争辩,总之,不会像她对松树冷冰冰的生长做斗争那样,而克拉波夫人,应该也更愿意感觉到它在他们身边无声无息地飘荡,而不是生硬地展现在一个绿色彩釉的盘子上,在一个厚颜无耻的汤锅中,而一个监牢在他们身上关闭了,而克拉波夫人则筋疲力尽,簌簌发抖。

女大厨很快想象:我走得太远了,但她并没有走得太远,她恰好走到了那样的一点上,一旦过了这一点,克拉波夫妇将会无法摆脱她。

只是,克拉波夫人得有一段时间来适应。

克拉波先生一脸茫然地盯着他妻子闷闷不乐的脸,然后朝女大厨喃喃道:很好,很好,女大厨新的价值分量还没有来得及启发出他的想象,想象这个十六岁的姑娘从此会在他们的生活中产生什么影响,克拉波夫人的恐慌让他依稀看到了这一点,但他已经被征服,他们俩都被征服了,而且,在某种厌恶和怨恨中,他们服气了,他们赞同了。

他很别扭却又好脾气地补了一句:你们知道我很喜欢炸丸子吗?

克拉波夫人朝他投去惊讶中包含了轻微恶心的一瞥,女大厨似乎觉得,这一瞥中还带有一种冷漠的怜悯,它在说,既然他们成了俘虏,那它也就试图跟姑娘妥协,它会跟松树,跟姑娘,跟这些魔幻的力量合得来吗?

之前，姑娘生活在他们家，在他们身边，而现在，她就活在他们心中。

他们得默认这一点，带着一点点的尊严。

女大厨免除了克拉波先生回答的尴尬，她轻柔地飘向厨房，在厨房中，她以一种从未体验过的、无情的、几乎有些残忍的方式欣喜地颤抖着，她打开了小小的窗户，抻长了脖子，把额头抵在粗大松树的树皮上，劲松无言，但女大厨对它什么都不懂，它不会教她任何她不知道的东西，她冷冷地想到，无论她怎么想，松树都无言，树皮会磨破她的额头。

你们问我克拉波夫妇都喝些什么吗？

当然，是的，他们从马尔芒德带来了自己的葡萄酒。他们只喝红酒，总是同一种，雷虎尔城堡酒庄的，一种砂砾地葡萄的酒，他们说白葡萄酒会让他们做不舒服的梦。

我认为，他们是担心会在他们对厨艺的钟情之外再增添另一种钟情，而且他们在这方面有自知之明，能自我抑制，不觉得这是一种太厉害的剥夺，所以很久以来就已经决定不再去想葡萄酒，尤其是不去受品酒的好奇心的诱惑，他们早已停止了对这种名酒的选择，也忘记了其他牌子的名酒。

朗德省别墅中这第一顿晚餐的进程与结尾，尽管女大厨对我讲得极其扼要，因为她觉得此中没有任何突出之处（但是，当她打算把我的兴趣从某一确切之点上拐走，同时出于正直，不得不打算讲述点什么时，我已学会了怀疑她身上一种太过肤浅的洒脱，我太熟悉她脸上的每一丝小小动荡了！），在我看来，完全就以克拉波夫妇内心体验到的本能决定为特点，它允许他们在臣服的种种界限之间有某种自由，从而，也就跳出了麻木的状态，忐忑之心让这一麻木微微有所减轻，而那姑娘权威的显示与他们对她的被迫接受又促使他们匆匆走向这一麻木,他们希望这样,却不知不觉对此有所畏惧,人们如何会去渴望感觉自己突然变得渺小,同时又太有爱心?

是的,是的,说他们很喜欢鱼汤和烤鸡,就等于什么都没说。

但是,他们惊讶,迷醉,真的无法评判和品味,他们的力量丢失了,意志瓦解了,他们只是吃着,恰如他们所讨厌做的那样,被一种并不由他们混乱的头脑引导的快感卷走,正是这个,总是在之后给他们带来万般懊悔,他们有时候还真的渴望能一劳永逸地厌恶食物呢。

这一樊笼中的有限自由,桃子果挞帮他们把它给悄悄征服了,因此,女大厨,真心诚意地,对她的桃子果挞并不保留有失败的回忆,她自然而然地明白到克拉波夫妇的深切需要,要重新运动,哪怕只是在一个有限的空间中,是在那姑娘高高在上的目光底下,而桃子果挞为他们提供了一个机会,这件事,在她看来是可以容忍的,不太重要的,那只是一份甜品。

因此,她任由克拉波夫妇把几乎不太甜的桃子马鞭草果挞看成一个怪异的玩笑。

之后,他们会有一种特殊的、疯狂的乐趣,来为周围的人描述他们面对这一荒诞的果挞时的惊愕,他们会以化沮丧为喜剧的方式来讲述,认为这样就能掩饰摄走他们心魄的东西,让他们臣服的东西,那姑娘的能量。

但他们的笑声有假,他们的叙述无法让人发笑,克拉波夫妇实际上只是天真无邪的人,相当老实的人,他们不善于欺骗他们的世界,他们的笑声有假。

毋庸置辩的只有他们面对所发生之事时自己的不理解,不理解到了简直找不到北的地步。

在对桃子果挞的外表显现出直率的惊讶之后,他们不无疑虑地吃了几口,接着,等女大厨一回到餐桌前,他们就做出洋洋自得的鬼脸,把盘子一推,表现出一种如此的轻松,不再感到恐慌和愚蠢,他们的神情突然就有那么些飘飘然,尽管还稍稍带了一点腼腆,而如果女大厨被他们的反应所刺激,他们可就准备重新拿出那种畏葸不前的沉默来(他们早已在担心她不愿意做饭呢),女大厨深受感动,她真的很想把他们紧紧抱在胸前。

您给我们做的真的是一道奇怪的甜品,克拉波先生说,充满了确信。

他笑了起来,想表示这可不是一种责备,他又笑了笑,让姑娘确信一种责备从来就没有从他嘴里吐出来过。

不管她想用那难以入口的桃子果挞来表示什么,他都不允许自己来批评它,如果说他只是满足于笑一笑,那是在假定她兴许尝试了一次怪异的玩笑,无论如何,他在表达自己的迷惘甚至失望方面,都不会走得更远,其实,当他证实再也没有什么别的餐后甜品时,他确实有些失望。

于是女大厨也笑了笑,她希望他们知道她对他们很有好感,而没有丝毫的轻视,她并不站在昏黑而又沉默的松树一边,有时候她几乎是很温柔地爱着克拉波夫妇,连他们的弱点都包括在内。

于是她跟他们一起笑。

她尝了尝桃子果挞,觉得它已经很完美了,但她声称,它还没有达到百分之百的完美地步。

她笑着,嘴里满是食物,知道松树在外边不会赞同她,它们可没有这份好心。

是的,我问过她这个问题,说的确实是桃子果挞,当然细节上有轻微的变化,在女大厨最著名的那些菜肴中,它还算是

女 大 厨

很有名气的,就跟绿衣羊腿肉或肥鹅肝配黑萝卜和红甜菜一样出名,而女大厨在制作和欣赏这一桃子果挞时始终体验到一种特殊的快感,当年在朗德省的家中,它曾经创造了机会,让克拉波夫妇对她表示了一种喜庆的欢迎,她甚至对桃子果挞有一种感恩之情,因为它赋予了克拉波夫妇一种细微的解脱感,而若是没有这一解脱,他们在此后的几年里兴许就不会抵抗一种对那姑娘的如此依赖,是的,就是这一闻名遐迩的桃子果挞,哦,克拉波夫妇兴许会变得彻底疯狂,女大厨并非完全意识到了这一点。

我们所知的桃子果挞得到了进一步的丰富,添加了细细的西班牙甜瓜片,而女大厨则又走向了一种酥皮饼,对她而言,那就是朗德省别墅中的私家果挞,我看她津津有味地吃过的唯一甜品,此外,女大厨并没有一种怀旧的气质。

这是向克拉波夫妇致以美好情感的一种亲切而私密的方式,这种情感是一辈子的,至死不渝,这是她可以向他们发出的一个信号,而她的手却从未向她的父母举起过,从未朝向她父母那两个小小的心灵轻轻地摇动,实际上,这有太多的痛苦。

在朗德省别墅中度过的两个月夏天,对女大厨来说,全都用在了最高程度地发挥她厨艺才能的实践中,她想到,为的是巩固她在克拉波夫妇心中的地位,尽管那实际上是很肤浅的,而对克拉波夫妇来说,这两个月里,他们的时间都花在了开车捎女大厨去各种各样的商家店铺,去附近各种各样的农庄,然后就是在别墅里等,等着姑娘宣布开饭,而这个别墅的心只在厨房中跳动,这收拢的、无用的、被忽略的别墅。

以往几年的夏季,克拉波夫妇都会处在一些隐约的闲兴中,坚持让孩子们过来一起住上几个星期,而今年,他们新生的对那姑娘的崇拜似乎在这个家的四周描画出了一个火烫的圈子,让他们不再越出屋门半步,除非要开车带上姑娘去采买,于是,当他们的孩子宣布都要过来时,克拉波夫妇就被一种奇特的恐慌,一种无法战胜的厌倦紧紧地揪住,他们借口卧室里泡水了,推脱了一切来访,他们只想胆小怕生地独自待在家里,胆小怕生地专注于来了解和理解这姑娘为他们发明的、但他们还不太熟悉的这一厨艺。

当我们谈到它时,女大厨承认说他们仨都重又入了迷,尽管她是在很低程度上,因为艰辛的工作为她保留住了平衡,在一团激昂的旋风中,把他们托起在自身之上,还从不让他们落下来,并且不知不觉地耗尽他们,而她意识到的自己面对他们时职能所系的闻所未闻的义务,如同克拉波夫妇意识到的他们该有的对她的尊重,最终会导致消灭他们,女大厨承认这一点,假如在朗德省的小住持续的时间更长些,假如他们一直停留在这一暴烈的、狂热的三人孤独世界中,而他们的心,也就都被只在厨房中跳跃的房屋之心吞噬了。

尽管只是被拉入旋流的一个较弱水平上,女大厨晚上躺在床上时却照样觉得,她每天都在努力为克拉波夫妇贡献想法上和滋味上都超越头一天的菜肴,那些努力,本质上都在让她暂时地丧失理性,而当食物与餐具的形象现在入侵到她的梦中,当她焦虑地惊醒过来,因为有一个值得信任的嗓音在提醒她,大蒜蛋黄奶油的调味汁正在火上沸腾,这时,她是不是还拥有着整个的理性呢?

然而,她早上起床时依然处在一种平静的急迫、宁静的喜悦状态中,准备迎接工作,水泥方砖地在她的赤脚底下温暖而又粗粝,如今已经很熟悉的松树并非不满于欢迎她,她低声细语,她感受很好,松树也很好。

正是在接下来的几个钟头里,当克拉波夫妇也起了床,当她从他们不敢进入的那个小小厨房给他们端来咖啡和所有要吃的早点,只是在这时,她才渐渐地感受到折磨重又增强,于是,她得抵抗克拉波夫妇盲目天真地散发出的那种强烈、有害的激奋,他们有时简直就是孩子,她这么想,她得照顾他们,而这恰恰正是他们那种自我放弃的对立面,她对克拉波夫妇负有责任,就像人们对家养的宠物,对抚养的孩子有责任,她得负责他们的犯规,他们的差错,他们的为难,他们的眩晕,假如他们失控的话。

亏她还能想到应该巩固她在克拉波夫妇身边的地位,这在她看来简直就是一个蠢举。难道不更应该是他们来巩固他们在她身边的地位,应该是他们来想方设法不讨她的没趣,难道不该是他们更有需求,更希望能持久地续约吗?

正是在那些时候,午夜过后,当我们俩待在收拾得整整齐齐的厨房里,我的脑袋因疲惫而有些犯晕时,我喜欢追问女大厨,她在朗德省的别墅中都做了一些什么菜肴,然后,我把它们的名称,它们的形状描绘一直带回到我在梅里亚德克的单套间,在那里,它们会友好地抚慰我那总是辗转反侧痛苦难熬的分分秒秒。

女大厨当然是知道的,这时,她会用一种更低沉、几乎吟唱一般的嗓音,来列数清单,就仿佛她希望我连同名称也一起记住她语调的抚慰功能,希望就这样,是她在我床边哄我入睡,她如此地守护我,使得我常常会以为,这就是爱情,一个男人和一个女人之间的爱,而不是一个母亲对一个小男孩的爱,然后我不再这么想,或者不再这样要求如此,而是满足于希望能如此,我怀着一颗忠诚而又耐心的心,等待她给我一个清晰的信号,但它没有发来,或者兴许发来了,只不过那时我的忠诚已经弯屈,我没能接受到它,而对这一点我永远都不会原谅自己。

但是,在空闲下来的厨房中,面对我好奇而无邪的目光,女大厨很开心地满足了我,而且,每一次都用不同的秩序对我说到她为克拉波夫妇做的蓝莓汁味烤鸭,新鲜三文鱼馅饺子,糖渍林兔肉,茴香炖肉,薰衣草花蜜胡萝卜,一种填塞茄子和开心果的王家鲷鱼,辣味菜花油炸圈饼,配土豆和紫甘蓝的鸽子肉,蒜味鲭鱼,肥鹅肝薄片配糖渍白无花果,蘑菇牛脸肉,酢浆草羊羔胸腺肉,胡椒杜松子炒虾,一种马齿苋拌鸡肝的沙拉,一种苦杏仁酱,山羊奶煮蛋,种种菜肴都是为晚餐而做的,剩下来的就留到第二天中午吃,因为她已经跟克拉波夫妇达成一致意见,她一天里就不做两顿饭了。

这样的安排,克拉波夫妇说,是为了让她能够稍稍喘口气,而实际上她一点儿都不用喘气,女大厨带着一记轻声的笑向我透露,因为她很善于把剩菜变成令人惊讶的美味,并让它们看起来就像是特地备制似的,就这样,她能把鲭鱼做成一个加有细细香料菜的砂锅,鸽子肉则被用来做一种千层酥,而林兔肉则会变成一份小豌豆肉冻,而每天上午的这种工作,一点儿都不会让她有什么放松,不,甚至还要求她有更多的幻想,女大厨对我说,对于她,十六岁姑娘的创造性能量在几十年之后还始终在赋予她想象力,在夜深人静的厨房中,我们俩推心置腹地交谈,她的精神跟我的精神聚集在了我只是之后才熟悉的朗德省别墅中的那个小厨房,当然我只是在脑子里进入了那里,也从来都没有跟她明说过。

我在滨海略雷特的朋友们很乐意把他们无限时间中的一大部分奉献给烹制复杂的菜肴,由于我小心翼翼地不对任何人说我是做什么专业的,我在他们眼中就显得

女大厨

是一个不会烧煮任何食物而只习惯于随便什么恶食全都能吃的人,我相信我让他们以为我曾是书商,我自己都记不清了。他们瞧我带着一种屈尊俯就的期待神情吃他们准备得很复杂的食物,不相信我有一种相当微妙的味觉,能咂摸出他们认为还是很有水平的那些饭菜的滋味,事实上,我会满足于说一声充满着欣喜的"嗯!"我从来不做点评,在滨海略雷特谈论厨艺我会太痛苦,我的朋友们全都不了解我。

因为,就在我开车一直到圣巴泽尔,想确认一下女大厨曾居住过的房屋的那一天,我同样也去了朗德省,那个夏日的下午,我把汽车停在了公路边上,就在长长的沙土道的头里,那条土路一直通向有高大松树环绕的那栋房屋,那些树皮剥落的松树,我激动地对我自己说,它们曾经见证过女大厨在厨房中的诞生,这些可疑的松树。

我一直走到那栋屋子前,然后,我禁止自己多多考虑,生怕会剥夺自己那份必要的大胆,我抵靠在门把上,门开了,我走了进去,不知道居住在这房屋里的度假者那时候还在不在,我径直走向小厨房,步子是那般稳当,就仿佛我以前曾来过这栋房屋,从某种意义上说,情况就是这样的,我是如此地熟悉它,我曾闹着玩地在我的菜谱本上把它描画下来过,就这样我发现了我曾经临摹的原型,没什么会让我惊讶。

厨房的瓷砖地面覆盖了沙土,旧桌子很脏,满是灰尘。窗前那棵巨大的松树,只能让一丝灰蒙蒙的阳光穿透,这时,松树在对我说话,我明白它的话,我恐慌的眼睛瞥向一层层搁架已经散架的墙壁,瞥向吊着一盏灯泡已破的灯的天花板,很久以来就没有人在这里烹制菜肴了,别墅已经死了,这就是松树丝毫不怀好意地对我喃喃细语的,它在建议我立即走开。

我赶紧出门,一路小跑地经过土路,所有的松树现在都在低声耳语,但我迫使自己不去理解它们,因为它们根本就不想对我好,我对此确信无疑,我把这归结于我突然体验到的背叛感,而说实话,这种情感,我头一天已经体验过了,就在想到我决定要偷偷一试闯入之时,我驱赶走了这一感觉,但它在我跑向汽车时又返回了,我真的会羞愧而泣。

女大厨听闻我曾经去她的历史故地溜达的消息一定会吓坏的,我从一开始就知道这一点,所以,我就没有对她说,但松树合法地指控我,人们怎么能声称爱着却又冒冒失失地背叛,我难道不是一个被她认为很可靠的人吗?

一旦钻进了我的车内,我显然就觉得松树并不那般严厉地待我了,要不然,在我将要出门的那一刻,我可能会发现,大门不屈不挠地对我关闭了,而所有的窗户也都被愤怒的松树卡死了:好吧,现在你就做菜吧!

好像再也不可能充好汉了,赶紧结束你那假装侦探的小小阴谋诡计吧,我一边继续行路一边对自己说,依然还在一种如此的惊骇之下,我的羞愧和悔恨有增无减,然而,就在路边的松树一一向后掠去并消失在我的后视镜中时,我感觉到,我本已恢复的冷静很快就重新激活了我那缠人的、耗人的渴望,渴望了解女大厨整个的人生进程和所有的站点,比她自己还更多更好地了解她,我探测着我的情感,以确保这一渴望的完美纯洁,它毕竟独占了我头脑中那么大一个部分,尽管不可避免地有所遮遮掩掩,我还是想在女大厨面前显得光明正大,这很艰难,很折磨人——在女大厨面前显出我整个人的本真来,是的。

九月份,回归马尔芒德,标志了在朗德省的小小别墅,在美食顽念中的这一幽禁阶段的终结,女大厨感到大大松了一口气,并非因为她筋疲力尽,她从来就没有在意过她的疲劳,而是因为她开始很厌恶地感觉到她始终努力尝试着要回避的东西,一种围绕着丰富而又肉感的烹调术的感官氛围的威胁,它悠荡在克拉波夫妇的周围,但他们却既没有意识也没有责任,这就如在一个孩子或者一个小宠物的头上飘荡着一团混沌的、不可避免的、碍事的欲望,尽管它们是无可非议的,而且是深深地无辜的。

女大厨觉得,小别墅里的氧气正渐渐地被她的工作所激发和维系的色情挥发物所吸尽,她为此深受刺激,士气低落,她急于要做一了结,克拉波夫妇头晕眼花,虚弱不堪,她急于要跟他们的前后矛盾做一个了结。

克拉波夫妇在马尔芒德的一些社会事务,把他们从迷醉中唤醒了,却没有让他们忘记他们还欠姑娘什么,也没有忘记她现在对他们有多么不可或缺。

尽管这对他们是一个重大的考验,他们还是建议她去她父母那里休息上两三天,考虑到这一点,女大厨为他们准备了好一些菜,他们到时候只要加热一下就可以吃,而克拉波夫妇敦促她做出三倍的分量来,以便她能够带上这些菜肴中的好大一部分去圣巴泽尔,克拉波先生开车送她去的,随车还带上了种种平底锅和汤锅,全都装在大箱子里,克拉波夫妇很为她骄傲,把她当作自己的亲女儿,他们很想让人们赞赏她的才华,首先让在圣巴泽尔的父母亲。

女大厨带上了里头塞有大葱和菠菜的牛肉片扎团,一个杏仁鸭子砂锅,一个奶酪丸子和珠鸡肉丸子的鸡汤,而给她弟弟妹妹,则带上了三十几个油炸面裹熏鲭鱼,何等的盛宴啊,我有些犯傻地说,还带着某种不情愿的屈尊,而女大厨则露出了她小小的微笑,迟疑了一下,最终对我说,她在圣巴泽尔并没有赢得希望中的成功,她父母嘴里虽然没说什么,心里却还是愿意她空手过来,而不是满满地带上他们觉得过于精细的菜肴,他们甚至还会暗暗地想,这实在有些太叫人担忧了。

为欢迎女儿回家,他们自己准备了一些他们曾经喜欢并依然喜欢的简单的菜,一个蔬菜汤,葡萄干粟米饭,一盘带血块和肥肉的红烧兔肉,那种优雅的怪僻进入到他们家中便令他们张皇失措,刻意的努力在他们眼中成了浪费和奢侈,他们女儿的劳作深深地归于无用。

他们没有说一个不雅的词,但是,对种种的细小层面,例如对马尔芒德的汤锅平滑的彩釉,他们解释中的那种谨慎,或者,反过来,他们赞扬中的那种过度,都相当清楚地标志出他们不无尴尬的责难,我不知他们是不是有什么确切的责难,那不是他们的性格,但他们无法赞同和理解如此无用的成就,这让他们忧烦。

女大厨几个月之前在马尔芒德的公路上曾经感到,仅仅用她思想的诡辩,就会玷污她父母的心,却一刻都没有想象,在前来向他们显示她心中最美好的东西的同时,她会微妙地感觉到自身的变质,她就是这样看的,她显示的是她最真诚、最深沉、最慷慨的东西。

因此她瞠目结舌。多么怪异啊,在父母游移的目光中,自己的映像是多么不准确!

她的弟弟妹妹并不太喜欢油炸面裹熏鲭鱼,所有带过去的菜只是都被勉强品尝了一下,然后就被忘却在一种苦恼纷乱的氛围中,两天后,当它们重新放回到克拉波先生的箱子里时,几乎还都完整无缺,女大厨轻松地走了,尽管有些忧伤,但并没有垮掉,她知道,错误在于以为她误入了歧途,错误不在她这边。

女 大 厨

在女大厨面对父母时的那种默默的稳当中,我看到了她新的成熟的痕迹,当时,另外层面上,父母依然还有能力以一个简单的惊讶或难堪的目光来蹂躏她,他们面对她厨艺时的困惑再也不能伤到她,而他们无与伦比的天真在她眼中也无法显得就是过一种正常生活的唯一方式。

她并没有从他们那里收回任何什么,她认定她决不能向他们做任何让步,这一发现首先伤了她的眼睛,然后又钻入了她,在她体内温柔地照亮她。

克拉波夫妇告诉她,在她回家的日子里,早先的厨娘又回来了,仿佛什么事都没发生过似的,意图重新坐上原先的位子,而他们不得不让她知道了目前的情况,他们很惊讶地重又见到她,一开始很尴尬地做着解释,但是,很快地,他们对女大厨的执意聘用让最终的话语从他们的嘴唇上吐出,他们停止了任何解释,只是满足于说,那姑娘现在占据了位子,这句话对于他们堪称一言九鼎,他们觉得,假如他们急于拿出证据来坐实这一新的状况的话,他们就会贬低那姑娘,就会让她变得普普通通,那姑娘现在占据了位子。

女厨娘很愤怒,她不敢咒骂克拉波夫妇,但朝姑娘破口大骂了一通,这一点儿都没让克拉波夫妇吃惊。

然而,这让女大厨很是伤感,从来还没有人诅咒过她,潜移默化中,她变得,她说,更为坚强,像是为了扛住这一诅咒可能带来的后果,为了让冲她而来的那些词语纷纷碰壁,落到护着她的勇气和意志的细巧岩石上,某种固执的、突兀的东西体现在了她身上,她蜷缩在她个紧张、浓密、坚定的躯体中,像一头小小的公牛。

然后,她在马尔芒德生活的第二个阶段就开始了。

克拉波夫妇雇用了一位上了年纪的女亲戚,帮她在厨房中打下手,这个老婆子精神方面稍稍有些小问题,但她很好地完成着女大厨本人以前在女厨娘身边所做的工作,洗菜,择菜,削皮,切菜,切肉,掏鱼肚,刮鳞,洗锅碗瓢盘,擦干,完全按照女大厨的吩咐一丝不苟地完成,女大厨一说什么,她马上就带着精神失常的孤独女人那种极度的虔诚赶紧完成,而女大厨也学会了下命令时表达得非常明确,因为,对基本词语的理解就已让这个女助厨付出了好一番努力,女大厨谨记了这一点,从不忘记——明晰的指令,不叫嚷,不吓唬,每当命令被误解时就只检讨自己,那女人头脑太简单,无法表现出什么创新,那么,她能明白多少就让她做多少好了,女大厨在马尔芒德的厨房中明白了这一点,从不背离,她有时会很严厉,却从不发怒,失控。

她最开心的事,就是去城里挑选最好的食材,她很快就练就了一双敏锐的眼睛,来评判她所需之物的性质和价值,她知道在肉铺该要什么她想要的,首先要对肉店老板描绘肉块的形状、厚实度和滋味,然后,她就记下这类肉的名称,她学得很快,忘得很少,她就这样在实践中学,在试验中练,当然也不时地会弄错,对此,迷迷糊糊的克拉波夫妇即便意识到了也从不责怪她,有时候,一连好几天,菜谱上总是出现同一道菜,那是女大厨执意地想成功突破而连续试手,他们虽然有些厌倦,或者有些不耐烦,却也不说破,而面对着失败或者半成功不成功,她也总是保持表面上的冷静,实际上她表现出一种毫无妥协的坚韧,一种冷冰冰的非凡的坚定,有时候,她会更明智地把很难烹制的菜先留在一边,或是到时候再做些小小的改动,惊喜地发现自己的睿智竟然还行得通,或是给自己充分的时间来弄明白原本的想法不太行,女大厨不善于玩这个游戏。

当我以为可以认定我们成了朋友,面对着女大厨非得把想象中的一道菜做到至善至美的疯狂固执,我有时候却会猜想,兴许最好还是放弃尝试制服一些如此倔强的因素(因为我想到,食材的拒绝服从已然蕴含了那种关于菜谱靠谱与否问题的答案),但女大厨从不考虑这一点,她什么都不说地听着我,决意继续下去,必要时甚至无限期地从头开始,直到有个结果。

她对我的观点能做的唯一让步就是承认,这些在固执和教条中、在耗费材料中的征服的菜肴,并不在她拿手菜的名单中,她为它们保留了某种奇特的怨恨,并不怎么喜欢来烹制,与此同时,她更不愿意回想起,她并没有战胜它们的抵抗,女大厨就是这样,一点儿都不好战,但假如有战斗存在,却是绝不会放松警惕的。

她连续三次为克拉波夫妇做了奶酪焦皮猪爪子,而后才按照设想的样子成功配制出恰到好处的调味汁,那是一种白葡萄甜烧酒和奶油的混合物,其中再加上一些新鲜的月桂叶,之后,她就再也不做这种调味汁,也很少做猪爪子了,除非当克拉波先生时不时地提出要吃他曾十分喜爱的这道菜时。

女大厨喜欢按照自己的计划来做菜,但她面对克拉波夫妇腼腆地提出的要求时也不会不满地哼哼,她希望讨他们喜欢,让他们高兴地睡好觉,而她自己则在他们楼上的小小卧室中反复思考她的工作,有时候竟如此兴奋,会从床上起来,下楼来到宽敞的厨房,在那里来回忙活,为自己具体展现出她第二天要做的菜,然后,在一种几乎痛苦的眩晕中,更为模糊地展现未来的每一天,以及以后的每一年要做的菜,她仿佛觉得,她一生一世从来都不会厌倦实现她头脑中拥有的无限多样化的、谜一般的、无比丰盛的美食,世界上存在着那么多她还不熟悉的材料,而她充沛的想法,则孕育出完美结构的种种抽象而又美丽的形象，她感觉到，她想让她的厨艺跟这些形象联姻，但她自己却不明白这究竟意味着什么，在她的生活中，她的经验中，还太早，还很难猜出来，她不断地幻想到，但时间毕竟还太早，她怪自己太年轻，太没经验，她毫无来由地担心会永远永远都太早。

我所看到的，她有一天对我说，我总害怕不能成功地做到。

当我问她，她所看到的究竟像什么，她就在空间中描画出一些晦涩难解的形状，不怎么清楚地给我解释说，她在追寻连她自己都会被惊呆的那些理想的结构，就仿佛另一个更有才华的、各方面也更高级的人把它们创造了出来，同时却只会说：的的确确正是这样的——根本无法说清楚这个这样究竟指的是什么，因为即便是完美的词语，看起来也会缩减所体验的激情的程度，这正是女大厨在马尔芒德的厨房中所向往的，因不耐烦、希望和恐惧而几乎透不过气来，这也是女大厨后在她餐馆的厨房中依然并永远所向往的，当她用她确信的双手在空中描画出我不知道什么样的圆圈来时，她不再透不过气来，但她的目光中充满了痛苦，这时候，我真的很想感动她一下，我却什么都不做，我只是到最终才这样做，既然，无论人们会说什么，无论我自己感到多么遗憾，她总算找到了她整整一生中一直孜孜不倦地追寻的，此时，我终于能把我的手轻轻地放在她的肩膀上，而丝毫没有想要傻乎乎地安慰她的样子。

这种痛苦并不是能轻易被抚慰的那一类，然而，女大厨对我说到她长期以来的追求时并不会表现出丝毫迟疑，而当她涉及只属于信息类的话题时，她则会处在封闭或含糊其词的状态中。

就这样，我无法知道她到底是多大岁数时离开的克拉波家,前去住到马尔芒德的一个小公寓的,也不知道她是不是嫁给了那个让她怀上了她女儿的男人,更不知道那男人到底是谁,尽管在这问题上我有我的想法,这也只是一个推测,如同你们看到的那样,我很谨慎,但我的坚信是确立的。

当我问女大厨,离开克拉波的家是不是很难,她耸了耸肩膀。

我受够了我那小小的卧室,你知道,她回答道。

我大着胆子问她,对她来说,在60年代末,要生下一个没有法定父亲的孩子,是不是一件很棘手的事,我感到我的问题让她很难堪,在开始她那阴沉而又虚假的老生常谈,吹嘘她作为母亲的欢乐,她有幸有一个非凡卓越的女儿之前,她很不满地冲我嚷嚷了一句:你又知道些什么,知道我没有结婚吗?

我知道女大厨在此问题上对他人观点的蔑视,我总是在想,实际上,她想要的,并不是让人相信她是结了婚的,并不是如此给出一个她根本就无所谓的体面形象,而是相反,掩藏住她曾已结婚,或者,至少,让这一不怎么光彩的弱点留在虚幻之中,即她嫁给了她孩子的父亲,一个她从未爱过、从未尊敬过的男人,克拉波家的园艺工,是的,毫无疑问,一想到她竟允许那个肮脏的家伙来碰她,插入她,甚至她兴许还渴望他,鼓励他,她就体验到一种耻辱,她甚至都不敢向某个对那男人毫不了解的人,对想到此事时不会有任何震惊感或厌恶感的人,比如向我,承认这一点。

恰恰正是她的遗漏和她的难堪让我怀疑到了园艺工,这之后,我联系上了克拉波家的一个亲戚,他对我说他回想起来,那园艺工是在女大厨女儿诞生的那年结的婚,当然,他没有确认他娶的人就是女大厨。

至于那个女儿,她始终声称她不知道父亲究竟是谁,但是，要说一种如此的断言是来自一个如此渴望有传奇故事的人，如此关注于一个她母亲从她出生起就不断地损害的孩子的人，那么，它绝对不意味着任何什么，我相信，以我的估摸，以我秘密而又温柔的调查，我自己远比这个自以为对她的生平知道得比我还多的疯疯癫癫的女人更严肃，我要比这个女人更可靠，假如她知道谁是她父亲，那她就能认定，她母亲迫使她在成长过程中始终不知晓一个如此重要的事实，那就是她在憎恨她，在嫉妒她，直到今日，而且达到了一个你们根本无法想象的地步。

为什么我要揭示这一切？为什么，当女大厨既不希望提起那个园艺工，也不想回忆她可能有过的婚姻时，我选择了存心背叛她，同时却不能，这一次，确实不能，不能躲藏在信念的背后，坚信女大厨不应该隐瞒这件事，她既没有错，也没有理，她只是仅仅有权利而已？究竟是以什么方式，我竟然没有突出我自己，而是突出了女大厨的肖像？

我不知道。

在一度坚信我不会那样做之后，我还是落入了这一透露中，就这样，它被说了出来，我也就无法抹除它了，我并不是脱口而出的，它出自我的口，带着我的赞同，而我总是感觉我说得很对，不是对我，而是对她，人们兴许会想到，我只是一个可怜虫，一个欺诈者，但人们就不会说女大厨的坏话了，因为她兴许嫁给了克拉波家的园艺工，她跟他有了个孩子，她把他拥在怀中，没有爱情，却有欲望，人们不会从坏的方面来评判她，因为她十分健康的少女身体涌动着贪婪而又好奇的肉欲，渴望第一个男人的身体，兴许，她是以这一方式表现出对他感兴趣的，在她的肌肤要求得到另一个人了解和熟悉的那一刻，在她身边的正好就是他，有人对她说到了她的肉体恳求，有人开导她了它自身的神秘功能,人们不会责备女大厨就这样穿越了人的共同经验,我甚至还希望她将会显得更为博爱,更值得被人爱,假如我被看作一个背叛者,那活该我倒霉。

我不知道我的理由充分不充分。

我责问着自己,某种折磨一直就没有再离开过我,有时候,我什么都不再敢肯定,除了我对女大厨的回忆不可饶恕的违背,于是,我跟她彻夜长谈,我所要求她的,不是原谅我,而是对我表明她的赞同。

我尝试着回想她,恰如我们以往交谈时的样子,而当我对她说出我的论据时,我则尝试着从她的这一形象中获得最正确的回答,不是那种会把我修理一番的回答,而是女大厨可能会对我做出的回答,带着那种孩子般的让她的嘴稍稍变形的微笑,或者,相反,带着那种低声抱怨的、冷冰冰的、阴沉沉的表情,让她的不悦一目了然,这也很好,因为我相信看到了一种孩子般的害羞微笑扭曲了我那亲爱的幻象的嘴唇,我并不后悔提到了园艺工。

同样,我还得跟她女儿的谎言做斗争,她到处寻找机会瞎嚷嚷,说是她不知道她父亲的身份,说她母亲从来都不想告诉她真相,说女大厨扮演了一个失调和悲伤的母亲角色,哦,这可是一个不公正的声誉,我将不遗余力地与之斗争,以争取对抗这个小女子病态的忘恩负义,当她不再能诬陷女大厨,不再能强迫她怜悯她异想天开的可怜命运时,她将还留下什么呢,当她形影相吊,顾影自怜,她将还留下什么呢,谁还会可怜她呢,没有人,没有人,那时候,真正的怜悯将会无情地离她而去,她将可怜兮兮地为逝去的时光而哭泣。

女大厨搬进了马尔芒德的一个小公寓,生下了她的孩子,其间的情感十分复杂,我推断,混杂了自豪、惊愕、失望,因为她的抱负并没有预料到一个如此急迫、有如此多要求的小生命的来临,她的抱负没有预料到任何人对她生活的擅入,她的存在正在积极向上,正在一天接一天地,一顿接一顿地蓬勃绽放,一路积累下渊博的知识,控制有加的操练,有条不紊的思考。

我不知道那园艺工是不是也过来跟她住在了一起,我所知道的是,她深深地陷入在一种孤独感中,这孤独也因为她实际上不再只是一个人而愈演愈烈。

她带着孩子,也有别的当母亲的,也有圣巴泽尔的亲戚或熟人,很热情地过来看望她,以确保家里一切顺利,她们都相信自己做得最好,把她紧紧地包围在关系、义务和争论之网中,所有问题都跟母婴关系有关,而这其中,厨艺根本就不会作为一种探索、一种思想、一种道德或一种希望的对象,作为人们故妄可满足于一聊的一种话题而出现,能聊到无限远,无限广,或者,一旦聊开后,人们就能让充满了这个令人赞叹之词的声波的一种寂静落下来,不会这样的,它仅仅只是作为充塞着种种责任的白天里早已不知是第几个痛苦的制约,而这,最是让女大厨泄气。

她是如此地怀恋在克拉波家小小卧室里度过的孤独时辰,那些出神入化的时刻,紧张而又富有成果的沉思,它们会让她带着一种不耐烦的确信入睡,渴望第二天有所进步,兴许甚至会发现或发明出一种食材的搭配,她常常会在梦中看到自己成功了,而到了早上,却又要继续惯常的现实生活,犹犹豫豫地把双脚踏在一个卧室的地板上,而任何的创造性狂热都不来这里拜访她,这只是一个卧室而已,不再是她超凡的头脑和她丰沛的直觉的活生生的宽阔外延。

她依然尝试着,每天晚上,思考香料与鱼、水果与肉的搭配,思考一个盘子上种种颜色和谐或生硬的相近,但是,她知道第二天她不会把任何东西付诸实践,她觉得厨艺精神已经厌倦了她,渐渐抛弃了她,她辜负了它,爱孩子实际上甚于爱它,让她的一大部分思想摆脱了它,而它兴许正在走去选择另一颗更配得上、更男性化、更勇敢的心,在那里落脚、扎根、繁荣,她感觉自身很干枯、很虚假,没有了优雅,然而她并不遗憾自己有了孩子,她总是向我担保,而我不知道那是不是真的,我不知道她是不是相信她就应该这样来介绍和感受事物,孩子比其他一切都更重要,只是在这一层面上,她才有某种怯弱,一种对公共立场畏惧的或迷信的屈从,这时候,她感觉自己很无用。

克拉波夫妇前来看她,送给她一只黑绒玩具小狗,女大厨一直留着它,有一天她还拿给我看过,脖子上系着红丝带。

克拉波夫妇很亲切很长时间地欣赏着小婴儿,女大厨不无痛苦地明白到,他们俯身在摇篮上,一再重复陈词滥调,希望由此掩饰自己乱糟糟的心情,掩饰作为年轻母亲的女大厨在他们心中激起的种种新感觉,她离开了她的厨房,脱离了那充满活力的孤独,坐在那里,双手交叉,在孩子身边,注意着孩子的一举一动,稍稍有些迷茫,没有话要说,而克拉波夫妇也无法肯定,之前,他们曾经有过跟女大厨的谈话,但他们确信,这时候,从她灵巧欢腾的身体中正辐射出一种如此抒情的生命力,而他们却没有意识到她的缄默,而仅仅意识到她那巨大而又浓厚的平静,当然,克拉波夫妇不会丢弃他们面对女大厨时屈尊俯就的那一切,不会丢弃听从于她的那种力量和能耐,从中理解他们对盛宴美食的忠诚,但是,他们不承认这个冷漠的年轻女子身上有着他们那位女主祭的影子,她在厨房空间中的权威声望和逼人光彩吓得他们不敢越门槛一步,他们怀着何等热烈的谦虚认可这一点!

不,克拉波夫妇什么都不否定。

但女大厨看到了他们的茫然,兴许还有他们的困惑,她看到他们的目光落在团在一把椅子中的她那身体上,平庸,臃肿,沉重,她看到不屈不挠的才华从这令人扫兴的身体中逸出,曾几何时,这才华曾以其存在和爱为它增光添彩,她不怀疑克拉波夫妇也看到了它在公寓中翩翩舞蹈,而小小婴儿在这公寓中的专横存在似乎让空气变得稀薄,并统占了各个角落,于是,精神不再在任何地方闪耀,它走掉了,女大厨因此体验到莫大的羞耻,不禁失声抽泣起来。

由于她从来都不知道该如何跟克拉波夫妇说话,她的困境具有一种阴郁的、厌烦的、几乎不太友好的间隔的形式。

种种的魅力全都离开了她,而在他们面前,她默默地笨重地做着照料女儿所需的动作,似乎不再意识到克拉波夫妇就在身边,而实际上,她对他们的茫然和他们的无奈的意识,达到了一种无法忍受的程度,她曾在他们心中,她依然还在,他们的血流动在她的心中,比她自己的血流在孩子心中还更自然。

克拉波夫妇对她说,他们雇了一个新的厨娘,这段时间里女大厨可以一心照料孩子,然后可以找人在白天照看孩子,假如她还想回他们家工作的话。他们几乎没怎么提及新来的女人,只用了一个动作暗示,示意他们根本不会把她跟女大厨来相比,不希望以此来逼迫她,兴许还因提出了托人照看孩子而有些尴尬,不想再加重他们的沮丧。

但是,他们实在很想念她,女大厨深深知道,她从一些奇怪的神经质动作中看出来了,他们坐在那里却乱抖腿,他们的眼睛闪耀着一种湿漉漉的光,就仿佛他们既疲惫不堪,又兴奋过度,他们等待着一个回答,却又不想表露出来这一神情,期待她会向他们确保她的回归,会给他们一个日子,这个沉着脸一声不吭的姑娘,他们似乎觉得他们从来都没有得到过她,然而他们却黏上了她,不知道除此之外还能做什么,根本无法设想他们兴许已经失去了他们的女大厨。

她什么都没回答,她哄孩子睡下后重又坐下,懒洋洋的,无法触及。

女大厨后来带着一种转瞬即逝的痛苦表情告诉我说,她当时坚信,他们清清楚楚地看到了,曾经证明了她在他们厨房中的统治权和绝对优先权的东西,如今离她远远的,独自在那里波动起伏,她觉得不用装作情况并非如此,那样做既无用,又很残忍,形势还不像他们佯知道的那样令人绝望,她已然筋疲力尽,只有一个愿望,愿他们赶紧走掉,让她能够睡觉,她空虚,可笑,再无别的,有一点她可以肯定,她不敢出现在克拉波夫妇面前。

他们终于离开了她,心灵上并不比她少一些崩溃,他们尝试互相安慰,心说是孩子的诞生让她昏了头,她还会恢复的,会感觉好的,因为他们觉得内心里很了解女大厨,某种根本的东西已离她而去,跟孩子并无直接关系,某种东西,使女大厨成为克拉波夫妇与辉煌前程之间的完美载体,于是她不再仇视他们的过去。

女大厨的厨艺,以及她全身心付出的那种才能,洗干净了他们痛苦的虚伪,他们变得更好,他们每一天都想做得更好,每一天他们都努力不犯坏事,都想得正,行得正,糟糕的羞耻早已弃他们而去。

他们现在怀着某种遗憾的恼怒,吃着由新接替的厨娘做的堂堂正正的饭菜,他们吃得很多,带着某种让他们精神矮化的快感，他们互相瞧着对方的堕落、懦弱、沮丧，他们还没有强大到可以无须女大厨精神层面上的伴随，她早已自然而然地把他们带入了快乐的奥秘之中。

女大厨向我承认，她有些抱怨克拉波夫妇。

因为，从她身上被抽走，使她变得如此忧伤、如此疲惫、如此被剥夺任何生活渴望的东西，也把克拉波夫妇打发到了那样一种地步，让他们同样也不再能有生活的欲望，而来到一个实用主义的、不允许固执不变的痴迷有藏身之地的世界中。

女大厨给我描绘了这一阶段，我则尽可能确切地来转达，带着很多的支吾其词，以及明显的意愿，我不会从中得出某些她将觉得很令人伤心的结论，由此，她不断地重复说，她是多么地爱她的宝贝，从她一出生起，照顾抚养她让她体验到了多么大的快乐等，对这一切我并不否认，我又怎么能否认呢，但是，我应该对照一下她在克拉波夫妇来访之后陷入其中的那种麻木的绝望，女大厨情不自禁地为我描绘了这一绝望的最细微的征候，她真的不愿意那样，但她还是那样做了，带着一种不无悲痛的惊讶，一种激情，这激情，三十年后，似乎要从我的友谊中等待一种真挚情谊的见证，就仿佛她应该把它归功于那个感觉如此孤独、在她马尔芒德的公寓中如此落寞的年轻女郎，尽管她从来没有真正孤独过，尽管她同样还得忍受这样一种惩罚，前来看望她的，将不再是她看得很重要的唯一原则，而是那些她与之实在无话可谈的人。

我毫无保留地把我的理解向女大厨和盘托出，我趁机对她暗示说，一边用手指头摁着她的手腕，一边投去关注的目光，我说她可以向我要求得到一切，不过不是向我的友谊，而是向我的爱，而女大厨必定也感觉到了，我想象着，耐心、执着、持恒的爱在人们用尽了平庸的理由推托它之后只会来到，平庸的理由有的是,什么年龄的差距啦,缺少时间和渴望啦,她知道,我的爱不强求任何义务,尤其不要求对厨艺有丝毫奉献的义务。

我相信我能够说,从某种方式上,我已经达到了我的目的,女大厨迎接了我的爱,接受了它,而当她能把它变成某种比我们还大的东西时,当她感觉到爱的精神侵入了她心中时,她就把它还回来。

> 在我们滨海略雷特的小小一帮人中,我是唯一从来没有一个亲戚从法国过来看望过的人。我的朋友隔三岔五地接待他们的孩子,他们的父母,某个兄弟或某个姐妹,而平台上的晚会远非那么容易,那么亲密,那么魔幻,而通过一种奇特的颠倒恰如疯狂的青春迎接了成熟的年龄它不敢表现出其自由的生硬,然后我们笑它,而看到我们在滨海略雷特是这种样子他们的孩子会很震惊。我对我的朋友们说我女儿要来看我了。他们就鼓掌,发出我们在滨海略雷特惯有的表示欢乐的叫声,我不安,我不愿意她来但我又不能推开她,用什么借口呢?但我真的一点儿也不愿意她看到滨海略雷特。

她告诉我说她越来越少出门带孩子在马尔芒德的街上散步,而后,就彻底中止了散步,最终,一想到要离开公寓,她就会体验到一种荒诞而又顽固的恐惧,然而,她似乎又觉得,这公寓并不爱她,不想给她什么好处,甚至还跟周围世界一起勾结起来,要加重她的忧伤和她的困惑。

当我问她,那时候谁负责外出采买,她简单地回答说,是孩子的父亲为她们带来几乎所需的一切,我没能确定他到底是跟她住在一起,还是过来看她一下之后还又走掉。

她的白天是坐在摇篮边的一把椅子上度过的,偶尔站起来也只是为喂孩子,给她换尿布,尽管她向我肯定,她始终有足够的清醒来伺候和照料小丫头,我觉得她明显不再有力气来逗她玩,冲她笑,来紧紧地抱着她,一句话,以一种让孩子有感觉的方式来爱她,因为,这时候,她就连温柔的动作所必需的一点点能量都没有了。

你们肯定会想,女大厨自我封闭于其中的那种不经心的疏忽在某种程度上影响了孩子的性格,很简单,只要看一看女儿随后对她母亲表现出的那种敌意就成,看一看她不停的抱怨,抱怨她给她带来了不幸,抱怨她所感受到的严重后果,只有几个月大的时候,坐在她摇篮边的母亲实际上心不在焉,那时,母亲的手接触到她的皮肤,却又显得对它没有丝毫的记忆,那时,母亲的眼睛茫然而又疏远地滑到她那张焦虑地伸向她的小脸上,或者正相反,久久地盯着她却视而不见,显出一种模糊而又冷淡的困惑,直到孩子开始哭闹,这才机械地回想起,来自于她面前的这个小人儿的声响意味着,她应该完成这种或那种义务,她得为她拿来一个奶瓶,或者为她献上自己的胸脯,她没有对我说明白到底是哪一种,或者再一次换尿布,而事实上她才刚刚换过,根本不必再换,她已经不再会判断,但她仍在行动,紧紧地保留住,恰恰就在她开始偏离的地方,一种十分微妙的而且是机械地完成的义务感。

你们肯定会这样想,而女大厨也没有摆脱这一起码的方式,把个性看成一条因果关系的锁链,她一生都在后悔自己在几个星期中或几个月中躲避了母爱的义务,我不太知道,而她的错,在我看来,恰在于一点儿都没有向她女儿隐瞒这一伤痛的情感,它在咬噬她,因为她实在是太想念她了,尽管她从来就没有对她说明是以什么样的方式,我猜想我是唯一一个听她讲述过这个的人。

但是她让她的女儿明白,她很年轻时,并不总是最好的母亲,而尽管此后,她对她所做的一切,她整个的所作所为都是在热切地、忘我地竭力补赎这一失败,更多的是通过爱,而不是为洗清自己的错误(尽管很难,她还是能正视自己的错,同时也不是没有证明她对女儿的爱),尽管她为她做得比很多父母要远远多得多,而且那些家庭的孩子不会去想责怪他们什么,她的女儿却死死地抓住这种半忏悔,从中看出一个办法,能为她的自命不凡和她的缺乏果敢做辩解,带着一种艰涩的幸福感把自己安顿在自我温柔的发臭皱襞中,毫无疑问,假如女大厨满足于爱她,从而忘却自感有罪,那她将会被迫显得更勇敢,可惜的是,她在这一点上搞错了,她大大地搞错了。

于是,当然,她不堪回首的那一切,她们娘儿俩相依为命的这一段阴暗日子,以这种或那种方式影响到了她女儿的性格,但是,为什么更多的或者更具决定性的影响是这一切,而不是女大厨在其生存的绝大部分阶段赐予她的关怀备至呢?

您倒是应该换一种方式来考虑问题,我对她说,把您无意中带给这孩子的那一点点不好放到一边去,在那个年纪,您自己毕竟也才刚刚成年呢,您应该更多地回想起您始终想给她带来的好及其结果,您应该好好利用对这个无趣女人的看重,来抹除您这个例外之人的形象吧。

那时候我有些生气,餐馆的情况在恶化,我生着气来到,生着气离开,我就是这样对女大厨说的,她却还在责备自己三十年前阻碍了女儿的健康成长,而不愿意去弄明白应该是一些更紧迫的问题扰乱了她的精神。

> 我的朋友们总是催我明确告诉他们我女儿什么时候来滨海略雷特,尽管我尽可能地从来不装出是一个怪人

的样子,我还是不能轻松地回答,我匆匆地挤出一丝假笑,我敢肯定我女儿是让人感觉很舒服的,而我并不自信。但一想到她无论怎么说都会扰乱我在滨海略雷特珍贵而又悠闲的秘密生活,我就很荒唐地几乎想要逃离滨海略雷特,要了结这一切。

在马尔芒德阶段,女大厨独自一人摆脱困境。

一个春日的傍晚时分,她打开了窗户到晾衣绳上晾晒婴儿衣服,整个人都昏昏沉沉的,但她隐约相信,现在,是一个正常的状态,而且多少还令人满意,微风习习,把正在烤箱中烤的肉饼的一股香味一直送进她的鼻孔,女大厨很熟悉它,她贪婪地嗅闻着。

一种强劲的感觉紧紧攫住了她的肚子,那不是饥饿感,而是一种突如其来的欲望,被遗忘之后,突然又在诱人的气味中返回了,渴望亲自动手做一个最香最柔软的砂锅菜,或者,更精确地说,重新成为那个年轻女郎,让她的记忆一下子重新闪现,清清楚楚地看到她自己身处克拉波夫妇的厨房中,聚精会神地做着一份混有猪肉、小牛肉、洋葱和大量细香菜的烩菜,而这个曾是她本人的女人的动作激起了她心中一种奇特的嫉妒,她极其渴望悄悄地溜进这个身体中,继续做这些动作,恢复那些思想,让一双灵巧的手,一双勤劳而又精确的手重新活动起来,让一切全都回忆起来,她就想重新回来掌控曾经属于她、她也曾赢得过并确实值得的那一切,那些动作带来的巨大而又平静的快感,一丝不苟的双手的智慧,她本人年轻时代能够自我满足的那个可爱的、诱人的幻象,操控自身快乐以及自身平静自豪感的技巧。

而如今她寄寓的身体,带着它萎靡不振的笨重,它那被限制的双手,实在让她有些气不得也怨不得,她非常遗憾就那样让她如此清晰地重新看到忠诚的工具在毁坏,在丢失,尤其是她相伴始终的激情突然就短缺了,短缺的还有她那轻灵、解脱、相当有意识的小小心灵,以及温柔而又深重的孤独,想当年,即便当她并非独自一人在厨房中时,她依然还能沉湎于这一孤独之中,而现在,不管孩子在不在身边,她都不再能达及那孤独,她受缚于一种迟钝,被维系在与她自身的一切交往之外,同时,她还感受到忧伤。

她还在闻着肉饼的香味,像是一个猴急的饿鬼。她重新关上窗,落坐在一把椅子上,开始哭起来,呜咽之声吓坏了婴孩。

哦,您哭了,当女大厨讲述中略作停顿时,我傻乎乎地重复道,这话我是脱口而出,因为我从未见过女大厨哭,即便在她最忧烦时也没有。

是的,是的,她说,嗓音中带有那种有节制的、突然有些疏远的不耐烦,每当我犯傻时,她通常都会如此,此时,她朝我投来充满怀疑、权衡评价的一瞥,仿佛在问她自己,她在何等程度上能允许自己信任一个如此愚蠢的人物,尽管这目光让我十分困惑,我还是不憎恨她这样评测我,我感觉我们之间有一种生涩的亲密关系,于我相当合适。

女大厨哭过的第二天,感觉自己又活了回来,换句话说,她又回到了自身。

这一复活采取了如此迅猛的形式,使得女大厨生怕会被累人而又无果的热情所冲破,她便问自己是不是重又赢得了曾经静静隐藏在克拉波夫妇厨房中的那种浓郁的安宁,工作中特有的那种兴奋。

长久以来第一次,她带孩子出门去散步,春意令她震惊,她感觉赤裸的小臂在微微颤抖,她感觉浅色的汗毛耸立了起来,春意令她震惊,她热泪盈眶,她的身体苏醒了,决定重新属于她,她搭在婴儿车推手上的双手因生命力的被抑制而战栗。

接下来的几天,她把自己的用品以及婴儿的用品全都打了包,彻底清扫了小小的公寓,然后要求她女儿的父亲,他也可能就是她丈夫,让他开车把她送到圣巴泽尔,这个男人,我根本无法塑造他任何确切的形象,只知道他是一个时隐时现的伴侣,只为提供一些服务而不时露一下脸,因为女大厨在不多的几次提及他时就是希望这样来展示的,此外,女大厨似乎对他也没有什么感激之处,这就更加让我认定,她并不爱他,她不怎么看得起他,她实际上认为他应该对她很不情愿地落入的这番境地负责。

她把孩子托给了父母。是的,是的,她把女儿留在了圣巴泽尔,并打定主意一旦有可能就马上来接她走。

然后她登上去波尔多的火车,她这辈子还从来没去过那个城市。

当我问她为什么不选择,更简单地,回克拉波家,她迟疑了一会儿后才回答,不是因为尴尬了,而是因为要寻找最适合的词语,我看到她的注意力从我脸上偏离,落到了她自身上,很谨慎地,就仿佛她生怕惊走蜷缩在那里并不总是愿意被撵出来的真相。

她最终对我说,目光又落到我身上,带着一种好奇的警惕心紧紧盯住我(以至于,因疲惫而在夜间归置得整整齐齐的厨房中簌簌发抖的我,真的很想还不如昏过去算了,好逃避她暴君般的目光,不再冒险以一个哈欠或一种目瞪口呆的表情让她失望,她这人是那么的不爱犯困,几乎从来就不想打瞌睡),于是她对我说,她决心做出的牺牲,把孩子托给她的父母,实际上是强加给了自己一个赌注,一个远比回到克拉波家的厨房要更大的赌注,她对我说,要想容忍被她看作如一种变节的行为,即便是暂时的,要想忍受想到孩子的困境,即便那也是过渡性的,她就必须确保她自己的安全,她自己的平安,因为她不能想象自己再去处在克拉波夫妇的保护底下,作为丢弃孩子的唯一代价。

但愿我们没有夸大其事,您毕竟没有抛弃她,我克制着没有这样说出来,心情很不好,而女大厨,就仿佛已经猜透了我,补了一句:小家伙和我,我们曾经始终是在一起的,你明白。

但是不,我不想弄明白。

我很不开心地听说了,女大厨并不把她前去波尔多的决定归结于她合理合法的职业抱负,而是归咎于一种含含糊糊的需要,要去受苦,就像孩子也得前往圣巴泽尔吃苦那样,至于孩子在圣巴泽尔,我倒是不怀疑,她很快就会适应的,但我不希望女大厨这样自我夸耀或自我贬低,反正我也不太知道,总之,我不希望她那苦涩而又固执的愿望,成为一个真正的大厨,成为一个美食烹调家的愿望,不满足于让她的食客数量局限于像在克拉波夫妇家时那样小的愿望,只是停留在她的嘴里,在她对孩子的一种阴暗的、平庸的愧疚中,我不希望那样,总之,三十年之后,她依然会觉得难以承认,她当初没有让任何事、任何人阻拦她的道路,阻拦她前往大城市,一旦厨艺的灵气真的愿意重新启迪她,那就让她的才华尽情地发挥,得到众人的承认。

当然,女大厨始终是这样的,并非因为她低估了她意愿的宏大或她决心的坚强,而是因为它们并不流露,兴许她不知道该如何表达她并不渴求名誉和金钱。

她寻求尽可能恰当地、和谐地回答一种对她寄予厚望,应得到倾听和尊重的呼求,她寻求着完成像是一颗杏子那样摆在内心中的那一切,这里有一种运气或者一种好运。

我竭力,是的,为了她而这样说。

所以,她声称她去波尔多只是为了扛住这个想法,即她得跟她孩子分离,然而,在她对我讲述那一切的时候,我实在是不明白它,我很受挫。

这个孩子在她给出的理由中占据了太大的位子,同样,她也开始过分地占据了我们的想法,这个三十岁的老女孩,在女大厨跟我在令人昏昏欲睡的厨房中倾情交谈的那个年代,女大厨因她那永不枯竭的活力而依然维持着紧张,而我,在对面,则疲惫得晃晃悠悠,担忧着那一刻我还得出门去,回我在里亚德克的单套间,而只有在女大厨的动作范围内,我才感到自在,有意思,乖巧,只有在那里,我的存在才会有跟另一位一样的价值,才会那么协调一致,环环相扣。

在波尔多,女大厨在火车站街区的一家小破旅店租了个房间,穿上她最好的那条深蓝色布裙子,一件腰部鼓起来的天蓝色衬衣,栗子色的头发高高梳起,在脑后紧紧扎住,冒着黑石头路面的炎热,步行前往市中心,以那样一种厚着脸皮的几乎好斗的固执,一路上不断地问路,完全遮掩了她那种寡言少语的倾向。

她走进了一家她觉得门面看上去尚还可以的餐馆,说来,这还是女大厨第一次走进一家餐馆,在马尔芒德时,她会时不时地去一家咖啡店,喝一杯热巧克力,仅此而已。

她说她在找一个厨师职位,她说她没有文凭,但她很会做菜,她白天里推开每一家餐馆的门都会重复说的这句话,遇到了人们几乎同样方式的对待,带着一丝隐约有点嘲讽味的惊讶,那不是由她的话语本身产生的,而是由这个一脸严肃样的年轻女子的固执而又粗鲁的自信产生的,她并不是在提出一种请求,而是在提供一种理由充足的服务建议,就仿佛,对雇人时要考虑的那种显而易见的优点,她完全就不屑于削尖脑袋去利用,她的脸由于戒除了任何诱惑人的愿望,兴许是讨人喜欢的、和蔼可亲的,她的嗓音简短、清晰,语调中带有某种机械的很有效的东西,她的胳膊直直地悬在她稍稍有些僵硬的上身侧面,她难以觉察地握紧了拳头,以防她那迫不及待的双手会蠢蠢欲动。

她太过直接地瞧着她的对话者,用她那双褐色的、温柔的、冷静的眼睛,它们既不等待什么,也不希望什么,它们只是行使着瞧着人的功能,当否定的回答传来,它们就静静地、礼貌地转开,既不失望,也不恳求,对它们所看到的似乎什么都不带走。

某些回答她的人兴许误解了她站立在他们面前的这一独特方式,紧凑,像是很沉重,但事实上却不是这样,她如此完美地收紧在她结实的肌肤,她短促的肌肉周围,以至于有时候显得始终稳稳当当地留在那里,比实际上还更长时间,在某种程度上紧绷住身体坚持着,迟疑着不肯走开,而眼睛,它们,则并没有变得沉重,但那是一个错误的印象,对方一跟她说不需要人手,女大厨立刻就掉转脚跟,她坚信能被雇用,从不怀疑,没有丝毫厌倦会让她笔挺的腰杆向前弯曲。

接连两三天里,她一直就这样在大街上转悠,平静地一意孤行,既不感到焦虑,也没觉得厌烦,正相反,每一次进入一家餐厅,无论是有顾客还是低峰时刻,她心中都会有一种短暂而又幸福的激昂,而当她在午餐时分来到时,这种激昂还会因餐盘上散发的香味而有增无减。

在等着有人来接待她时,她就环顾四周,认真地,系统地,仔细地,她评价着一种调味汁的样貌,一份沙拉的品相,她很认真,常常不以为然,没什么让她觉得彻底的足够好,足够漂亮。

一想到顾客竟习惯于品尝如此平庸、如此有缺陷的菜,而且他们居然还看不清这一点,他们甚至还认为人家给他们端来的确切相当于一份漂亮菜肴应该是的样子,这一想法让她沮丧,同时又激励了她,她带着那种平静、中立、几乎还有些冷淡的并使她异于常人的自信,想象到,将来她有了自己的餐馆时(当我在我自己家的馆子里时,她心里想),她将会致力于发展、精化食客们的味觉,为他们提供一种更为严格的评判的能力,而无论对厨师来说后果会怎样,但她知道,她自己的工作快乐还需得到顾客方面一种毫不妥协的期待的支持,她早已知道,一种过分容易给出的赞同的好心会让她感到讨厌,而且,对自己的讨厌会远远超过对提供赞扬者的厌恶。

最后,她终于在坎塞拉街找到了工作,在一家刚开张不久的小餐馆。

那一家的老板已经在法国和比利时转了好几圈,运用了他实用主义的超脱,他干巴巴的毫无快乐的幽默,他傲慢的好心,管理过好几家店,他是这么说的,最后在坎塞拉街开了他自己的店,他带着一种不无卖弄的撒娇,一种假模假式的厚颜无耻宣称,他开店的目的就是想袖手旁观无所事事,而另一些人则要为他的致富而工作,这另一些人包括一个厨师和两个伙计,而老板觉得应该让他们明白,他们短时间里能做的工作就远比他本人向来能做的还要多得多,这可不是真的,如同女大厨所意识到的那样,既然他得把他那餐馆的不断递增的繁荣兴旺归功于他自身持续的、警惕的、好客的、职业性地诙谐的在场,归功于他永不出错的敏捷,同样也归功于所提供的烹调的趣味,不过,他还是想让人们以为,他几乎是游手好闲的,

女　大　厨

这在他看来更为优雅。

女大厨进餐馆的时候,一个伙计刚刚离开他这里。

他发现那样的一个小小的身影从阳光灿烂的街上跃出,落到了一片逆光的空间中,一时间里纹丝不动地钉在了那里,体现出那样的一种缓慢,一种厚重,使人误以为很不适合于工作,他的第一个动作当然就是以一种礼貌的、甜蜜的却又不折不挠的语调,用一个回绝的字眼来打发她回去,但他谨慎地克制住了急于摆脱他在窗户窄窄的大厅中看得并不太真切的这个陌生女子的想法,脑子里想到了自家那个伙计的意外离去,他便朝她走过去,瞧了瞧她天蓝色的裙子,浅蓝色的衬衣,这身干脆利落而又微不足道的打扮,看来跟她的身材十分相配,显而易见地、恰到好处地体现了选中这身衣着的人的个性,当然她自己并不知道。

然后,他的眼睛遇上了女大厨那稳稳当当、不动声色地落在他身上的目光,那个仿佛奇怪地钉在地上的身影带给他的那一丝短暂的焦虑不安消散了,在这道平静的目光中,他看到了那些个强烈的、自愿的、慷慨的东西,那些个没有算计,同时也不失矜持地给出的东西——女大厨的身体占据整个空间的那种彻底的方式,同样也是一种自身矜持的表达,无论在哪里,她从不蔓延,从不扩散。

兴许那老板也同样感觉到了这一点,因为他马上就忘记了自己曾想过要回绝她,他此后就不应该再来回忆这些了,他将永远都会讲述说,从女大厨一开口起,他就打算雇用她了,而她说的那些话,他要求她重复一遍,因为,当它们从处在逆光中的如此静态、如此缠人的身影中飘出来时,他还真没怎么注意听。

他对年轻女子说同意,一种迫不及待的嗓音,像是为了不给自己时间来重新思考,这嗓音还有一点点不快,几乎带了些不满,仿佛又在抱怨没给自己时间来重新思考。

一旦他表示了同意,既然没什么可反悔的,他就很可爱地采用了一种无人称语调,而且可以说就此便不再放弃,以至于人们无法想象,女大厨这么对我说,他还会不那么说,但人们同样无法设想,在私生活中会有人这样说话,于是,人们想到他,隐约就如想到一个从不离开自己的餐馆,既没有家也没有朋友的人,若是听说他在餐厅中铺开一个床垫,就在那里过夜,恐怕也不会有人觉得惊讶,那是他觉得自己待着很舒适,他得以成为自身的唯一地方,既然他不会是什么别的,只能是餐馆主呢。

他叫德克拉克。

在我的请求下,女大厨给我描绘了他,于是,她闭上了眼睛,她有很长时间没有见他了,她长长的眼皮紧闭上的细腻的脸不由自主地生出一种沉思的表情来,让我发出一种傻乎乎的轻笑来。

您没有爱上他吗?我说,马上就因自己的鲁莽而后悔不迭,但又很恼恨地证实,女大厨克制着并没有做严厉反驳,就像当我说傻话时她常常会做的那样,她只是满足于耸耸肩膀轻声说道:你以为呢,他的年龄都长我两倍,这回答没让我放心,无论从哪种意思上说,它什么都没肯定,但它让我气馁,因为女大厨的年龄也长我两倍,而在那个时期,我总希望她已经不再看重这一点,不再阻止来自更年轻者的任何爱情关系,同样还有任何真正的爱恋之情,我希望在她能把它还给我之前,她会相信我对她的爱,相信它的真实,甚至相信它的命中注定。

因此,我怀着一种很轻微的酸楚回答道:这什么都证明不

女 大 厨

了,您知道,而女大厨则露出一丝模糊的微笑,那种笑,人们通常用来对待某个不愿与之讨论的人,嫌他想法荒谬,毫无意思,她眼睛始终紧闭,带玫瑰色反光的眼皮是那么光滑,那么细腻,让我能看到她突出来的圆眼球像是两个生鸡蛋在颤抖,我感觉她这样是在休息,几乎就在对这位德克拉克的相貌的兴许很激动的回忆中打瞌睡,直到她的嗓音让她自己也突然惊跳起来,她开始这样说:他可以想吃什么就吃什么,他不会发胖。

这一观察,在女大厨的口中,有一种奇怪的道德内涵,看来,德克拉克,他和一些天生有这优越性的罕见个体,生活在一种原罪之前的状态中,这便允许他们不会因过度暴食而遭到惩罚,而其他人则就不怎么有此无辜了,则会付出昂贵的代价了。

女大厨对过度的贪吃贪喝有着最大的容忍,就如对各种各样的偏爱和怪癖,她从来就不惩罚它们,她或是拒绝听取,或是干脆责骂那些为此而惩罚他人的人,这要看对方的年龄,但是,另一方面,她对其体现出一种虔诚而又天真的尊重来的,并不是那些吃得很少的人,而是那些怎么吃都奇迹般地保持很瘦的人,由此,她有着自己可疑的偶像。

我没有一丝运气能位列此班人中,我并不胖,但也算不上清瘦,女大厨轻信的赞叹之所以刺激我,还有一个附加原因,那就是,我觉得,她对那些贪吃长肥的人,那些不配停留在童年中的人的那番好心好意,因屈尊俯就和不忠诚而有些褪色,但我无疑扯得太远了,兴许我只不过是嫉妒而已,这是我的脾性,总是嫉妒,从不清瘦,而我的敏感性,我的易感性,在对待那一切,以这种或那种方式吸引女大厨的赞同和尊敬的那一切时,则显得尤其突出,是的,我常常走得太远。

就这样,关于这位德克拉克,我记住的更多的是对他神奇清瘦的影射,而不是这一描绘的其他方面,而通过这番描绘,它总算还给了我那几年里的一个家伙的漫画效果,一个装腔作势者,头发稍稍有些长,在脖颈处拢起,金色的小胡子细细的,穿一条很紧的牛仔裤,让两条腿显得更瘦,肯定也更弯曲,他应该相信这样的弯腿有好处,窄窄的皮鞋很大,尖头很尖,衬衫领子很高很长,点缀了五颜六色的领带,足有一手掌宽,他也够厚脸皮的,女大厨对我解释说,工作时还穿着牛仔裤,但还没疯狂到不戴领带,对我来说,这幅肖像画的意义在于,我可以由此想象女大厨对男人的兴趣重点何在,既然在我看来,这个德克拉克,即便年龄上大了二十岁,显而易见很讨她喜欢,尽管女大厨总是平心静气地否认这一点,不过却是以那种漫不经心的方式否认的,这便让我以为,实际上她希望我别信她的话,希望我说服她让她相信她被这个家伙所吸引,就仿佛她不敢肯定事情会是这样,但她还是希望事情会这样发生,并等待我为她证实这一点。

在互联网上搜寻一番后,我不久前发现了这位德克拉克的一张照片,站在他家餐馆的柜台后,照片用来配发最初在当地报刊上刊登的关于女大厨的某篇文章,他被介绍为当初助她一臂之力的人,带着一种如此的好心好意,让人以为,假如不是他好心地雇用了这个什么都不会干的年轻女子,她就永远也成不了大厨,我无法猜想他是不是以这一模式表达的,或者,是记者把他兴许说过的那些纯粹就事论事的话歪曲成了这一意思,但是,正相反,从某些只可能是他而不会是别人的表达法中,人们可以得出结论,认为,他不能原谅女大厨选择了自己开业,他含蓄地指责她偷窃了他的某些菜谱,这让我大感兴趣,我觉得这事是如此的悲怆动人,某种形式的滞后的同情心让我对德克拉克好不怜悯,我无法断定,到底是他的职业辛酸覆盖了一种情感上和性欲上的怨恨,还是,他在困境中始终是真诚的,他真的相信自己被叛卖了。

我拿着放大镜察看他的脸,一看就是好几个钟头。

我不太确切知道我究竟寻求看到或明白到什么,我期待着关于女大厨的某些事情的披露,对我没有办法了解的她个性中某一侧面的揭示,正如当我遇到她女儿时,我也曾怀着一种热切的紧张仔细端详她的脸,试图从中发现永远都不会属于我的东西,发现将她与女大厨连接在一起的无可辩驳的、令人惊叹的连线,女大厨投射在这张脸上且被这张脸牢牢囚定的情感,无论这一切对我有多么难以想象,这张平庸而又狡猾的脸都会把女大厨体验到的那些最纯真、最幸运、最痛苦的激情都紧紧地保留在其线条中,我自己的爱意满满的脸都不是一种如此珍宝的保护神。

因此,假如女大厨曾渴望跟这个德克拉克睡觉,那我就没什么道理还可以希望,在这张我一直都没有放大以便能尽可能清晰地保留下来的灰色照片中,还能检测出,还能驱赶出这一欲望的回声,它的解释,女大厨的性倾向模式,并能抓住这一奥秘,这一女性味的,而尤其是她个体的奥秘。

但我没有发现任何可以让我学习一二的东西,即便在暗中都没有,我并不感觉自己有所变化,有所颤抖,不像以往的那几次,当我在我的调查过程中突然发现什么时,我会无知地跳将起来。

德克拉克问女大厨,她是不是愿意当天晚上就来工作,她当即就答应了下来,并补充说,她更希望不再回去一趟,而是把接下来的几个钟头都用在参观厨房上,以求弄明白这里究竟提供什么样的菜肴,对此,德克拉克以一种愉快的口吻回答她说,他雇她不是来做厨师的,而是来洗餐具,并帮助准备食材的。

她不吭声了,以她那凝定、克制、得体的身体表示接受,她给出了这样一种令人困惑的印象,全身心地赞同和服从,四肢和脸部一动都不动,微微地退缩在温顺之中,恰如一头小毛驴,乖乖地让人上套载重,而人们,暗中,对她却什么要求都没有,她的父母就是这样的,这我明白,她真的没有意识到她很像他们。

德克拉克朝厨房那边做了一个很含糊的动作,说是大厨米亚尔来的时候会给她解释都该做些什么,假如她愿意的话,她可以去那里瞧上一眼。

他的话刚刚说完,只见那个消极的身体,那个他担心会是极度懒洋洋的笨重的身体,就在一种几乎难以觉察的与地面的摩擦中,朝着他指引的方向飘悠而去,而当德克拉克开始活动,绕过他的柜台,也走进厨房时,女大厨早已经在以一种绝密的,几乎轻如羽毛的精细,一一勘察起橱柜来了,她的双手并无必要地在不锈钢的操作台上来回抚过,她那模样像是在擦它,德克拉克在采访中会这样说,她荒唐地露出幸福的神情,尽管她一脸严肃,几乎庄严,她的双手却明显在抖动。

尖酸刻薄的德克拉克似乎在寻求多少讥讽一下女大厨的困惑,同时以一种家长式的傲慢,洋洋自得于曾为她提供了一个机会能享受如此的快乐,然而我敢肯定,当他瞧着她静静地用大拇指感受刀刃的锋利,用微微颤动的手掌轻柔地抚摩砧板,移动灵巧的双脚有条不紊地从一个角落走向另一个角落时,他是不会去嘲笑她的,她欲跳跃却又止住,刻意地抑制,想必不想一下子那么快地就被一言不发地目随着她的那个人所看穿,然而她似乎并没有注意到他的在场,或者对此根本就没有在意,德克拉克一秒钟都没想过要嘲讽她。

充其量,冷冷地,他觉得她有些怪,这并不怎么碍他的事,他也曾流浪漂泊过,见过更为怪异的人。

他想要说些什么,因为一丝恐惧的阴影兴许在压迫他,他冷笑着重复,他不是雇她来做厨师的,他已经有了米亚尔,很优秀的一个厨师,她应该去做,不是吗,去做米亚尔命令她做的事,而女大厨,从迈进餐馆的门槛后第一次露出微笑,耐心地表示知道,她稳当,疏远,规规矩矩,难以琢磨。

她问他是不是愿意为她描述一下菜单。

他稍稍有些惊讶,递给她大张硬纸板的菜单,她在一把椅子上坐下,把菜单放在桌上,却没有瞧它一眼,她的眼睛静静地盯着德克拉克,等他凑近过来,为她念出菜肴的名称,并不是她不能那样做,她能做得到,集中精力后,她能理解她所辨认的文字的意思,但她想听到这些词由某个知道内中含义的人说出来,一旦菜名被念出来,每一道菜肴的精确形象就会出现在那个人的头脑中,由此,她想到,通过询问他之所见,她就能让这一形象的大致反映诞生在她自己的脑子中,这样一来,她也就已经了解了米亚尔的厨艺,并立即感到了自由自在。

她知道,此外,在聆听烹调词语时,她还会体验到一种如此强烈的快乐,她会不由得皱起眉头,加强嘴巴的拱形,为的是丝毫不向德克拉克显示什么,而他,他在他那篇文章中会说,他对此是不知道的,还愚蠢地认为这样无疑就能贬低她,说她是个文盲,她有悟性,有直觉,但没有智慧,他同样也不知道,女大厨,读到当年文章中的这些话时,根本就不会受伤害,她会很狡黠地感到满意,一种非常远离现实的描绘会保护她抵挡任何再明显不过的想知道她到底何许人也的意图。

我,我比谁都更了解女大厨。

但她也不时地欺骗我,虽然对我不撒谎,但当我在关于她的问题上走岔路时,她不给我指明,我又有什么权利能抱怨她没有始终真诚如一呢,既然她什么都不欠我的,既然人们对那些想了解你秘密的人,哪怕是通过爱情来了解的人,也从来什么都不欠,她怀疑我,同时却又赋予我很大一部分信任,她不相信爱情能保障爽直,而假如这时候我试图对她做到尽可能的正直,那肯定不会以这样的方式,我知道得很清楚。

这个德克拉克有多蠢啊,我发现那篇文章时心里说,我从内心里笑话他是那么愚笨,这个自炫其美的家伙,还以为女大厨兴许对他还有性的追求呢,但我明白他没有说出他对女大厨的真实想法,他只想冒犯她,为难她,损害她,他对这女人只有一种苦涩的情感,因为她离开了他,她在所有方面全都超越了他,比他更富有,更著名,而他,就像在我眼中一样的傻,当然我会克制着不挑明,只有他的怨恨是无可争辩的,而另一种性质的痛苦同样也由对女大厨的回忆所引起,但是我没有太多材料来说清。

他站在女大厨身后,读着头道菜的名称,而正当他准备连着念下去时,她很快地就问他荷兰调味汁的蟹肉丸子是怎样的,见他没听明白,便又补充说她只是想对它们的形状,对它们在盘子中的数量,当然,还有对它们的成分有个概念,但是,德克拉克几乎不知道关于这最后一点的一切情况,对此,女大厨则从心底里深深责怪他。

一个有头脑的餐馆主应该了解一道菜的所有材料,她常常这样对我说,光是品尝和评价还是不够的,必须能准确无误地回答顾客最不靠谱的问题,而要做到这一点,就得知道得跟厨师本人一样多。

他简明扼要地为她说明了他所知道的不多的一点点,说那是一种螃蟹肉,跟某种已经准备好的食材混在一起,上面撒上面包屑,油炸,然后浇上一种调味汁,它就是,这个,人们叫作荷兰汁的那种,他也看不出他能说得更多了,就转向了法兰西岛风味的脆皮馅饼,火腿肉奶油番茄酱饼,焦皮奶酪芦笋,海鲜香菇馅酥饼,用一种急匆匆的嗓音,一种简洁的语调,不让女大厨来打断他,不过她再也不想那样了,她明白他根本没办法让丰富而又清晰的图像展现出来,来滋养她的想象力,于是就满足于睁大了眼睛听他念,使得他无法猜测到,她实际上更喜欢半眯起眼睛来倾听,鳕鱼肝砂锅,波尔多式野猪肉,卡布雷尔风格的腿肉,里维埃拉式小牛后臀肉——她多么喜欢这套话语啊!她几乎为之而痛苦,就仿佛德克拉克的嗓音以一种过分的坚韧压迫着她脑子中非常敏感的一个感受点。

德克拉克终于读完,女大厨感觉他已经有点尴尬,他隐约像是在问自己,一种如此的场景,他俯身在这个谜一般的陌生女人肩膀之上,为她做着阅读,是不是会让他变得很滑稽可笑,他带着一种冷冰冰的生硬,一下子挺直了身子,干巴巴地宣称,他决定试用她,而这一突然的严厉让她安下心来,她在一种庄严而明晰的氛围中感到很自在,她真的不喜欢长时间里感觉别扭。

至于我,我始终尝试着,在她在场的时候,压制住我种种情感的自由流动,以及我用装鬼脸或大幅度动作来强调一些极其明了的句子的癖好,尤其,我小心注意着,当然常常根本无用,不让我的皮肤、我的气味、我自身看不见的挥发物质带给女大厨那种湿漉漉的激情的热量,让她不知道该如何办,我遗憾我无法做到自然,不费劲,简明,清爽,光亮,是的,我为之遗憾,同时我又宽慰自己,我想到,从我身上流露出来的,毕竟还不是我最糟糕的那些。

在米亚尔的厨房中,女大厨突然一下子就展露在了她所仇视的那一切面前,她发现,她仇视那一切,因为她还从来没有面临过类似的环境,在圣巴泽尔没有,在克拉波家也没有,在那里,毕竟还洋溢着调子和方式上的某种优雅。

在米亚尔身边干活,就如同跟一种持恒的、没正形的、小丑般的和傲慢的唠唠叨叨的同居,除了米亚尔,还有小伙计,一个瘦瘦的小伙子,整天就知道叽叽喳喳,唯唯诺诺,最开始的一段时间里,直嚷嚷得女大厨头晕眼花,耳朵嗡嗡作响。

米亚尔的年纪跟德克拉克差不多,看任何事情都带着一种愤慨而又玩世不恭的目光,持续整个白天的一系列不太连贯的双重意义的抗议和感叹应该很能证明这一点,没有了这个,米亚尔说,他就会喘不过气来,就要去上吊,于是,必须让它喷出来,他对任何事情的所有想法,甚至是一些愚蠢想法,他依然很骄傲地说,他必须把它们抛出来让周围的人欣赏,在这种情况下,小伙计总是随声附和他那没完没了的冷嘲热讽,老侍从则寡言少语,德克拉克去厨房时,甚至都不装作在听米亚尔说,不觉得自己有义务回答他,而女大厨,她的沉默更多的是在刺激米亚尔的兴致,而不是在冷却它,因此,她也逐渐习惯了不时地喃喃几声:嗯!这些搭腔既不惹恼他,也不会推动他,她为他们也为她感到羞耻,她埋头工作,茫然,沮丧,她感到羞耻却不知道这又是为何。

她终于如此地痛恨起米亚尔关于世界,关于法国政治,关于波尔多市政厅的激进想法,以至于都害怕起它们来,她被她自己仇恨的力量给吓坏了,她对他说的事一点儿都不知道,心中却觉得,她不应该被米亚尔的思想所影响,在他的说话方式中有着卑鄙下流的东西,他愤怒地嘲讽这些人那些人的方式,他取乐一个当选人、一个顾客丑陋或者疾病的方式,他哈哈大笑地、幸灾乐祸地嘲笑另一家餐馆破产的方式,在她看来,米亚尔很可怕也很微小,在她的存在中魔怪般地强大无比,而出了他的厨房则又微不足道,而这一不平衡让她担忧,让她震撼,这难道不是他的自身弱点、他的无足轻重的信号吗?她如此地受到米亚尔的骚扰,不禁体验到种种憎恶与忐忑,难道不是严重影响到了她希望有的对厨艺的专一情感?

正是如此,她有一搭无一搭地听到他说要投身入一条他所喜爱的道路,对她而言的粗野之路。

她看到他以他的方式猛地把脊背转向她,却凑近小伙计,然后用一种响亮得足以让她能听到却又装作是耳语的嗓音,说出一段关于女人的笑话,接着又对竟然想干厨艺活的女人的自以为是来了一通看法,女大厨感觉到,在这粗鲁和放肆底下,有一种很严肃、很躁动,且确实很反叛的东西,从某种意义上,它让她放下心来,她看出了米亚尔的用意本身,他只不过是想把他实际上的不适掩饰在喜剧性的蛮横底下。

于是她明白了,她不再畏惧她,也不那么恨他了。

他担心将来女人们会选择他的职业,她们那陌异的、晦涩的、缺乏幽默的本性会扰乱滑稽故事以及男人间悄悄话的欢快交换,便觉得有必要宣布一下,并同时掩盖住他真正的忧虑,他真的很想只成为一个轻佻的下流坯,天不怕地不怕的冒失鬼,因此,他更为艰难地开着玩笑,心怀一种恶意的、粗野的、狂妄的意愿,要让世人知道他这方面的想法,却又不显得像是一个其不可动摇的内心保障会被这一话题本身所侵蚀的男人,女大厨差不多就会在这一狂热的固执之中,认出一种跟她自己很相像的坚韧不拔,米亚尔的挑衅没让她慌乱。

当我几无什么把握地问她,听到他把她叫作"小裂缝"或者用小砂锅或小母鸡这样的外号来跟她说话,她是不是有点受不了，这时，她只是漠然无视地耸了耸肩膀，说是，她觉得这有点儿像是在参与事物的秩序本身，这构成了她迈入德克拉克家餐馆尚可接受的代价，无论如何，她就是在这里学到的她的职业本领。

我把这一超脱归结于女大厨对衔悲抱怨的习惯性反感，这会导致她多多少少粉饰现实，或者不那么恰如其分地回忆往事，而这对于我却是最为重要的，但我找到了那个多年前曾在米亚尔的厨房干过活的小伙计，我前往图卢兹他的退休者公寓中看望了这个老家伙。

我们在食堂里要了一份咖啡，我得承认，要把我的目光盯住这个人瘦骨嶙峋的长脸，还颇让我有些惊恐，此人曾认识二十岁时的女大厨，而那时候的她，我连照片都没有见过，也没有人成功地从能体现价值和真相的细节上为我描绘过她的样子，甚至连她的妹妹英格丽特，也没能回想起任何有意思的事，任何我没想象到的事。

最开始，我向那个伙计询问了女大厨的外貌，首先，他所强调的一点让我有些猝不及防，那是她那个时期外表上最惊人的特点，我没有怀疑他的话，我将信将疑地慢慢消化着他给出的信息。

女大厨，他以他那老年人深为漠然的嗓音对我说，她脖子上长了湿疹，或者，说得更确切一些，长了一些颗粒状的红斑，他，他认为那是湿疹，看来，她很是痒痒，因为，当她白天里时不时地离开岗位，他注意到她不是去卫生间，而是去厨房前的院子里，在那里她解开始终围着的围巾，拍打后脖子，或者使劲地挠挠，当然不让抓破，以免伤口发炎或流血。

当我问他他又是怎么知道女大厨在院子里的行为的，无谓地以我猜疑和虚假的口吻来跟他麻木的、隐约还有点厌烦的确信作对（他不怎么在乎我是相信还是不信），他回答说，从三月份起，通往院子的厨房门总是开着的，因为厨房又狭窄又低矮，有些不透风，而由于院子本身面积也不太大，就不难看到那里的情况。

他不认为，会没有人当着女大厨的面影射过这个问题，不，米亚尔和他有几次还说起过，带着一种不无嘲讽的厌恶，不安地猜疑这姑娘是不是得了麻风病，实际上，他们还有些同情她因一种如此的疾患而痛苦，因为在他们的想象中，就连最丑陋最孤独的男人也不会有欲望去碰她那斑驳鳞杂的皮肤，他们想象她被遗弃，被侮辱了，他们并非无动于衷，他们还有些同情她，即便他们不太喜欢她。

而他们为什么不喜欢她呢？

喔，他这就不知道更详细的了，没什么更特别的，但他们因为有这么一个女人在厨房里而感觉别扭，这大概就是他们有些抱怨她的原因，此外，她不喜爱开玩笑，她永远都不带笑脸的，而他，小伙计，不怎么喜欢冷漠的姑娘，尤其是又冷又不太漂亮的，只有那些貌美的女人才有权利显示其高傲。

从哪种方式上来看，我带着一种我不再打算掩饰的激情问道，她就不漂亮了呢？

他艰难地叉开他那精瘦精瘦的老胳膊，叹了一口气，借此来表达他无法做进一步的解释，此外，他也受够了，就这样，我相当突然地离开了他，实在无法弄清楚，我究竟是被他告诉我的，被我没有猜测到的，被我差一点点就要知道的事弄得心神不安，还是，尤其，他漠然的、超脱的个人中心主义刺激了我，恰如有时候我在滨海略雷特的朋友们那自满自足的毫不好奇刺激着我，幸亏这很少见，让我很是惊讶又让我实在气恼，我常常见他们面的那种快乐就是建立在他们性格这一特点的基础上的,假如我猜想到他们会问我关于我此前生活以及关于女大厨的种种问题我就绝不会做任何尝试非要进入他们的小圈子。幸亏,这些愚蠢的滋扰推力很快就减弱,被一杯或两杯酒所平息,酒精让我拥有了一种不可动摇的温柔,并加强了我对安东尼让-皮埃尔薇吉妮满心的感激之情。我的滨海略雷特的朋友们并不怎么关心我在滨海略雷特之外又是什么人,就像我并不怎么想去了解他们的情况,我们就像是一些孩子,不知晓或根本不在意要去记住彼此的姓氏。

从那当年的小伙计对我说的话里我得出结论,女大厨一定是苦于一种相当严重的牛皮癣,以至于皮肤的痒痒迫使她频频外出,即便那些休息很短暂,要知道,女大厨是很讨厌中断工作的,而且,她从心底里应该是想让米亚尔和德克拉克对她的能力、对她的态度有一个最好的印象,我情不自禁地想到,她应该是非常非常地痛苦,远远超出了她频繁外出到院子会引起别人猜想的那种程度,总之,她一定是下定了决心,只有当刺激的火焰让她实在受不了时,才稍稍离开一会儿。

我并不惊讶她从来没有跟我讲起过有过这问题。

相反,我很惊讶,不,比惊讶还要更甚,我对自己极端地失望和不满,每当我想到,在女大厨的叙述中,我总是不能探测出一种可能的秘密的蛛丝马迹,跟我曾想象的完全是另一种不同的性质,例如她对德克拉克的生理欲望,或者她可能有的与克拉波家园艺工的婚姻史,我带着对来得太晚的这一切的痛苦,猛烈地自责,指责自己缺乏认真和敏感,而那种不太逼真的假设,说是,提到女大厨的面容,提到在夜间整理得井井有条的厨房中,在白亮白亮的霓虹灯强光照耀下的这张脸时,从来就没有过任何词语,任何表达法,曾对严重毒害了她生存质量的这一病痛做过丝毫揭示,就连这一假想也无法宽慰我,

女 大 厨

我不相信。

兴许隐约受到了神奇的鼓动,希望能随着岁月的流逝而治愈女大厨,或者至少也想象一种充满温柔的香膏能安抚这受尽折磨的皮肤,我仔细查阅了关于牛皮癣的资料,咨询了皮肤科大夫,以求能给我解释这一顽疾的特点和原因,这习惯如今已经如此根深蒂固,我在我们正野餐的海滩上,听贝尔特朗或贝尔纳讲述了一个关于医院的有趣故事,就询问了他,而尽管我没有问过滨海略雷特的任何人,他承认说他曾经当过医生,我不由自主地问起他牛皮癣的问题,我向女大厨还了债,说服自己相信,我在今天是会照顾她安慰她的,我会把嘴唇轻轻地放在她发炎的可怜的脖子上。我差点儿去问贝尔特朗或贝尔纳:你以为,凭借我现在所知道的,假如我在女大厨二十岁时,在她因这可怕的皮肤病而痛苦不堪时就认识了她,我是会帮助她的吗?我差点儿问他:你以为,我今天会就一段跟我无关的往昔而行动吗,你以为,我能够做得让女大厨不受牛皮癣之苦吗?仅仅在想象中把充满爱的嘴唇放在一个伤口上就足够了吗?

而我显而易见地关注到这一疾苦的心理学原因,我强烈地试图把这一痛苦跟女大厨曾对我说过的她想把女儿带在自己身边时所遇到的困难联系起来,或者不如说,跟我成功地从她嘴里抠出来的关于这个问题的说法联系起来,女大厨看来只有一个很庸常的欲望,想回忆起生活中一个阶段的这一痛苦因素,她在德克拉克家餐馆学手艺的那个时期,因此也是镀金时期,而且,仅仅只是在厨艺方面,她就已很自愿地投身其中,她更希望只回忆在餐馆的四堵墙之内发生的事,而不是她生活的其他方面。

但是,餐馆之外这一复杂的生活,她难道不是把它搬到了米亚尔的厨房中吗,以一种让其他人颇感恶心的皮肤病的形式,那种雄辩的、辱人的、剧烈的形式?

女大厨一旦明白到她的工作让人满意,她将留在德克拉克家继续干下去,就出发去圣巴泽尔找她的女儿去了。孩子那时候约有一岁了。

女大厨并不确切知道她将如何忙于应付,她只知道她得接回女儿,就像她曾承诺过的那样,同时也绝不让她立志让自己职业水平迅速提高的意愿落空,她如此焦虑地想要让这两种职责齐头并进,便匆匆赶去了圣巴泽尔,我想,她根本就没好好问一下自己是不是更应该让孩子留在那里,因为那样她会很内疚,就像我跟你们说过的那样。

她把小家伙带回到了她一直居住的旅店中,第二天早上,她把孩子托给了对面楼里的一个女邻居,此人独自抚养着两三个孩子,女大厨跟她很说得来,让她白天里帮着带一下她的孩子。

而女大厨要到晚上很晚才下班,回去后才能见孩子,第二天再把她托给女邻居,就这样,几个星期过去了,德克拉克的餐馆中没人知道她还有一个孩子,而她则下定决心,不让人知道这件事。

事情就是这样安排的,是什么开始不再让她觉得合适了,为什么她在年底前又把孩子带回了圣巴泽尔?我这样问她,当时她只是简单地告诉了我这一事实,知道我并不是不知道此事,因为,在那个阶段,她女儿开始了对女大厨的抱怨,她的系统性指责,这一指控背信弃义地复归了,当她有了自己的第一份工作时,她没有太长时间地容忍她的这种指控。

那是因为,她不久就发现,她对我说,那个女邻居既没有道德,也不讲卫生,她担心女儿的健康,也担心她在如此环境中的语言水平,所以不得不把女儿送回了她的外公外婆家,尽管,承认这一失败让她付出了沉重的代价。

她懊恼地用手腕在眼前小小地那么一挥,像是在驱赶空气,叫嚷道:我甚至都不知道还存在这一切!我很惊讶她居然根本就没有尝试过去找一个可以照看她孩子的托儿所,或者去找另一个能够帮带她孩子的女邻居,我没有再坚持,很满意,暗中还相信,她最终会接受这样一个想法,认定她无法把她的时间和她的精力,把她精力的所有时间贡献给厨艺,同时又在一个小小的旅馆房间中照顾一个正学习走路和说话的小女孩,她决心只做一个唯一可能的选择,把小女儿送回圣巴泽尔,让外公外婆把孩子正常地养大,就像他们正常地做别的事那样,我相信,并满意,我对牛皮癣的事还一点儿都不知道。

但是,我肯定没有弄错,我猜测到,女大厨没能忍受得了孩子的哭泣或闹腾对她思维的侵害,她实在无法想象一个小家伙在一个小小空间中的存在会导致什么样的可怕后果,我还猜测到,当年马尔芒德的那种惊愕重又向她猛扑过来的威胁让她害怕,而圣巴泽尔应该能保护孩子和她自己免除那种威胁,她什么都没说,那是无用的。

如果说女大厨当初只有朴素的抱负,想在德克拉克家餐馆小试牛刀,以冷笑旁观的伙计的方式熟悉这一职业,那么,她就会一边工作一边照顾孩子,但她的野心根本就不在这点上,不只是稍稍更大一些,而是以截然不同的方式,每到晚上,她必须得有一种孤独,唯有带着寂静的心,她才得以跟招募她、召唤她的那一切展开对话。

相反,在一点上我弄错了,我本想象,女大厨过分夸大了她不得不再次跟孩子分离的那种痛苦,那种羞愧,是的,我弄错了,我本以为,她是根据后来她在已成年的女儿身上看到的那一切,根据女儿所变成的那种自负的灾难,由果溯因地人为地重新创造出那种杂乱无序的,因为我根本不知道牛皮癣的事,我为自己展示了一个完全不一样的二十岁的女大厨,沉着冷静,独立,坚强,当然,尽其所能地爱着自己的孩子,胜过爱任何人,但一旦置身于米亚尔的厨房中,便依然可能把孩子忘在脑后。

如果说她会忘记孩子,那么,对她自己不幸的意识,她却没有忘记,即便在最炎热的时节,女大厨还是用围巾把自己的脖子遮盖起来,我怎么可能对牛皮癣一点儿都不知道呢?

当我在老年公寓中见到那个老伙计时,女大厨已经去世两年,他带着仅有的那一点点客观而又冷静的嫌恶,为我描述了他觉得并不漂亮的那个年轻女同事在院子里狂挠脖子的方式,女大厨已经去世,而这让人讨厌的老头儿还没有,不知不觉之中,我已经一劳永逸地丢失了那种可能性,对女大厨表现出我的为难,我对她那时的痛苦的无限怜爱,我本来可以站在她的背后,抚摩她的后脖子,兴许还会在我的手指头底下发现某种依然粗糙不平的凝块,而女大厨则会感受到我的同情,我又怎么可能一点儿都不知道呢?

我永远都不会原谅我自己的。

我在滨海略雷特的朋友想做一顿丰盛的饭菜来庆贺我女儿的到来,认为我不可能对付得过来,他们看到我在滨海略雷特的超市里只买了一些现成菜。他们似乎很欣赏我,完全超越了我以为的程度,超越了我能够报答的程度,他们的好心让我感动,让我比我期望能在滨海略雷特受到的一切感动还更感动。他们问我女儿都喜欢吃什么,我无法回答他们,我一时间里体验到深深的忐忑与尴尬。我真希望一切都变得如同在滨海略雷特之前的日

女 大 厨

子,我祈求让我的女儿有一种障碍,当然,不是太严重的障碍,让她取消这次来访,但是,如此不知深浅地祈求,我难道不是在冒险给她年轻的天真头脑招来不幸吗?

天天看着米亚尔在那里工作,女大厨对这个从其他各个方面她都不怎么看重的男人也就获得了一种坚实的认识。

她,直到那时候为止,始终不把一个人的才华与德行分开,始终看到在马尔芒德的女厨娘的平庸技能和她小气的心胸之间有一种不可避免的联系(她是不是担心自己,假如不能正大光明地爱自己的女儿的话,就只能做成一个不值一提的厨娘呢?),当她观察到米亚尔身上不一样的情况时,她不禁有些慌乱,她发现,在他身上,一种独辟蹊径的创造性的巧妙本领,跟一种贫瘠、爱饶舌、愚蠢的个性很和谐地和平共处,两者并不彼此影响,其整体则制造出一个复杂的米亚尔来,满足于生活,知道一个好厨师的价值何在,却不明白他自身的局限在哪里,职业上十分优秀,个体上又非常可恶。

当他埋头做菜时,他可不缺正直,当顾客的赞扬通过侍者转达给他时,他会有一种很卑微的喜悦,仿佛他根本就没有期待一种如此简单的报答,几声赞美,作为对他的努力,对他始终要做得最好的意愿的回报。

简单来说,他的烹调跟当时人们的趣味和实践很合拍,然而,比如说吧,在南图亚调味汁①梭子鱼丸的经典制作中,他还是带来了一种个人的美学特色,把整整一捆芹菜梗切得极细,放在一种玫瑰色的,可以说是羞得脸红的颜色的奶油白汁中,那样的一种色调很容易让人联想到它是在嘲笑自己,在这

---

① 南图亚调味汁,是一种由奶油白汁和龙虾酱为基本材料调制而成的调味汁。

整个的玫瑰色中缺少另一种新鲜的色调做对比,但他调制得很用心,通常,他会努力地,不动声色地,几乎是偷偷摸摸地,减轻焦黄色佐料的粉状密度,或者汁液的油脂黏稠度,哪怕只是从视觉上看来如此,他利用了蔬菜的整个绿色,他什么都没说,还真不太好证实他的意图。

而女大厨,带着一种始终更新不迭的惊讶,看到在这男人的嘴上生出了词语和句子,一种从不疲倦的蠢话,一种很少歇息的恶意,与此同时,米亚尔那双灵巧的手却依从着一个头脑的巧妙指令,无论是蠢话,还是恶意,全都不会妨碍它。

这又怎么可能呢,女大厨当时这么想,她依然还在这么想,以某种方式,当她在大约三十年之后跟我谈到这些时,她很是纳闷,米亚尔的丑恶心灵对他双手有意识的劳作来说难道不是一个障碍吗,或者,那双手会不会感觉到自己听从了一种糟糕精神的指引,困惑地、茫然地从操作台上出轨?

至于她自己,女大厨总是担心她生命中有一种可疑的行为,一种从恶意想法中形成的习惯,会让她一劳永逸地失去曾归于她的偏爱,她警惕地提防着自己,她努力地做到什么都不错过。

由于米亚尔对自己的职业有着极大的尊重,每当他要对女大厨吩咐一项任务时,他总是对她说得很明确、很精细。

对待工作的同样用心也导致他承认,这姑娘做事很勤快、很能干,她有才,而且已经知道了很多事,尽管每天,他都会很机械地吁请用一个男性的小伙计来代替这个姑娘,尽管每天早上,他都会从心底里希望不要看到她走进厨房,他却从来不会把这些情感,跟他内心中的职业厨师所形成的对她严格而又公正的看法混淆在一起,这一位厨师,很快地,就不再满足于让她在一旁准备食材,而是让她直接参与那些,他说的,要求有一双巧手来完成的任务。

他意识到,她还做得不太完美的那些,千层酥,卤汁,精巧地往一条鱼的肚子里塞馅,他一做技术示范给她看,她就学得很快,只需一次,他使用的每一个术语,她都会记下来,然而她显出一种很低调的样子,出于疑心、策略和微妙,假装没有个人想法,小心避免乱插嘴,根本就不像每逢有某个人在他面前表达一种观点时,米亚尔都轻易会说的那样。

> 我产生了一个一反常理的想法,我可以在罗沙马尔租一个公寓,让我的女儿以为我就住在那里,滨海略雷特也好,我的朋友们也好,我都不给她介绍,她两个星期的逗留很快就会过去的,我不带她去圣塔克里斯蒂娜的海滩,也不去我那些滨海略雷特的朋友喜爱去的任何地方。我会对他们说,我女儿最终放弃了这次旅行,他们会很快就忘记这整个的故事,甚至忘记我有一个女儿。这个想法让我很振奋,在我看来,这是如此简单的一招。

德克拉克相信了米亚尔反映给他的赞美性报告,尽管肯定之中也不乏嘀嘀咕咕的唠叨,他给女大厨加了工资。他得以这一优雅的举动作为借口,来揭露他执意认定的他那女雇员的背叛的行为,在我找到的那篇文章中,暗示女大厨有一种忘恩负义的性格,甚至还找出她说过为自己或为米亚尔的话为例证,来肯定她是个虚伪的人,假如她在他这里觉得那么好,那她为什么还要走呢?

读者们一眼就能看出,德克拉克就是不允许女大厨获得独立,更何况她无须为此付出任何幻灭的代价,他认为他是在保护她,他说,他实际上只是在为她的开溜做准备。

尽管女大厨不会不知道,德克拉克说过她的坏话,我却从来没听她对这个毕竟帮助过她的人表达过丝毫的批评,丝毫的冷嘲或热讽,尽管此人过高地估计了他在女大厨培养过程中的角色,尽管他虚假地让人们以为他是出于心灵的崇高才雇用的一个彻底迷惘的姑娘,她十分明白他心中的苦楚,她为他感到遗憾,因为他显得是那么的容易受伤害,那么的无谓受伤害,她真的很想保护他免受任何打击,甚至是该遭受的打击。

对他,对他在文章中体现出来的那种尖酸刻薄的渺小,她抱有一种雷打不动的温和宽厚,靠着这样的一种温厚,人们得以评判她的父母,他们始终陷于贫困中,反复咀嚼他们的怨恨,而一种对他们来说无法理解的成功的洪流把你们远远地带到了一片银光闪闪的大海上,好一种愚蠢的嫉妒,但我并不记恨它的刺激,它激励我把它归结于一种肉体的吸引力,一种对那家伙及其身体的特殊欲望的深深依恋,一种兴许——相反地——由某种孝顺心所启迪的宽容。

是的,我很嫉妒,我说服不了自己相信,女大厨对我也会体现出同样的忠诚,这很愚蠢(我十分嫉妒德克拉克式的神圣之瘦!)。

德克拉克从来就不能理解,女大厨在他那里待了一年半之后,最后向他宣布,她已经选中了一个店面要租下来,那是一家关闭多时的小酒馆,离德克拉克的餐馆很远。

她想开一家自己的餐馆,她照规矩提前通知了德克拉克,提前好几个月,而且还天真地等着他的赞同和鼓励,甚至他的建议,兴许还指望一笔借款,她带着她那时天真的傲慢笑着对我说的。

德克拉克的冰冷反应让她吃惊。一连好几天他什么都没对她说,然后,他告诉她说他找了人来接替她,他不想再见到她了,不想再听人说到她了,假如她敢于抱怨的话,她就抱怨去好了。

我很开心地想到,从那个家伙方面说来,一种几乎算得上加在女大厨头上的厄运,又反过来对准了他,而且远远超过了她有权希望的程度,她服从了他愤怒的禁令,永远不以任何方式返回他那里,但是他听人说到她,哦,多么,带着一种我不无快感地想象到的艰涩的痛苦,而一想到这个,相反,就只会引起女大厨心中的忧伤。

她很长时间里希望看到他进入她的餐馆中,就像她自己几十年前进入到他的餐馆中那样,当然,他不会来向她讨工作做,但会让她猜想他已经原谅她了,他什么都不再抱怨她了,而女大厨也会立即忘记,她原本什么错都没有犯下,可以让她还要期望他要来原谅她,她会感到无比的放松,平静,她会带着感激之情,就像一个罪人那样,接受他的原谅,由此想到这世上存在着一种比公正还更重要的原则——宽容的原则。

但是德克拉克从来就没有进入过女大厨的餐馆,如果说,他之所以接受了回答一个记者关于他早先女雇员的问题,让这番挑唆刺激起她的不满,那兴许只是为了尝试让她信誉扫地,他不明白,也不想明白她正怀着一颗崇高的、向着一切开放的心等待着他,他不明白,为什么不等他说半句话,她就放下了她所有的武器,全都扔到他的脚下,而实际上,很显然,她才是他们两个人中最强的那一位。

我很不喜欢她面对德克拉克错位的傲慢时对他自己正当权利,对他合法自尊心的这一放弃,我从中看出某种不应该有的太女人味的东西,对某个不知道一遇机会,一有利益就该死死抓住的人太有同情心,总想不惜任何代价来息事宁人的这一意愿,但是,当我这样表达时,女大厨总是微微一笑,她只是说:我对他有一点点难过,你知道,我对她说,不要对一个曾对她心存庸俗的非分之想的男人再有什么难过,我对她说,恰恰就是像她这样的女人的过分忍耐,在鼓励像他那样的男人厚颜无耻的不当行为,女大厨就不吭声了,我想,这大概是意味着我有道理,但是她同样也有道理,只是我不明白她的理由罢了。

确实,我总是不知道,女大厨为德克拉克感到难受,是不是因为他们之间隐约有过某种东西,兴许,她偷偷躲避了,从而得罪了他,或者,更为通常地,是因为她很同情嫉妒者,她指责自己成为了一种如此嫉妒情感的对象,尽管她实际上并没有做什么来刺激他,她就是这样的,讨厌并非自愿地促生了某种令人丧气的东西,不想让丑恶因为她而广为传播。

就这样,女大厨被人以一种粗暴而又辱人的方式赶出了德克拉克的餐馆,她所感受到的此举的冲击只是短暂的,表面上的,因为她自身计划的制订让她变得坚强,充满能量,一来到大街上,她就把米亚尔和德克拉克远远地丢在了脑后,同时也把对她被解雇的回忆,如同她那已在酝酿中的轨迹上一个微不足道的因素(她用她想象力大睁的眼睛能看到的命运的一个轮廓)抹除掉了。

她前往房地产公司,咨询她所看上的门面店铺的租赁转卖事宜,她看了那一家,很激动地发现,它很像她当时透过同时面朝两条街的大玻璃窗往里探望时所期待的样子,它位于证券交易所广场的边上,占据着一个人来人往的街角。

它总共包括一个四十平方米的大厅,一个十五平方米的厨房,卫生设备很糟糕,仅此而已。

是的,这就是目前的那个餐馆,女大厨后来又买下了边上的两家店铺,把它扩大了,但她一直就没有搬家。

女 大 厨

地面上是你们所熟悉的漂亮瓷砖,图案是绿色的三叶草,浅蓝色的底子。破产的小酒馆还留下了一些家具,深颜色的橡木桌子,带软垫的椅子,厨房里,各种器具倒是一应齐全,砧板,餐具桌,烤盘,汤锅,唯一缺少的是酒杯、餐刀、餐叉和餐盘。

女大厨表示同意,求他们给她留一点点时间,她坐火车去了马尔芒德,敲开了克拉波家的门。

她向我担保说,看到她来,他们并不惊讶,他们甚至还像是在等待着她的来访,我把这个解释为一个明确的信号,表明她又找回了她那无言却又强大的影响,她能够为他们提供最佳享受的能力重又照射到了克拉波夫妇身上,我想,他们大概没有想到她会来拜访,没有,但是,看到女大厨来到他们家门前,他们还是感到有一种确信袭来——相信这个姑娘应该不可避免地回到他们的生活中,相信,若非那番变形的首创者完成了其有规则的、典仪性的露面,他们的生活便不会像在朗德省的那段日子之后那样被扰乱和改变,因为在这个故事中是没有偶遇的份的,克拉波夫妇应该会这么想,他们每天都在怀念女大厨,不带忧伤地,平静地,对曾带给他们的那一切充满感激,并知道他们还远没有完结,而是处在一种耐心而又忧伤的悬置中,他们坚持着。

半个小时后,女大厨离开他们时,随身带上了一张慷慨的支票。

她几乎难以张嘴,他们也同样。从第一句话开始,他们就明白了她需要的是什么,同样,她在感谢他们的同时也明白,他们并不想被感谢,即便只是一种可能性,那也会让他们别扭,他们一个劲地谦让,不带丝毫的做作,于是,女大厨不说话了,她小心地收起支票,放进她的小包,立即起身,向他们告别,连一秒钟都没有想过要勉为其难地展开一场假模假式的对话,而克拉波夫妇同样也没有想过。

她没用多长时间就还清了债,尽管克拉波夫妇执意不要,他们甚至还多次写信嘱咐她,不必一次次地寄支票还他们钱了,说他们不会去碰它们的,但她坚持完成这些偿还,她清楚地知道,克拉波夫妇总是心生畏惧地觉得,他们跟她处在一种不公正的地位上,而她什么都不欠他们的,她知道,他们根本不会惦记着从她那里获得什么,即便是跟还债的支票一样不怎么牵累人的东西,他们也会觉得那是在减弱心中的虔诚,那样的话,他们在自己心中就没了自己的地位,微妙地置自身于危险之中——但是,这个,对女大厨来说,这个是克拉波夫妇的事,是他们很受人尊敬的行为,而她自己的事,却是不欠任何人的债。

她得到了那块地方,以及那楼上破旧的小小公寓,预付了几个月租金,购买了桌布、白色的餐具、餐刀、餐叉、高脚酒杯,而为她自己,只买了一个简单的床垫,很长时间里,这也是整个公寓中唯一的一件设备,她把她的衣服都放在搁板上,她根本就不考虑舒适生活的任何因素。

当我在那年冬天相当地接近了女大厨,得以去她家里问一声安,我才发现,如果说她的公寓已经不再只有一个床垫,那么,看起来,她还是遵守了一种社会责任,在屋内放满了物件,除了这一点,她实在不怎么了解社会的惯例,她也不怎么关心,同样,她也不怎么关心人们在此问题上对她的看法,更何况,能获准前来她家看到她室内情况的人还真稀少,在这些人中,主要有她女儿的朋友,因为那时候,她女儿还跟她住在一起。

我很有趣地观察到,比如说,女大厨在门口两侧放置了两个风格与材质都不同的大橱柜,她在地板上铺了一块薄薄的东方地毯,恰好紧挨着一块带几何图案的当代厚绒地毯,我还观察到,女大厨带着某种隐秘的、稍稍有些别扭的迟疑在公寓中走来走去,就仿佛刚刚从梦中醒来,又处在了她很不希望去的而且她还很不熟悉的地方。

当她买齐了餐馆开张所必需的一切,她就让人画了一块奶油色底子红色字母的店招,字母带一种逼真的效果,像是从某种厚实的材料中剪切下来,然后贴在木头的招牌上。她的餐馆,你们知道,她起名为好时光。

于是我租了一辆车在白天使用,而我去了罗沙马尔想在那里预订一个公寓让我女儿相信那就是我的公寓,我就这样行驶在罗沙马尔那跟滨海略雷特的街道是那么相像的大街上,我总是期待着会遇上让-克洛德让-吕克玛丽-克里斯蒂娜。娜塔莉正在最好的食品杂货店中做着昂贵而又复杂的采买,但我是在罗沙马尔,我在这里一个人也不认识,也没有任何人认识我,因此我可以在这里接待我的女儿,然而我再也不想那样了,绝望让我头晕,让我双腿发抖,并让我跌落在一把酒吧露天座的椅子上,它也跟我习惯在滨海略雷特的酒吧露天座坐的椅子一模一样。我不再知道该如何摆脱。突然太阳成了我的敌人,天空在我眼中显得太过辽阔,我怀念起了冬天的波尔多,我童年时代阴暗而又高大的街道,还有塞了棉花般的寂静,看不清楚的灰色的加龙河之上浓雾被禁锢的声响,在罗沙马尔如同在滨海略雷特,毫无重量感的光线残暴地扩大了每一下金属般的声响,每一下愚蠢的快乐叫喊,在这些专门为我这样的人带来快感的地方,我又如何能摆脱这一切,那到底又是什么,危险又在哪里,对我感觉根本无法忍受的那一切,我的女儿又该会做什么或者说什么?

当人们问起女大厨是什么决定了她餐馆名字的选择,她会以一个笑话来回避,比如这么说:这个嘛,这只不过是一个完美的名称,不是吗?

确实,这是人们能找到的最好的餐馆名字之一,俏皮,简单,易读好记,但是,根据一种珍贵的,尽管有时会用一种隐约的伤感紧扼她喉咙的回忆,女大厨好久以前就早早选定了它,当她还在克拉波家干活时。

因为当她还是个小孩子时,几乎每天早上,她都会听到母亲快乐地这样叫唤:美好时光,早早起床!当她女儿放学回来时,当有了一份得到很好回报的工作时,当一丝轻柔的微风前来阴凉一个炎热的白天时,但愿都能享受这美好时光,实际上,任何一个不让人讨厌的机会来临时,都可以这样来交换,因而,它能很容易地转变为某种东西,启迪一种愉快感激的形式,而对女大厨的父母来说,这也是存在于世的幸福的来源本身,母亲让这种表达尽情地喷涌绽放,它从来不是机械地涌上她嘴唇的,而是来自于她真诚而又冷静的内心中最冷静、最真诚的区域。

当女大厨向我承认这一名称的来历时,她还对我说,几年前,她曾向她女儿透露过,而由于,在读到这个女人在女大厨消失之前或之后很慷慨大方地给出的采访报道时,我从来就没看到她回顾过好时光的历史,我就大胆地得出结论,认定她是有意不说,以便不赋予她母亲一个敏感女子甚至伤感女子的形象,因为她固执地想让人相信,女大厨只是善于算计,心灵干涸。

对一个就店名问题询问她的记者,她说她不知道它是从

女 大 厨

哪里来的,她说她母亲应该是随意起的名,这个,当然,等于没说一样,在我眼中证实了这个女人尤其特别的恶毒言行,她应该感受到了,通过揭示这个店名选择的意义,她并不会像向她在圣巴泽尔的外婆那样向她母亲表示敬意,她是在外婆身边度过生命的最初几年的,而且,照女大厨的说法,她对外婆的爱胜过对任何其他人,但是她那一类的自我中心主义者是怎么爱的,这是我要问我自己的。

一旦她洗刷干净了餐厅大堂的墙壁,女大厨就拿定主意,要保留墙面原先的那种大胆的王室蓝①,在暗色调的木护板之上,她刷了大量的这种颜色,而在这一减音、反光的海底般的氛围中,各种动作做起来会显得比在外面更缓慢,更稳当,这种色调氛围跟当时占主导地位的红色与镀金色形成鲜明对照,这是一个大胆的决定,而女大厨,靠着一种黄颜色的照明,成功地消除了这种深蓝色墙壁的水底庄严感很容易导致产生的寒冷印象,这是一个大胆的决定,女大厨独自做出的,另外,她还做了其他的一切,她永远都没有后悔过。

今天,在好时光,墙壁始终还是蓝色的,我常常在想,顾客们在这家餐馆中通常体现出的正确得体的举止,他们的习惯,不大声说话,同时却美妙地感觉自由自在,从来不觉得有挑剔的店员批评性目光的瞥来,这样的习惯,很大程度上还是来自于这种浸透了其孤独、其温柔威严的蓝颜色,其次才是来自于女大厨精湛的厨艺,或是她以她可见的或隐匿的在场所给出的克制性氛围。

尽管,如此的赞赏似乎总该会构成一种反复传诵的传说的根底,无论是在什么活动范围,但是,若是说好时光的最初

---

① 王室蓝(bleu roi),又称品蓝色,是一种略带一丝丝红色的深蓝色。

阶段很是艰难,这话等于没说。

女大厨岔开了这个话题,营业开始阶段极度困难中所体验到的情感这一话题,她这样说:我从来没有预期过这很是容易的。

她的好时光开业于一九七三年四月三日,她把一份菜单印在一张天蓝色的纸上。

她提供的菜肴有小龙虾馅饼,凤尾鱼汁羔羊脑油炸软饼,小牛肉丸子,烤金枪鱼,薰衣草蜜烤牛肉,朗德省风味的桃子果挞,一种浇咖啡汁的香草冰淇淋,尽管打算一旦有可能就雇用一个人来照应大厅,她还是不担心自己能确保中午和晚上那六张桌子的接待和服务。

第一个星期,她只有一小撮顾客,她很谦虚地向我担保说,他们离开的时候都很满意,几个星期过去了,但顾客的数量却没怎么增加,至少没有增加到她确信能达到的程度。

她只在星期四中午关门,她每天五点钟起床,在公寓的浴缸里洗桌布,然后她推上一个小小的推车去嘉布遣会修士集市,这一切,她对我说,做起来时都带着一种顽固的、几乎有些愤怒的狂热,它让任何的疲劳感全都消失无形,它甚至都不允许这样一种感觉苏醒,它让她带上一种几近于焦虑的厌烦来看待必要的休息,不过,她睡得很好,她一骨碌躺下就滚入一个狭窄而又清凉的坟墓中,既不翻身,也不动弹,更不做梦,到了早上才从中挣脱出来,怀着一种感觉,头一天发生的事已是陈旧往事,而她的生命开始于即刻,清清爽爽,不带丝毫忧虑,而好时光将在这一天中午第一次开张。

兴许,正是这同一种狂烈、专横的热烧携带了她,在一个星期四的大清早前往圣巴泽尔,她是一匹不戴勒口的马,疯狂地听从直觉的指挥,一路小跑,就这样,她奔向了圣巴泽尔,奔向了她父母的家,返回时始终一路小跑,什么都听不到,毫无理智,只是一味地信任自己,带上了她快到三岁的女儿。

她恰恰选择了一个最难以照顾孩子的阶段来接她,她向她父母宣布说她要最终带她在自己身边,这一点,在我眼中,证明了她斗争范围的加大,证明了她那时具有的那种疯狂同时又绝对乐观主义的孤注一掷的方式,她从内心里坚信她必须冒一下可能会彻底失败的险,作为母亲,厨师,餐馆老板,也要给自己提供一个机会,来赢得各个层面上的一种令人敬佩的成功,但是她无法在尝试餐馆业打拼的同时不把对她女儿的教育也纳入通盘考虑,而假如她逃避后一方面的责任,她就将绝不能享受前一方面的真正成功,当然,一种令人忧虑的欣快无疑在支配着她,但正是这一点,正是狂热、盲目、纠缠不休和责任感的这一组合,使得女大厨成了她后来的样子,一个伟大的艺术家。

当我对你们说话,当我想到女大厨,我有时候会忘记,她那偶然的诞生会让她的才干找到厨艺作为试验场,那是因为,无论她有什么才华,我都会把她当作一个艺术家,若是在其他情境中,她恐怕也会大显身手,在绘画中,或在写作中,我不知道还有什么,但是女大厨不喜欢我这样看待事物,她不认为自己有一种特殊的气质,一种她自己特有的才能,她只是运气好,有条有理,踏实肯干,很直观,而且在心中寄养了,不敢担保永远如此,她那个职业的小小才华——关于艺术,我对您说的恰恰就是这个,我这样反驳她说,当时女大厨就皱起了眉头,她对那些夸大之词,就如她所说,对这整个的电影,总是心存疑虑。

现在我知道我可以带我女儿去罗沙马尔,这一点就够了,我就能屈从于在滨海略雷特,在我真正的家中接待她了。我从罗沙马尔回来,心中充满厌恶地对我自己说:还得跟她一起整整两个星期生活在神秘化之中,提心吊胆地生怕会遇上某个熟人,为自己虚构一种生活以及种种习惯。一想到我无须再斗争,我的歇息结束了,我将走向厌烦,我便发现自己几乎就彻底轻松了下来——但那是现实的厌烦,不是谎言的厌烦。既然我知道,厌烦将来到,我不再有理由害怕它们来到,弥撒已做,没什么可再说的了,我已经感觉自己净化了并且什么都没有发生过。而今天晚上如同所有的晚上我将置身于一个咖啡露天座上,跟我在滨海略雷特的朋友们一起喝酒吃饭聊天,他们会友好地问我:你女儿呢?我将回答:她一个星期之后会过来,她叫珂拉。哦,名字很漂亮。是的,兴许,我不太知道,我很少念这个名字,珂拉,她叫珂拉,而这在我心中激起不多的回忆,珂拉这名字可能很漂亮,她叫珂拉,我没有参与对她名字的选择。

女大厨一把女儿送进幼儿园,就把应该给予她的种种照料都写进了那份她每天都要做的所有事的密集而又严谨的清单中,这,在她看来,显然不如她迄今为止所完成的一切那么复杂,即便,她通过更快地完成某些任务,例如洗桌布或整理厨房什么的,从而成功地为她赢得的位子,在她看来应该还很不够,应该让她心中充满了对差错、对不完备的痛苦情感,以至于,跟她一起睡在同一张床垫上的这个孩子,听她自己的心跳还不如听她母亲的心跳更清楚,对自己各种想法的进展的意识,远不如对她母亲种种想法的意识来得深刻,这孩子沉浸在这一遗憾中,疯狂地、玩世不恭地发掘它,就像孩子们爱做的那样,并成为一个任性的、狡猾的小小尤物,善于讨价还价,骗取宠爱,结果,当女大厨的父母后来见到她时大为惊讶,竟然都认不出她本来的样子了,因为他们跟这小姑娘从来就不曾有过什么问题的。

女大厨假装在她自己面前觉得,她被一个三岁孩子弄得团团转是很正常的,只要那一切发生在餐馆之外,只要它不妨碍她的实践行为,她女儿也明白这一点,她感到她可以把这一切那么强悍、那么长期地强加给女大厨,只要她的行为不威胁到好时光的活力。

由于她暗中是那么的直觉化,狡猾,有心计,紧紧抓住了一点,认定她母亲心如死灰,会把她带回去圣巴泽尔,而不是以种种争吵或任性在她的工作中刹车,她只是在她们俩单独在公寓中时才会暴虐地对待她,而在餐厅中或是厨房中她总是表现得中规中矩,女大厨常常会把她留在那里画画或者看图画书,我坚信,她对好时光的憎恨就是从这些表面看来很和谐的时刻中诞生并滋长起来的,那时候,她被迫眼睁睁地瞧着她母亲走过来又走过去地忙活,根本无暇来照顾她,也无法来叮咛她听从她幼稚却又无所不能的在场所体现的杂乱无序却又富有战略意义的警告,她将憎恨餐馆,是的,而这并不意味着她会因而更爱她的母亲。

女大厨每天都需要开战,来塑造好时光的名声,而晚上很晚,上楼之后,她还得跟一个小女孩展开激烈的争斗,孩子在瞌睡了几个钟头之后,下定决心不再入睡,下定决心,从某种程度上,永远不再入睡,如同永远不再停止哭闹,这一切,就在那些夜晚一再返回我的记忆中,那时,我虽累得半死,浑身颤抖,但我怀着感激之情,怀着一种不得已的绝望,认定我永远都不会回去休息,我听着女大厨用一种单调、悦耳、隐隐包含有天真的幽默的嗓音,对我讲述那些很不容易又充满了教育意义的时刻,她说的,她在好时光开业初期所遭遇的那些时刻。

至于我，我实在怀疑，她跟她女儿在一起的生活会从某种意义上教育了她，这跟在好时光的发明创造不同，后者严厉地却又带着公正性、一致性，以及合逻辑的希望——希望能从工作中得到回报——教会了她很多，其中的很大一部分教益，女大厨此后都用来让自己变得更全面，而不仅仅只是一个优秀的街区餐馆业主。

不，跟她女儿，跟这个那么缺乏优雅的孩子在一起的生活，什么都没教会她，除去女大厨性格中可能会有的不太好的部分，即对远远地及不上她却高高地俯视她的那些个体的凶险幻想的一种急切的、绝望的臣服，这个小姑娘就是这样高高在上，她自身的优越感建立在一种确信之上，确信她从来不会惹来她母亲的、她母亲行为的异议，确信她是娘儿俩中最聪明的，最机灵的那个，可惜的是她没有机会，机会全都如此神秘地落到了她母亲的头上。

一个个星期过去，酢浆草兔子肉片卷，橄榄油比目鱼透明片，普鲁旺斯蔬菜焦皮奶酪烤等菜肴为好时光吸引来了一大批忠实的顾客，他们越来越频繁地占据着那六张桌子，因此也妨碍了其他顾客前来发现这个地方。

女大厨把她的妹妹英格丽特从圣巴泽尔叫来帮她的忙，来负责餐桌服务，并帮女大厨采购，同时帮她去幼儿园接孩子下学，妹妹才十六岁，女大厨的女儿总是很高兴地宣称，英格丽特充当了她的母亲，又是一个寓言，一个谎言，或者，兴许，一个幻象。

我是在英格丽特已经老年后遇到她的，我知道她因为常常被女大厨的女儿提及而感觉自己更为别扭，而不是有趣，那小女儿不叫她别的，就叫她我亲爱的英格丽特或者我亲爱的姨妈。而这个英格丽特,当年,对孩子并无什么情谊,只是带着一种如此的不耐烦来勉强完成照看孩子的任务,以至于女大厨得时不常地提醒她,要求她对孩子表现得更亲切一些,更宽容一些,这个英格丽特曾向我证明,女大厨的女儿现在没有任何理由声称爱过她,她们已经有二十年到二十五年没见面了。总之,从一开始起,她们就很合不来,对此,英格丽特根本就不认为自己有错,即便当我问她,对一个十六岁的年轻家长来说,跟一个四岁的小女孩合得来或合不来究竟意味着什么,难道不就是要她变得更亲和一些,让她的小外甥女看重她,敬重她呗。

面容坚毅的老年英格丽特耸了耸肩膀,就像女大厨本人常常做的那样,只是简单地回答我说,事情就是这么个经过,她对这个孩子没有过喜爱之情,而孩子,倒是不乏这种情谊,因为她母亲很喜爱她,愚昧地溺爱她,而她,不,她从来就没能觉得这丫头有趣,她就是一个重负,一种劳累,在女大厨的生活中,也在她自己的生活中,英格丽特,她在与女大厨的接触中,已开始对厨艺产生了兴趣,她更愿意只在餐馆中干活,而不是分出精力来照管孩子,就是这样的,一个重负和一种劳累。

但是她姐姐,女大厨,十分疼爱小家伙,这一点是毫无疑问的,因此,老年的英格丽特一点儿都不理解孩子的那些针对她的爱情宣言,因为她对待这孩子一点儿都不温柔,也不理解孩子的那些针对女大厨的仇视的、苦涩的、怪异的原因,因为女大厨以她尽可能有的一切温柔紧紧包裹着这孩子,而这女孩,反过来,却从来不给出任何什么作为交换,实在是一个如此的重负,一种如此的劳累。

英格丽特在盛夏季节从圣巴泽尔赶来,女大厨开始实施她的计划,要说,这计划也是不得已而产生的,因为,越来越经常地,当一些顾客慕名而来就餐时,她已然无法满足他们,嘴里只能回答说店里已经没有更多座位了,心想怎么着也该扩大餐馆的规模了。

由于还无法租下相邻的铺面,她就买了四张桌子作为增位,安放到人行道上,街道这一角落的人行道相当宽阔,阳光充沛,她为此还添置了一个海蓝色的油布挡雨披檐,人们安顿在它下面,八月份炎热的阳光根本就无法穿透布檐晒下来,这给人一个印象,好似提供了天堂一般的清凉,清澈,威严,舒适,她把菜单压缩为她最喜爱的几道菜:小龙虾馅饼,尚蒂伊风格的五香鸽子冷盘,菠菜鸭肉砂锅,透明比目鱼片,绿衣烤肉,蜂蜜牛肉,朗德省桃子果挞,奶油开心果等,构成一份夏季菜单,根据进货的不同而每天有所变动。

她第一个做到了,我想,为某个再三踌躇而不知道如何选择的常客提供建议,不妨由她来替他做主,到时候给他一个惊喜,她甚至还会,在可能的情况下,稍微增补或适当减少某些食材或调料,因为她知道顾客是喜欢还是不怎么欣赏它们,就像是在自己家中接待朋友那样,女大厨不扮演朋友角色,她跟人不太熟络,她可能会很疏远,但她很快就能获得对人的一种细致了解,并以一种绝对的真诚,竭诚做到让顾客在她这里感觉舒适,就如同在一个奇特的朋友家中,这朋友虽说有些冷,虽说不会跟您无话不谈,却对您知之甚多,而且,会以其有所保留的,甚至略略生硬的方式,努力让您满意,远远超出您所能想象的程度。

人们不敢称她为朋友,毕竟,她与人接触时的迟疑表现得很固执,无论对何种亲密关系她都会很怀疑,然而,她待您就像只有一个朋友才能做的那样,带着一种持恒的忠诚,一种永久的专注,一种似乎大大超越了对她自身关注的关注。

女大厨的某些顾客三十多年来一直前来好时光吃饭,一星期会来好几次,尽管他们从来没能跟女大厨维持一种如此的关系,可以彼此称得上是朋友,尽管他们从来没能接待她或者是在餐馆之外遇到她(她不去阿尔卡雄①,她不去巴黎,她不去参加市政厅的鸡尾酒会,也不去看戏,听歌剧,不去别人邀请她去的任何地方),他们无法把他们与她的关系描绘成别的样子,而只能说成一种始终不渝的友谊,尽管他们在结账付钱时始终有一种印象,觉得他们都欠她的,永远都不会有机会还她的人情,因为她总是拒绝接受所有周末聚会或做客的邀请,他们总觉得不应该只是以金钱(况且,数额还很合理)而应该以其他方式报答她带给他们的愉悦,她为他们付出的努力,更何况,她对她做出的这些努力从来都闭口不说,也不显示出来,而这一点兴许证明了,她很不善于成为一个朋友,因为她在交往中强加给了别人这一不平等。

至于我,我相信我能肯定,我们曾是朋友,尽管她否认这一点,但她对我的在场、我的警惕、我无限的爱的最终的需要,还是战胜了她,我是她的朋友,而她很含蓄地要求我别让她在那些夜晚独自一个人待着,于是,我便整夜整夜地站在厨房中,两腿因疲竭而不停地抖动,我听着她讲述我还没有出生时那些长久岁月里的事,我就这样带着感激和温柔为她提供了我的支持,为她牺牲了我的睡眠,而她则卑微地接受了它,她为此而感谢我,知道我不会利用任何什么来反对她,于是,她承认了一种可能性,即一个人会欠某个人的情,同时却又停留

---

① 阿尔卡雄为法国吉伦特省一市镇,位于波尔多的西南,是海滨度假胜地。

在这某个人希望你待在的很高的水平上,而一旦下一个夜晚一切重新开始,人情债就将被抹除,甚至都不会有对某一债务的回忆,我是她的朋友,她之前并没有认识到这一点。

  我在滨海略雷特的朋友们跟我一样地喜爱饮酒,很显然我们每一天都能体验到的彼此相见的满足很大程度上是建立在一起喝酒的消遣上的,在这一层面上我们互相熟悉,我们彼此信任,因为我们观察到我们全都如人们所说的那样善于"扛得住我们的酒"。在我们欢快而又轻狂的小集团中没有人会通过证明自己是个糟糕的、冒犯人的或者不可饶恕的愚蠢的饮酒者而散布混乱创造尴尬。然而昨天我在滨海略雷特的朋友们觉得有必要提醒我要仔细提防,小心为妙,那时候我们就在一个露天咖啡座上,而我可不敢保证那一定不是我家的那个,我又怎能回想起他们对我所说的呢,我记不清楚用的是什么样的措辞,但大致就是那个意思,因为它让已经酩酊大醉的我甚为震撼。我在滨海略雷特的朋友们对我说过一段时间以来我喝得太多,说我应该减速了,说我的健康将会遭殃,我就无法再成为三四个星期之前我曾是的那个各方面很平衡的家伙了,而这会让从外部倾听我在滨海略雷特的朋友的任何人发笑,我们都是大酒鬼,但我们善于辨别那个超越界限的人。我就是那个人,他们的看法让我震惊,我不愿意把我自己跟我在滨海略雷特的朋友们,我唯一的家庭割裂开来,他们注意到珂拉的宣布到来让我有多么惊愕,我在他们面前感到困惑,因为从来就没有什么能使他们惊愕,因为他们怀着一种始终不变的冷漠淡然接待他们自己的孩子,他们就在复归到他们的位子上,在他们为自己所创造的天堂中,如此地生活是多么简单和美好。

好时光的蓝莹莹的露天座很快就赢得了一种如此成功,使得女大厨必须雇用人手在厨房干活,同时在大堂招待。

她拒绝再接待她所无法接待的更多人,这从原则上就限制了她,因为她认为,一家餐馆恰恰是这样的地方,每个人都应该,用不着什么预谋,能在这里找到一把椅子,可以坐在那上面喘一口气,找到一张干净的桌子,可以把胳膊肘撑在那上面,找到一种好饭菜,可以好好振作一下精神,而基于对这一原则的尊重,她就从来都不应该处于这样的一种情景中,嘴里答应让人再来,实际上却根本无法满足他们的这一基本要求,她就不该推迟她亲力亲为的好客行为,总之,不该以千万个合法的道歉以及最充分的理由,来拖延那无法延期的,那让人无法提出任何理由来阻止的,来不马上实现的——礼赠。

不,当然,严格地说来,女大厨的饭菜可不是白送的,这一点我可以向你们保证,她总是在计算它的价格,把利润控制在尽可能小的范围内,至于酒水,她开的价格只是稍稍高于进货价,她认为,既然她在这方面并没有付出什么努力,那她就不该在这上头挣钱。

就这样,在好时光开张之后的几年时间里,女大厨越来越趋向于追求一种简单的厨艺,她并非,我想,在不知不觉地追随当时的那些戒律,以求与一种"新厨艺"的学说相一致,她从来就没完全彻底地奉行它,但她总是在努力,赋予每种食品的质量以一种不断增大的,到后来几乎就是唯一的重要性,从最昂贵的肉块,到最普通的一根西芹,从最为细嫩的鱼,到调味用的最简单的盐粒,她都固执地守住内心的意愿,菜盘要装得满满的,外表要精要雅(不要三种以上的颜色并置),但是对完美的考虑不应该浅表得一目了然,对此,不应有任何一种考虑,除了要考虑第一眼就能满足爱好者的审美眼光,要急于知道饥饿的肚子是不是已经吃饱,胃口是不是已得到满足。

很多人没曾料想到能在好时光大饱口福,因为这里价廉物美,每一道菜都用最好的食材来精制而成,而仅仅其采购本身也都凝结了女大厨吹毛求疵的挑剔精神,无论是她用来煎牛排或茄子的油,还是那肉,那蔬菜,女大厨也不是非得从嘉布遣会修士集市上买回,而是会从巴扎斯①的某个饲养场,去洛特-加龙②的某个菜园里采购来,而她早在冬季里就已经去那里勘察过了,她断定它们配得上好时光的要求,至于价格,她就不怎么在意了,就是说,她不会借口她买的食材比较贵,借口要随机应变,水涨船高,由此就把菜肴的定价增上去,她不会的。

她就是这样,实施了一种经过深思熟虑的厨艺,食物的品相上高度精美,在其配制和烹调方式中有过周到的考虑,从而废掉对应用、限制、时间上的苛求等的任何回忆,一种实际上让任何人都能够享受得到的美食,而根本不用知道其中的学问,根本不用期待任何别的,除了吃饱吃好。

那时候在好时光哪些菜肴是最成功的?除了著名的绿衣腿肉以及朗德省风味的桃子果挞,裹香料草面包屑的小牛排骨肉也常常有人点,还有白菜叶包特鲁瓦③风味小香肠,配龙蒿和尼永斯④地方橄榄的布雷斯鸡⑤,蔗糖面粘萝卜,肥鹅油

---

① 巴扎斯是法国西南的一个村镇,位于纪龙德省。
② 洛特-加龙是法国的一个省,在法国西南部。
③ 特鲁瓦是法国奥布省的首府,位于香槟-阿登大区的塞纳河畔。
④ 尼永斯是法国德龙省的一个镇。
⑤ 布雷斯鸡是出产于法国东部布雷斯地区的鸡种,因地名而得名。其特点是:鸡冠鲜红,羽毛雪白,脚爪钢蓝,与法国国旗同色,被誉为法国的"国鸡"。由于布雷斯鸡始终为自然养殖,故成本极高。

女大厨

炸带嫩皮整白薯,巴塔维亚莴苣菜浇烤肉汁配干果,科西嘉小橘鸭肉砂锅,所有这些菜的烹制,我小时候在波尔多听人说起过,但完全就跟仙女们或食人魔们的饭菜一样,脑子里却从来就没有动过哪怕一个念头,想象我的母亲会给我穿上大衣,穿上鞋子,乘坐公共汽车,从大石桥上①穿越河流,拉着我的手,不必证实其微服私访的陛下或失位落魄的公主一般的身份,就走进这家餐馆,那时候我还不知道,仅仅这家餐馆的存在理由就足以对像我们这样的人显示出意义,我母亲和我,偶尔也外出吃饭,以相当平庸和粗陋的方式,花费一笔她觉得还很公道的钱,其实就可以在好时光吃得非常开心,就可以以差不离的价格,享受到令人惊讶的精致而又卫生的菜肴,而我母亲,她是不会想到这些的,对于她,这就是天方夜谭,她根本不相信会有这样的事。

女大厨租下了从两条街夹住了这小小餐厅的两爿店面,让人在餐厅两头各打通一个门洞,由此构成了连通的三间餐厅,她还让人把墙壁全都刷成同样的王室蓝,并且为墙壁安置了暗色而又闪亮的护墙板,一直覆盖到椅子的高度。

无论中午,还是晚上,餐馆总是顾客盈门,看来得采取限制措施,跟过去一样,来控制人数了,但是女大厨从那个时期起取消了预订制度,只要有空位,谁来了都可上桌,每个人都能够即兴找到歇息之地,蓝绿相间的砖地还当真十分清凉,到了秋天,女大厨就点燃一个个酒瓶绿颜色的彩釉面小炉子来取暖。

---

① 大石桥(pont de pierre)又叫皮埃尔桥,是波尔多城内一座跨越加龙河的桥,连接左岸的维克多雨果林荫道和右岸的梯也尔大街。皮埃尔桥是加龙河上的第一座桥梁,修建于1819年到1822年。

那些后来将成为我的同事,并在我之前被女大厨雇用的人都对我说,她总是显得神采奕奕,无论是日常的烦恼,还是工作的疲惫,都不能损害到她持恒的快乐,他们对我说,她的脸似乎永远都那么开朗,沉浸在一种无言的、坚固的满足中,仿佛皱纹都被紧束的发髻以及陶醉的心拉向了脑后,他们还对我说,当然这一点也由老年的英格丽特所证实,说是,这张脸难以觉察地出现皱纹的唯一时刻,是女大厨的女儿出现时,或者甚至只是女儿的嗓音,那申诉的、抱怨的嗓音,在隔壁房间或者在街上高高地响起时,那一刻,女大厨便会把脑袋微微缩回到脖子中,就像一条狗,不知道它那脾气古怪的主人会怎么来对待它,带着一种隐隐的恐惧竖起耳朵,而每天跟她在一起的那些人则早已经猜到了什么,他们早就一哄而散,还没等她女儿走远,或者等她的嗓音落停下来,或者等这三心两意的姑娘走进厨房,露现一张笑吟吟的脸,几乎可爱得有些夸张,俏皮得让人猝不及防,让女大厨感到如此的惊讶,让她变得异常腼腆,仿佛面对女儿时产生了一种痛苦的奴性。

是的,如此特立独行,如此形只影单的女大厨,竟然不由自主地成了她那忘恩负义、聪明有限的女儿的奴隶,不过她对这一点也不是不知道,也不是迫不得已,我相信,她荒诞地感觉到自己有罪,没有把她自己精神上与外表上的好品质传给自己的孩子,我相信,她很容易屈从于她女儿那极不公正的权威,尤其是因为后者没有任何办法打动任何别人,因为女大厨悄悄地想象自己在向她隐瞒这一点,通过把自己整个地奉献给她的专制而保护她,因此,不是为了避免这一专制行使到别人头上,而是为了让她那可怜的女儿,因而,她应该看到她的,让女儿至少能够带着确信或者幻觉成长,相信或幻想她无论如何都拥有力量。

女大厨

在连续见证着好时光名声日隆的那几年中,女大厨似乎没有什么别的忧虑,只操心如何把她女儿维系在她自己的一个怪异想法中,一天接一天地说服她女儿相信她自身白白付出的母爱的持续性和幅度,但这并不能阻止女儿始终不渝地再三戏弄这一莫名其妙的爱,以一种让周围人陷于尴尬的方式来对待女大厨,而很久以来,女大厨对这个跟她如此不同的孩子的奇怪担心因另一种担心而有增无减,而这另一种担心就是,看到她女儿因公开跟她作对而声誉日损——女大厨心里相当清醒,明白她们母女之间这样的吵闹会让女儿的形象变得非常可怕,远比她自己要可怕得多,她自己倒是能忍受,假如所有的差错能全落到她的头上,使得人们能有一种理由去爱去看重她的女儿,那她反倒更能忍受了,但这同样也是天方夜谭,女大厨自己也很难会相信。

是的,这就是她唯一的折磨,她唯一的遗憾,而这个唯一的问题在扰乱她平日里因一种磨人而又棘手的快乐而显得光滑的脸容,在整整十好几年里始终如此,而也正是在这一期间,好时光平平稳稳地走向了繁荣,直至以尽管矜持而且十分优雅地"轻描淡写"却又毋庸置辩的方式,成为了波尔多城里最好的餐馆。

那女儿呢?她又像什么呢?

从我这方面说来,我只是在她二十五岁时才认识的她,我当时也是这个年龄,既然我们是同年同月诞生的,然而,我遇见她时她身上最惊人的一点,从童年时代起肯定就已经有了,我大致是不会弄错的,我猜测,爱嘲讽、坏心眼或爱复仇的天使的手指头,在她诞生的那个夜里,选择了把这个丫头做成她母亲形象的一个失败的、滑稽的模仿品,女大厨的雇员们已经在那个少女身上看到了这一痕迹,这姑娘带着一脸的厌烦和嫌恶走进厨房,向她母亲发出一种始终那么艰涩、咄咄逼人或魔幻般的要求,恰如我在几年之后亲眼看到的那样,那种残忍的、抹除不掉的痕迹:女儿从女大厨那里遗传了结实的腰身,厚实而又饱满的身材,它嵌入到空气中时,似乎会在周围堆积起同样数量稠厚、凝滞的气体,但是,女大厨身上特有的令人咂舌的轻盈运动,还有她褐色眼睛中的热辣目光,会很快就打破这一笨重的假象,但这些都没有遗传给她女儿,她粗壮的身体拥有某种根深蒂固的东西,刺激着人的视觉,她的眼睛晦暗无光、又狭又小,她的眼睛似乎是死的,即便在她愤怒爆发得最强烈的一刻。

在某一个阶段,我曾相信,我应该对女大厨的女儿做出一种更为宽容的判断,我曾经想过,她抓住每一个激动或非难做借口,来尝试点燃目光中始终缺失的生命的火焰,她只有生命的外表,而没有生命的情感、感觉,她不知道生命的趣味,而这把最终点燃的火焰将在她此后的日子里传播,她将会了解到自我感觉还活着的那种激情,她也希望如此,而不仅仅只是知道这一点的沉闷经验,我不知道这都到了什么地步,曾经到了什么地步,因为我已经有很长时间不再尝试理解女大厨的女儿了,最终,她就在那里,她以最为嘲讽、最不可理解的方式很像她母亲,就是这样的,是的,兴许,人们会体验到对她的一种怜悯,因为,她可能不止一次地问过自己,通过如此地嘲讽她,命运本想要惩罚的人到底是谁,是女大厨,还是她本人,而假如是后者,那又是为什么?

  我并非对任何道理都充耳不闻,我听从了我在滨海略雷特的朋友们的建议,至少,在行为举止的问题上是这样,当我开车前往布拉内斯①火车站接我女儿珂拉时我

---

① 布拉内斯是西班牙加泰罗尼亚地区赫罗纳省的一个市镇。

女 大 厨

很清醒,如此的清醒,在这个六月夏日的傍晚时分,在雷阵雨即将来临的天光底下,一切在我看来都是预言般的,甚至连发黄的棕榈树膨胀的云彩、满是坑坑洼洼的路面在我眼中也都那么雄辩甚至顽强,然而,我对这些信息实在是一无所知,因为我什么都没喝,我的想象力枯萎了,我知道假如我停下车来,在那儿,在公路边上的这家旅店喝上一点儿酒,那么那些无声嚎叫的意义就会向我焦虑的心显示,而我就会不再那么焦虑,因为酒精通常会赋予我所隐约看到的并让我担忧的一切以一种总能让我感到宽慰的意义。那冲着我咒骂的,那大发雷霆的最终只不过是在向我致敬陪同我走在迎向珂拉的道路上,那谩骂我的实际上只是想要祝贺我前去找到珂拉,迎接珂拉前来滨海略雷特我唯一的家,把珂拉介绍给今晚上正在安娜-玛丽家的平台上等待着我们的我在滨海略雷特的朋友们,而他们是那么亲切、那么友好,为结识我的女儿而举行了一个真诚的晚会。

我是在十九岁那年进的好时光,当了个小伙计,我持有一个 BEP 文凭①,但女大厨甚至都没有往那上面瞟过一眼,那是在一个春天的大下午,她在餐厅里接待的我,让我坐在她的对面,用她那稳当的、清脆的同时却又低沉的嗓音问了我几个通常的问题,很有规则地把她的一只机械的、缓慢的、平稳的手伸到她那平平地向后梳去梳成一个小髻的头发那亮闪闪的表面,看起来仿佛是在抚摩她赤裸的闪亮的脑壳,我从来没有见过一张如此的脸,在我眼中,这是一张任何人类的脸的原型,我能感受得到,但我无法表达清楚,它没有性别之分,年

---

① 即中等职业学校的毕业证书。

龄之分，美丑之分，这张脸在我看来显得令人痛苦地完美，我担心我向她伸去的自己这张脸带着青春的腼腆、慌乱与无知，根本无法达到她自然而然地所拥有的道德需求的高度，而她本身的尊严则让她成为这样一个高度的本质体现——一张人们无法在任何公共天平秤上衡量，无法按照任何惯常标准来评判的脸。

女大厨兴许觉察到了我的恐慌、我的怀疑以及我的惊愕，另外还有跟我暗中的逃跑意愿，它跟我但求一死的愿望同样迫切，假如我不被录用的话。

她露出一丝略带善意嘲讽的微笑。

她强迫着自己，在决定性的情境中不带丝毫的嘲讽意味，她只是坚持让我"下去"，就像她喜爱说的那样，为了我好，它的意思是，我走得太快了，根本就没必要栖息在激情的高度上，在那里我会缺失空气，在那里我会窒息，无论是对我，对任何人，对工作，那都不会有丝毫好处。

于是，她用她那稍稍有些扭曲的微笑来温柔地嘲弄我，迫使我也跟着她笑起来，一时间里我把目光从她脸上挪开，我不再想逃跑，相反，一种充满了恐惧的确信留在了我心中，相信假如我不被好时光雇用的话我的生活就将无法继续下去。

在别处我又能做什么呢，又跟谁一起做呢，整个的职业经验又有什么用呢，假如我不是从这张脸上，从这个嗓音中接受的它，这天青色的至圣之殿中，此刻是如此寂静，寂静得让我似乎能听到血液之流就在我因期待、因希望而紧张抽搐的体内奔腾，我能感觉到它就在我的双眉之间跳动，我能感觉到我的皮肤，就在这地方，在女大厨的眼前明显地颤抖，对此她是会有怜悯，还是会有厌恶，怎么说呢？

此时，我如她所希望的那样"下去"了，当她问我怎么会产生想法单单前来好时光碰试运气,我得以带着一种隐约的从容回答她,我得以很真诚地但同时又带着心中特别有底的某一种雄辩告诉她,从我小时候起,我就常常经过这家餐馆的窗前,窗玻璃被从内部映照过来的一种超自然颜色的微光和智慧神秘地染蓝,我总是觉得,应该有一个个仙女在里头忙碌,在准备着神秘的、美妙的菜肴,我看到它们,从四月份起,就被端到露天座的餐桌上,哦,这一切都是真的,但是,这一真相,它到底是什么,我不知道该如何跟女大厨说:我跟你们说过的《西南法兰西报》上的那张照片,最著名的那张,而且,几乎是唯一有名的那张,照片上,位于团队中央的女大厨证实了一种无法解释的活泼,使得我向我自己承诺,一旦获得文凭后,我就要想方设法前去好时光工作,不为她的那份活泼,也不为她那一头在脸边自由飘逸的亮闪闪的柔软头发,而是为这张脸上专门针对我的东西,尽管那张照片上的表情根本就不是真实的,我当时毫不犹豫地就想到了这一点,无论如何,它正从我以往并不知道的一种默契的源头,在对我无声地说话,但这一默契,它由《西南法兰西报》乏味的媒介显示给了我,让我一下子就明白并接受了,女大厨知道我存在着,把我召唤到了她身边,她的脸对我说了这一切。

而在餐厅一片恬静的蓝色氛围中,我发现,女大厨是跟照片上完全不同的另一个人,她的头发被紧紧地束住,一种专注的、宁静的快乐包裹了她的面容,但那肯定不是一种活泼,我美滋滋地幻想,在瞧照片的时候我已经猜测出了,照片上,女大厨真正的脸伸向了我,我凑近过去,我明白到,而现在,她的脸同样也在清爽漂亮的餐厅中对我说着这一切。

从此,怎么还会担心不被聘用?

我当即中止了我的絮叨,我觉得女大厨轻松了下来。

我立即就认出了我女儿,尽管我已经很久没见过她了,我感觉自己如此激动差点儿不等她发现我或是简单地认出我来就掉转脚跟跑去找我的汽车,但她的目光已从布拉内斯火车站的月台尽头落在我身上,而我明白她跟我认出她来一样快地认出了我,这可能吗?因为说实在的,我们彼此并不认识啊?我戴着我的太阳镜,正是在一种深蓝色的光芒中珂拉的脸蹭在了我的脸上,她的面颊碰到了我的面颊,她跟我一般高,她的肩膀很宽,她的面容很刚毅,我可以说是找到了一个老朋友,因为我们,很奇怪地,从身体这一方面来说,是同等的,强壮的父亲不会拥抱他细巧脆弱的年轻女儿,我让一个结实的年轻女子用她的面颊磨蹭我的面颊,而我则一点儿都不屈尊俯就,她又高大又强健,而她的皮肤是蓝色的,我那副太阳镜的玻璃片对我说。这是珂拉,这下就能看出她跟什么相像了,我的眼睛闭了一小会儿,这就是珂拉。

多年之后,当我成了女大厨最亲近的朋友时,我大胆地向她透露说,在我十八岁时,我就已听到了她通过《西南法兰西报》向我发出的召唤,我意识到了她那在照片上一动也不动的手在我额头上拂过所显现的含义,我想,只是在我的额头上,她一边听我说,一边久久地凝视我,带着困惑,茫然,然后她耸了耸肩,口吻轻松地对我大致这样说,知道一种友谊的确切的、私下的来源与动机并不重要,友谊本身会在每一天通过词语与行动来证实自己,让我在一个春日的下午进入好时光的缘由不会在十五年之后再有任何意义,而一种日常的频繁接触,以及在荒芜而又寂静的厨房中那些彻夜的长谈则显示了,巩固了,证实了这一友谊。

那爱情呢?我以同样打趣的口吻问她。而假如那不是友谊,我问她,而是爱情呢,是它让我听到了您在照片上的嗓音,是爱情,今天依然让我还留在那里,紧靠着很不舒服的瓷砖台的角落,因疲惫而醉意茫然,却无法想象还能有比看着您在沉睡的厨房中跟我说话更大的愉悦,听您跟我说着悄悄话,只跟我一个人,知道您的话语会落到一颗贪婪却充满热爱的心中,贪婪只因热爱着,并且尊敬到了极点?那爱情呢?我问她。始终都想把它叫作友谊,这难道不是很容易,同时谨慎得有些不怎么光彩吗?

但是女大厨,对爱情却既没有柔情,也没有倾向,她没有丝毫的苦涩,冷冷地,静静地,不相信一个男人与一个女人之间的爱情,她拒绝进入我的游戏中。你愿意怎么叫就怎么叫它吧,她对我说,人们知道自己在说什么就足够了。

但人们当真知道这一点吗?她和我,我们是在谈同一回事吗?对她来说,想到我是他的朋友又代表了什么呢,她对我这个受她雇用的人体验到了什么呢,她对我的信任到底又是什么呢?

珂拉不太善谈,我这也就放心了,我本来担心她会问一些我无法回答或不希望老老实实地回答的问题。我们在一种奇怪的沉默中一路驱车,像是平常时常互发电子邮件或经常互通电话的老朋友老亲戚彼此应该没有什么新消息要互相通报。我时不时地利用右拐弯的机会,偷偷地观察一眼她的身影,只见她一副镇静自若的神态,让我好不心慌,我弱弱地问了问她母亲的消息,尽管我对这话题根本就不感兴趣。这时候,珂拉这个身材高大同时也是我女儿的年轻姑娘,用她那嘲讽般的手指头驱赶着空气,对我说她这样一直来到这里可不是为了跟我谈论她的母亲,她对我说假如我愿意的话我应该能知道她母亲现在怎么样了,她带着一种不乏善意的嘲讽对我说了这一切,想以此告诉我尽可以不必如此客套,那样的话我们俩将会更轻松自在。她穿了一件宽松的带有蓝色大花朵的浅紫色长裙,她赤裸的肩膀被阳光晒成了青铜色,结实的肌肉很像是某些游泳选手的那种,肌肉底下,强壮的骨骼清晰可见,珂拉坐得笔挺。这时候我明白了,我女儿来这里,既不是为了激动,也不是为了抱怨,或者要求得到我不知道的什么东西,我觉得,她来是为了看一看她要跟谁来打交道,非常简单。

我回想起我在好时光的厨房中度过的最初几个月时间,那可是我生命中最困难的阶段,然而那并非难受的一段,也不是不那么幸福,但是,我付出了那样的一种劳动,我对自己的言论和行为总是那么提心吊胆,总想着确保绝不让女大厨在任何细节上不满意(此外,也并不是非得确保让她看到我,或听到我,即便在我自己家中,独自一人在我的单套间中,我也千方百计地不让女大厨温柔而又难对待的脸不高兴),每一个新的一天对我来说都代表了一种无情的上升,其报答也绝非傍晚来到时滚下斜坡,因为在自由的安乐中还真没什么斜坡可以往下滚,而只有第二天以及未来的每一天继续向上升的意识,所以那时候我睡得很少,尽管我还没有成为,远没有呢,成为女大厨信任的朋友,我睡得很少,我规划着我第二天的努力和洞察力,我思考着用什么办法才能够成为,不用造假,不用欺骗,成为女大厨最喜爱的人,哦,那时候我睡得真少啊!

就这样我不知不觉地按照女大厨的形象发展着自己,而且几乎跟当年的女大厨是在同一年龄,当时,在克拉波夫妇家她小小的卧室中,她把相当一部分的夜晚时间都用来琢磨和

女 大 厨

改进菜谱了——而我,我也尝试着以一双客观的眼睛清点我自身行为的各个层面,以便把它们跟我所知道的女大厨的期待相对照,我们厨房里有四个人干活,我是最年轻的,同时我也是最渴望能出人头地的一个。

委派给我的基本任务,我都尽力做到迅速而又完美地完成好,这一点,人们是有目共睹的,即便没能一一指出来的话。

我注意到女大厨朝我投来关注的目光。

当然,她对我很严厉。学校里灌输给我的那一切,她不感兴趣,我转动土豆或者蘑菇头,我用一小薄片腊肉把绿菜豆卷起来形成一个优雅的柴捆的那种灵巧劲,我很擅长的这些技术,让女大厨很是扫兴,这并不是,不,不像她女儿含沙射影的那样,是出于回顾性的嫉妒,因为女大厨不曾有过机会享受到一种如此的教育,而仅仅只是因为她对任何旨在追求外表漂亮的方法心存疑虑,认为这种伎俩一有可能就会损害到产品的基本质量,她觉得,产品本身如果没有什么可自责的话,就不要自吹自擂或者改变其模样。

厨艺中,装饰点缀是可疑的,女大厨这样让我明白,如果我一味地想证明我在这方面的雕虫小技,那么我在她身边将会什么都学不到,她知道人们都教了我什么,安静而又耐心地期待我停止求助于此,我不再感觉到自己有责任"亮出一个绝活"来证实我待在好时光的必要性,这里没有任何人会跟我争论,她安静而又耐心地期待着我明白这一点。

我的同事们带着一种疏远的、谐谑的和委婉的平和看待我,他们毕竟跟我一样经过了同样的阶段,知道他们什么都传承不了给我:我应该,跟他们在我之前所做的那样,一路走到底,既然,我的顾虑担忧,我想大显身手的愿望,我那年轻人的虚荣,已经让我走上了这条道路,我对他们无疑会很笨拙地对我说的话连一句都不能听进去，我会把任何的放弃性建议当成他们对自身地位忧虑不安的标记，看成为他们对我的误导。

于是，我竭力地显现出，我会把一个水萝卜雕刻成一朵玫瑰花的样子，我会很快地削出完美无缺的土豆条，或者漂亮的甜瓜球，女大厨对我很严厉，尽管她不怎么对我说什么，她很严厉，是的。

她手指头一弹就把我的菠萝玫瑰花扔进了垃圾桶，然后对我说她并没有要求我如此可笑地把土豆雕刻出花来，也没有让我浪费那么多的甜瓜来挖取这些不会给任何人留下印象的小小弹球，然后她不带热情地微微一笑，算是给了个结论，表示我其实也并没有做任何严重的事，这一微笑把我牢牢钉死在了羞耻与绝望柱上。

很晚的后来，当我问她一开始为什么显得对我那么严厉，为什么她不明确地告诉我她期待我做什么，我本来会带着她所知道的狂热和良好意愿努力做给她的，总之，为什么她要让我独自一人去发现她对事物的看法，她的道德观念，而不了解这一切，人们恐怕无法在她身边工作，而几句明确无误的话完全足以指引我那饥渴的摸索中的决心，当我问她为什么显得对我是如此严厉，女大厨有些惊讶地回答我说，她其实是想看到我自己去寻找我应该做什么，还有，几乎，我应该成为什么样的人，当然并不是为了对得起我在好时光的位子，她不会这样评价她的餐馆的，而是为了弄明白，在这样的条件下，我是不是还感到幸福，她当然不会用几句话来表达这一切，她对我的问题很是惊讶。

另一方面，她对我承认说，我想取悦她，想成为唯一取悦她的人这么明显的憧憬，让她实在有些恼火，而这一点，她无疑是想示意我的。

女 大 厨

我毕竟还是成了你最喜欢的人,我回答她说,带着我希望是一种饱满而又狡黠的温柔。而女大厨则严肃地回答我:是的,你会得到我的。

这就是,在她的嘴唇上,一种爱的表白吗?

但我由于固执和克己确确实实成了女大厨最偏爱的人,因为我那些同事,虽说工作中的能力跟我不相上下,心中却根本没有这样一个目标,我成功是因为没有什么别的是我如此渴望追求的,而一种如此的抱负,恰恰是当时我这样一个有条有理的、深思熟虑的、激情满怀的小伙子所能做到的。

我觉得自己被女大厨的词语所伤害:你会得到我的,尤其是因为,当她如此表达时,我生命中的巨大忧伤恰恰在于,我有时候根本就觉得没有"得到"了她,或者跟她在远方的弟弟妹妹中的某一个同样少地"得到"了她,他们身在远方,无动于衷,之所以跟女大厨保持着联系,也只是为了能时不时地问她要一点金钱上的帮助。

我从来没有"得到"过女大厨,我从来就没有得到过她,我有时这么对自己说,她这样说的时候是在骗自己也是在骗我——但是,这样的词语,在她细细的嘴唇上说出来,兴许就是爱的词语。

我们刚刚来到家里后我就带珂拉上了高我家两层楼的安娜-玛丽家的平台,我们在滨海略雷特就是这样生活的,而我也看不出我有任何理由要改变我们的习惯。借口我刚刚接来了我的女儿,我在这大地上的唯一孩子,而我还想到,她恐怕也不比我更加渴望在到达的第一个晚上就跟我面对面地四目相对,我们会觉得很别扭做作的,还因为:珂拉似乎如此宁静,如此自信,无疑能抵挡得住在普通的退休者公寓中的一个套间中可怜的小小厨房

187

中吃的一顿庸常的晚餐(我自己吃的一切都被食品工业所改变,而且是不可避免地,被洗劫和伪造)。我看到珂拉就在安娜-玛丽家的平台上在我那些滨海略雷特的朋友中间自由自在、从容不迫地走来走去,她对他们做着在类似情境中都会做的通常的恭维(多么漂亮的平台,多么漂亮的游泳池上的景色,多么漂亮的生活,漂亮的晚年),身穿垮掉一代风格的长裙轻松地移动在其他比她要年长得多得多的女人之间,她们几乎赤裸着身子,只穿短袖短腿的沙滩紧身衣,珂拉在那里,我慢慢地喝着我的桑格利亚酒,稍稍有些迷茫不太确信。而贝尔特朗或贝尔纳此时对我说:她跟你也太像了,这话让我如此震惊,不禁手一松手中的酒杯落在安娜-玛丽家平台假大理石的砖地上,我没有料想到这一点,我女儿跟我长得很像,这个高大结实的珂拉什么都不欠我的,我给她的实在太少。他还说:她有你的眼睛,你的嘴,你的鼻子,我赶紧弯下身去捡碎玻璃杯片以掩饰我的慌乱、我的羞愧、我的恐惧,某个跟我相像到了如此地步的人将会问我什么呢?

女大厨的女儿吗?不,当我来到好时光时她早已经不再跟她母亲一起生活了,她好不容易获得了中学文凭后去了魁北克,说是去继续我不知道哪方面的商贸学业,她想移民去那里,在更为奢华的条件中生活,我的同事们这样告诉我,确实,在那里,女大厨远远地把她安顿得很阔绰,就是说,她自己从来就没有去那里旅行,但为她女儿提供了很大一笔钱,而后者给女大厨寄回来的照片向所有那些人证实了她住得还很不错,看到过这些照片的人数量还很多(有她的雇员以及一些认识很久的顾客),照片显示出,这个永不满意、永不餍足的姑娘,实际上按照一个非理性的标准生活着,而不时显示出的

女 大 厨

学业结果却不怎么能证实这一点,它总是有些蹩脚甚至很是不合格——然而女大厨的女儿总是有一种令人难以辩驳的解释能说服她母亲,在她自己、她的付出、她的出勤、她的能力与那些令人失望的结果之间并不存在任何的逻辑联系,要怪也只能怪那些无法理喻的教师的愚蠢或者疯狂,女大厨相信了她,或者说假装相信了她,并不感觉自己有素质、有勇气来质疑建立在一种她完全不知道的经验基础上的肯定。

我当时觉得,对女大厨女儿的种种追忆,始终就沉浸在她母亲顽固编织成的一种传说般的氛围中,她一而再、再而三地重复,她女儿是如何如何地辉煌,仿佛她早已猜到了,她的这个作品被一种传说的建构几乎同样顽固地所覆盖,而这种传说跟她那些很了解她女儿的员工们的作品既不残忍又不狡猾地致力于为之贡献的传说,却正好完全相反。

他们为我描绘了一幅她女儿的如此可怕的肖像,让我非常怀疑它的现实性,而女大厨的那些炫耀味十足的赞扬,以及她显而易见的骄傲,在我看来很是真实,尤其因为我的天真幼稚还实在难以为我再现,一个如女大厨一般令人赞赏的人怎么会生出一个被我的同事们描绘为非常可怖的家伙来呢。

但是,当后来我也认识了她女儿时,我就从另一个角度回想起那种极度持恒而又快乐、创造性的而又几乎任性的脾性,它恰恰就是我头几年在好时光时女大厨的那种——那是因为她女儿去了远方,女大厨假装相信她辉煌地站稳了脚跟,一只脚已经踏入了漂亮的职业生涯的门槛,它已经不会把她带回波尔多了,那是因为她终于感到从侮辱感和负罪感中解放了出来,她向四周散发出那种平静的、狂野的、自愿的快乐,它并不完全是幸福,我不会说女大厨很幸福,我不知道,但它从某种程度上比幸福要更多更好,它并不局限于她自己,它还感染了我们,包裹住我们,透过我们而生长。

因为女大厨的快乐在每天都能见她面的我们心中播种,那种子是不会轻易被连根拔除的——甚至,连生存的种种习惯性折磨,种种剥夺侵占,种种忧伤,兴许都不能战胜它。

当我最终明白到在女大厨面前耍花腔抖小机灵显现我学会的小本事是毫无用处的,当我把我自己看成如同一个什么都没学好的人,敢于承认是她的热情、她的彻底的容受性状态、她的勇敢教会了她一切,教会了她必须知道的那最好的一切,我这才得以观察到,我的同事们都轻松了下来,并证实我的盲目、我的焦虑、我的假定的展现给他们带来了多重的负担,我也才得以注意到女大厨对待我的行为的改变,我变成了另一个她更喜欢的人,而不是偏爱的对象,后者很快就被忘却了,因为这对于女大厨的性格是那么的陌异,她不至于会提醒无论什么人他以往的行为,他过去的错误,她不至于在他蜕变完成后还当着他的面没完没了地挥舞他那脱落下来的蜕皮,哪怕只是开个玩笑。

她从来没有跟我发过火,相反,她总是对我体现出一种极大的耐心,有时候往往还让我觉得承受不起,害得我热泪盈眶,没有人曾对我表现出一种如此的亲切,甚至连我母亲都不曾有过,我母亲总是怀着软弱、松弛和分神,怀着一种急于匆匆结束的心态把我养大,这跟女大厨完全不同,女大厨似乎从来都是孜孜不倦地给我教诲,从来不急于早早结束。

她就这样不知疲倦地为我显示了她尽可能地简化其烹调的方式,然而人们看这烹调却感到其中包含了一种极其精心的备制,一种充满了热情的长时间思考,唯有如此,才能出此精品:在几乎赤裸质朴状态中提供的产品。

赤裸裸的产品不太被人接受,既不饱人眼福也不饱人口福,女大厨的技艺妙就妙在,它会恰到好处地改变它一点点,让它变得美味而精致,然而同时又极其堂堂正正、面目可辨、骄傲而又稳当地展现出它奇特的面貌。

我做得刚刚好,女大厨开心地说道,没有丝毫的矫情,而她整个的精细,整个的精神全在于这个"刚刚好",这是她手艺的精华。

正是这样,她想让人细细品味原汁原味的波亚克①精美羊羔肉的渴望,启迪她发明了绿衣腿肉的烹调法,这就如同,女大厨出于某种粗暴而拒绝让美丽城②风味的酢浆草掩藏在奶油或黄油底下。她给它们加上了菠菜,她喜欢种种元素的三合一,她慢慢地用文火来炖包了苦涩绿色外皮的腿肉,肉里头很肥腻的汁液甜化了酢浆草,而腿肉则一方面显得超乎现实的柔嫩,另一方面又特别的有滋味,这一鲜明对比,鲜嫩而又醇厚的肉纹肌理,让食客的最初几口品尝变得颇带迷惑性,女大厨见此好不开心。

随着岁月的渐渐流逝,我看到她创造出一道又一道让好时光变得如此辉煌的菜肴。

这是我生存中最活泼开心,最生动有趣的阶段,我相信对女大厨来说也是同样——她很自由,她平静而又满怀激情地走在她的大无畏精神为她开辟的道路上,而我这个当时的小青年则带着美妙的感觉,批评的精神,感激的心灵,悄悄地跟随其后,清楚地意识到必须跟她保持一段精确的距离。

一天夜里,我怎么都睡不着觉,我的脚步机械地把我带向

---

① 波亚克是法国阿基坦大区吉伦特省的一个市镇,它是著名的葡萄酒产地。
② 美丽城是巴黎的一个街区,处于巴黎10、11、19和20区的交界处。

了餐馆,我看到厨房临街的一扇窗户透出来灯光。

我猜想女大厨还在工作,我敲了敲窗玻璃,她就让我进去,仿佛这是再自然不过的事,我也就自发地坐在那里,观察着她,试图弄明白她的意图,并在她需要某个器皿或工具时就及时递给她。

我们一句话都不说,尽管,很久之后我在厨房里倾听女大厨的叙述中所度过的那些整宿整宿的夜晚将会满足我对友谊、对信任、对远远超出我希望的宽恕、对我认为我配得上的那一切的需要,我还是对这些寂静时刻保留了一种不可磨灭的怀念,那些时刻全都悬置在了工作中仅有的滑动碰撞所发出的偶尔的丁零当啷、咔嗒咔嗒中,我的疲惫也被十分细致的注意力所驱赶,我注意着女大厨的每一个目光,每一个动作,当黎明的曙光在窗户中渐渐亮起时,我们往往不会马上注意到,女大厨以遗憾的口吻喃喃道:啊,天都已经亮啦!于是,我的眼皮得以眨动,我感到满足、英勇、谦虚,而女大厨则朝我抬起一张孩子般的满意而温柔的脸,一绺头发滑到了她的太阳穴上,从来没有别的人看到过她这样。

你对此是怎么想的?她有一次问我,给我看她刚刚扔在艾蒿甜酒中煮过的螃蟹肉。

我觉得,假如煮得稍稍再嫩一些,蟹肉的味道也许会更好,女大厨表示同意,她的冰镇艾蒿蟹肉就在这样的一个夜里诞生了,那兴许是我进入好时光的一年之后的事,那些夜晚,我常常跟她一起单独留在厨房里,我们心照不宣地不跟任何别人说起,并且在我每一次敲响玻璃窗时,我们都会假装,找到一种这样的安排那是如此显然,如此庸常,因为在我们之间实在没有什么地方可做任何的暗示,我有时候还担心那样做是不是会把她给惊醒了,那就会令人遗憾,而且实在是毫无结果,因为,那样的夜晚毕竟是存在着的,在香气四溢的、如一颗激动而又不耐烦的心微微颤动的厨房中,女大厨就在我的眼前创作她的作品,我对这一回忆的震惊就是明证,我想。

她让我品尝并评估她的核桃细粒裹小兔肉,她的洋蓟心油炸圈,她的油炸西蓝花茎,她的黑番茄饺子,她的熊葱干酪丝沙丁鱼,我见证了,是的,这些跟好时光的声誉永远密不可分的名菜佳肴的构思与制作,在那些漫漫长夜中,我没有睡觉,在疲惫中,在我体验到的,假如可以这样说的话,对女大厨越来越狂热的爱情的迷醉中,我有时候似乎觉得,我将再也不知什么叫瞌睡,这可是一件好事,这可是一件必需的事,厨房的故事以及爱情的同情者会让我对此做出正确的评价:当女大厨,她,轻盈如风,聚精会神,寂静而又抒情,把厨房当作了她夜间梦幻得以在她控制之下展开,在她的双手底下成形的地方,根本就不需要花一点时间躺下休息,根本就不会冒险看到可爱的睡梦形象变成为邪恶或者尴尬的图像,这时候,你又如何能独自一人去睡觉呢?

因为女大厨把她的夜晚都用来以具体、有效的方式做梦了,而她是清醒着的,清楚地意识到她的所作所为,那些波浪起伏的夜晚在她的手指头底下诞生的是梦的物质化,那些夜跟其他人的夜晚截然不同,恰如一个与普通宇宙相平行的世界是如此的鹤立鸡群。

我坚信,我得带珂拉到滨海略雷特周围转上一转,我对她要表现得如同对待一个应邀的来宾,为她显示一下当地的美景,这样一来,日子将会过得很快,而珂拉就将重又坐上她的火车,不会让任何的犹豫与危险在我们之间落脚。但珂拉却没有丝毫愿望参观任何地方。我为她描绘了我深思熟虑过的计划,她微笑着让我说完,随后她就用一种抱歉的但又坚定、礼貌的嗓音喃喃道,这一切不让我有太多兴趣,我的女儿真有教养,实在是个奇迹,我不敢问她来滨海略雷特到底要做什么,我很神经质地从客厅到厨房来回来回地走,珂拉的在场妨碍了我在上午十点钟时为自己倒上一杯酒,我很神经质,身心充满了恐慌和疲倦,她想要什么,这个不愿意跟我出去漫步的高大女人?而我呢,难道我愿意吗?根本就不,我仇视在滨海略雷特令人讨厌的小街上溜达。但是我们又能做什么呢,我们俩?

如果说,女大厨难以忍受应一个顾客的要求而把她叫去餐厅里,如果说,她更喜欢,通常来说,留在厨房中,不跟刚刚吃完了饭的食客打任何交道,那么我,我最喜欢做的事就是从厨房里悄悄溜出来,来听顾客对那些菜肴的评论,来从他们的脸上分析我们工作的效果,我总是更喜欢看别人在那里吃我辅助着做出来,或者,有时候,完全由我一个人独自做出来的菜肴,而不是自己动嘴来吃,当我想象菜的滋味是由一个跟我不一样的舌尖所赞赏的,那么它在我看来就更有意思,更带教益,只需要看着每一个顾客,我就能成为他:他的嘴唇,他的舌头,他的牙齿,我理解他的每一个器官,我由衷地尊重他那跟我完全一样的生理功能。

此外,无论一个顾客的个性,他的声望会如何,我对他隐约的情感又是如何,一旦我瞧着他正吃饭,我就什么都不会再考虑,我就只会在我心中感受他心中的所想。

是的,就在那些年里,波尔多的一些重要人物开始频频光顾好时光。

女大厨用了很长时间才算适应了这显而易见的一点,并非她对名流贵人抱有成见(她永远都没有忘记她欠克拉波一家的），而是因为她不乐意承认，即便在她的餐馆里人们不能预订座位，即便她家菜肴的价格始终停留在所有人钱包的水平上，那些有闲阶层的顾客还是闻风而来，不知不觉地驱赶走了那些不太像是悠闲阶层的顾客，只是由于其权威、其权利的惯性力量，由于从该阶层中散发出的一切选择性和封闭性的、同谋性和嘲讽性的因素，女大厨才知道的这些，是的，尽管她费了很长时间才最终承认。

而当她承认她实际上只是为了某种类型的顾客才下厨做菜时，她感觉丢失的东西在此后她所做出的决定中扮演了角色。

因为她似乎觉得，对于她，最大的危险兴许是，只要她还从事这一职业，她就会缺失上苍在她十六岁那年的夏天赋予了她的那种恩惠，缺失让她高高地超然于自身之上并帮她带着惊喜和轻微的惊慌看重自己的那种令人振奋的激情，再继续为那些人下厨做菜的话，她可能会失去的正是这个，那些人无法理解她，他们无法想象圣巴泽尔，想象她那在穷困中感到幸福和坚韧的父母，他们对圣巴泽尔，对她的父母甚至只能体验到轻蔑和屈尊。

女大厨不愿意被排斥在这一可能的轻蔑之外，在这一屈尊之外，她不愿意自己逃脱，而独独留下圣巴泽尔展露在如此的目光下，总之，她不愿意趁机获得任何利益，或以任何方式来妥协。

实际上，假如她因为来自圣巴泽尔而遭人轻视，那她根本就无所谓，但假如仅仅只是因为厨艺高超，她就能单独获得救赎的话，那她是会感到羞耻的。

她擅长烹调，她擅长创造，并造就了人们对她家餐馆的痴迷，这是她自豪的一大来源，但这种自豪跟她必须感受到的情感相比，也就毫无价值了，她必须感受到自己心中有情，并因此而体验到一种永远都没有任何东西能让她忘记或忽略的感恩。

那么，又如何让这两方面共处共存呢，一方面是对赐予她的那一切的卑微感激，另一方面是那种意识，意识到这种馈赠只能用于满足一些被宠坏了的顾客，他们，从某种程度来说，既不需要她，也不需要圣巴泽尔，他们可以相当轻易地在别处找到愉悦，这两方面如何共处共存？

波尔多市市长和夫人第一次来好时光吃午餐时，有人给他们照了相，他们也对愿意听的听众说了不少好话，而女大厨则固执地，几乎有些失礼地，拒绝出来向他们打一声招呼，她伸出两手，紧紧地依偎在操作台上，像是要决意抵抗被人强拉去市长夫妇的饭桌，市长说，他从来没有吃过这样美味的饭菜，实在是太惊人，太神奇了——但这帮顾客难道真的就无法在别的地方找到她所追求的无法言喻的天启的手段了吗？

女大厨心里想，对这些人，对那些在天真无邪之中就那么快地达到了他们毫无根基的辉煌，让你们感动，让你们折服的人，如何能在工作中依然做到公正、不偏、疏远而又正直，不是主观上的，而是实际上的？

他们会很严厉，他们会比别的人，比没有什么批评精神的圣巴泽尔更难对待，但来自他们的任何称号都会，女大厨想，激发起不安、战栗和难以觉察的羞愧。

> 我十分困惑地证实了，我女儿，这个无疑比我还更高大、更魁梧的年轻女郎，这个我不知道因为什么而叫作珂拉的人，反正当初做此决定时也没有征求过我的意见——珂拉似乎根本就没有在我身上寻找一个父亲，甚至一个亲戚。她跟我说话，有时候询问我，就仿佛命运的

女 大 厨

偶遇刚刚让我们成为了合租同居的房客,她的问题始终很和善、泛泛的,我感觉到她对我一开始就不怎么感兴趣,但等我们彼此了解得更多之后,我们是会互相理解的。我不是她父亲,我是她遇见的一个家伙,而她期待着看到这一切会带来的结果,带着一种并非装出来的,而是出于礼貌,还隐约有些夸张的好奇心。我们在外面吃饭,去海滩边上的某一家小餐馆。我不愿意在家里给珂拉做饭,因为我无法假装不善厨艺,而我又没有准备好重操旧业。珂拉一点儿都不惊讶,迄今为止她对什么都没有表现出惊讶。她跟她母亲是那样的不同,简直令人难以相信。

尽管她越来越质疑她在自身选择行为上的忠诚,我们,女大厨和我,还是在好时光度过了美好的岁月。

她不会感受不到我爱她爱到了何等地步,即便这根本就不会引起她的兴趣或者让她困惑,我还是想到,她最终会不由自主地跟我紧紧地绑缚在一起,尤其因为她体验不到她对我的爱,而希望能从某种方式上对我做一些补偿,就仿佛我对她的爱是一份礼物,一种奉献,甚至是一种放弃,而她感觉到,在拒绝它的同时,必须好好地感谢我。

当她面对她所有的员工时,她常常会寻找我的目光,我便由此体验到一种美滋滋的情感,觉得自己被另眼看待,这,在当时,足以满足我的幸福感,我的自尊心,我的希望,因为我相信,对我的这一暗中选择,会导致对我的爱的接受。

是的,那曾是美好而又十分勤劳的岁月。

女大厨开始挣钱,尽管我只是在很晚之后,当她对我有所信任时,才知道她把钱都用在了什么上,我当时已经能注意到,她一点儿都不改变她在自己的生活中只求适度节制,甚至几近于禁欲主义的习惯，这倒不是出于义务，也不是因为她对购买方面没什么所求，她对衣着，对珠宝，对首饰小玩意都没有什么兴趣，而家具以及地毯、绘画、汽车等也让她腻烦，她从来都没有学会出去消遣散心，更没有去寻欢作乐，她视外出活动和追求快乐如一些旧部落的古人的老习惯，认为当今的人无法再去想象那样的生活。

总之，当女大厨不干厨艺活时，她也从来不做别的事，而只是在那里思考厨艺——并且深入到自己心中，去追求一种真诚的状态，迫使她严厉地检查自己是不是没有背叛她自己的原则，是不是没有成功地躲过自己的审查，狡猾地掩饰了她鬼火的熄灭。我应该感觉到就在这里，她一边对我说，一边抚摩着两胸之间的空间。

就这样，我得知了，女大厨往魁北克给她女儿寄去了很多钱，而当然，她女儿还在并总是在问她索要，但她如若不那样做，又能怎样做呢，女大厨要用金钱把她覆盖住，有时候似乎还让她在金钱底下窒息，其雄辩的意愿不是别的，只是要把她牢牢地稳住在那边，在那遥远的魁北克，而在那里，她女儿声称已经进入了一个神秘的消费社会，母亲可以期望她牢牢地扎根于其中，只要好时光的钱源源不断地继续来到她那里，稳稳地维持住那件最不成功的、最为荒唐的事，就这样，女大厨为她女儿提供着金银首饰，珍珠宝贝，以防她四处游荡，甚至返回。

然而，她很想她女儿，不是那个现实的、累人的、不餍足的、爱哭的、粗野的形象，而是女大厨假装相信很真实的人物，她要赞美她的才华和温柔，她很想这个女儿，这个在她头脑中想象出来的，有时几乎很真实的姑娘，当女大厨跟某个并不熟悉她女儿并表现出一种充满善意的兴趣的人聊起女儿时，她自己也会被自己创造的形象弄糊涂,没等说上几句话,没等对赞赏性的问题做出几句假意谦虚的回答,就把自己也绕了进去。

女大厨说不定会折腾得焦头烂额,从而剥夺她女儿重新开始就地折磨她的理由——因为女儿的信件,后来则是电子邮件,始终在折磨着她,但是,这个,她能够忍受,她会因此而被压弯腰,平添忧伤,但不会被消灭。

同样,她说不定也会因为父母的问题而折腾得焦头烂额,假如他们同意了她的意图,搬过来住得跟她尽可能的近,就安顿在好时光附近,在一栋她为他们而买的漂亮房屋中,不过他们并不同意,如我早已讲述过的那样,他们只同意她送他们一辆汽车,却不料不久后他们就死在了这车里,他们感觉到了死神在向他们逼近,对这一与他们擦肩而过的罪孽,他们有没有发现完美的解决办法?

那是一个秋天的上午,我们正忙着准备午餐,电话铃在餐厅中响起。

跟习惯的做法相反,女大厨去接了电话。

当她返回来时,我明白,一场大灾难降临在了她身上。

她带着一丝奇怪的微笑瞧了瞧我们,笑得连嘴唇都扭弯了,但她的眼神很是迷茫,脑门上的一道皱纹生生地挤鼓了出来,她很想冲我们微笑,看到我们幸福的样子,她伸出一只手,轻轻地摸了摸太阳穴,稍稍有些脸红,她掉转目光,对我们说,《导游手册》刚刚给好时光颁发了一颗星,就在一九九二年的这天上午。

然后,她泪如雨下,只有我一个人看出了苗头,我的同事们很自然地把这些眼泪看成是因为激动和幸福,此时,他们纷纷走近她,向她伸出张开的手臂,却不敢真的拥抱她,他们大声地、真心地祝贺她,他们的自豪跟他们对女大厨的情感十分相称,巨大、严肃,却缺乏真正的了解。

兴许这时候,女大厨还抱有幻想,兴许她还在说服自己相信,她哭是因为极度的幸福。

但是,我马上就发现,蛮不是那回事,我怀疑,她应该不会那么长时间地始终弄错,简简单单地享受着这一异乎寻常的褒奖。

她的胳膊伸向了我,她邀请我也跟着来分享这一幸福,这一突如其来的却又实至名归的荣誉,她从来没有垂涎过这份荣光,但她完全配得上,女大厨平时没有任何应酬,没有朋友,也没有关系网,她的胳膊伸向了我,我就一边走向她,一边很震惊地想着,我必须表现出我能够不再喜庆,不再赞美她,而是为她提供支持,因为我从全身的神经中感受到的这一巨大的、逼人的、蛮横的羞耻,女大厨从电话中一个陌生人的嗓音赞赏褒奖她工作的那一刻起就体验到了,她无法独自一人来忍受它,无论如何,必须有一个人在她的身边,并且对这一切,对她本人有着真正的了解。

一种大不幸,确实,发生在了她的生活中。

女大厨对所有向她鼓掌的人成功地掩饰了她的情感,而如果说她从来就无法带着人们所期待的那种热情和敏感来回答,那只是因为她成了她那年龄段的中唯一一个戴了星的女人①,如果说,一些奇特的话语有时候会从她嘴里脱口而出,比如,针对一个新闻记者对她那假如还在世的可怜父母兴许

---

① 米其林轮胎公司在出版旅游手册的同时,也出版供旅客在旅途中选择餐厅的指南读物,称为《米其林红色指南》。该指南每年都要对餐馆评定星级,其星级评定分为三等,最高为三颗星。

会体验到的自豪感的肯定,她会带着一种痛苦激情的口吻回答说:哦,不,这根本就不会让他们开心的,他们会为我感到遗憾的!那么,她是在骗人,而同时只把她真正的面貌显示给我,给我那知晓明了内情的目光。

第一天晚上,当我在其他人都离开餐馆后留下来时,她对我说:现在,一切全都完了。

而忧伤、羞耻、沮丧改变了她的脸容,我几乎都认不出她来了,但她的动作依然如旧,微妙的手梦幻一般地舞动,一直来到太阳穴上,脚步悠然滑动,急急匆匆,如此轻盈,一点儿声响都没有,她的形象有些变质,我保持着沉默,生怕说出唐突的词语。

这时候我猜出了她的羞愧,却又不怎么理解她。她在我看来前后不一,病恹恹的。

女大厨对我说:假如人们补偿我,那是因为我犯过错。

但为什么呢?我嗫嚅道,有些微微颤抖,是因为抗拒,而且,几乎还因为激奋,而女大厨,我相信,没有听到我的话,而就在我发现她或相信她无法简单地品尝一种意外满足时,就在我体验到那种困难的同时,我心中竖立起了疑虑、怀疑、不耐烦的城墙,我幻想,我尤其不应该乖乖地被女大厨心中忧伤的纷乱所战胜,我幻想,我的爱不应该把我损伤得让我自己也变得不配快慰。

欢乐是一种东西,我幻想着,而快慰则是另一种东西,而为什么后者应该一成不变地为前者的利益而退让呢?

但那时候我很年轻,只是到了某一点,并且当它在我眼中成了最终最后的一点时,我才能够理解女大厨,而我二十五岁的年纪妨碍了我把这一点之外看得很清楚的那条道路,我是在之后很晚才走上的,它展开在我眼前,在我脚下,而我那不坚定的脚步同意在它面前摸索前进,而我接近女大厨时已经太晚了,在那个时代,她已经放弃了被听取和被救援,就这样,我错过了我成为她之必需的那一刻,我只做到了对她有用,为她带来歇息,放松,强烈的却无名的爱。

我终于明白到,米其林之星加强了女大厨不久前已有的感觉,觉得自己受到了牵连。

一想到她的厨艺是在取悦人,诱惑人,她就觉得受不了,并不是因为她想象,因为她希望她才扫兴气馁,既然好时光有那么多的回头客,而是因为女大厨觉得自己有责任清醒地意识到,她的常客之所以频频返回,是由于这里有一个谜在向他们提出。

她常常都做好了心理准备,准备迎接某一道菜被愤怒地退回厨房,她守在这荒凉的分水岭上,在那里,一点小小的评价错误,一点点的不小心在意或者一种过分的陶醉,都会导致她的菜谱陷于不可接受的,或者稀奇古怪的地步,但是她一直坚持在那里,靠着她那不屈不挠的力量把食客带向她,而这种不屈不挠有时候还真的是一种一点儿都不诱人的经验的来源——因为整个的问题不在也不会在那里。

从此,对于女大厨,接受还是退还这颗星就没什么太要紧的了,这也不会改变一个事实,即人们认定她配得上这一荣誉,而她本人,由此则失败了。

然而,你们知道的,在回答一些记者的提问时,她着实玩了一把游戏,她感谢了《导游手册》,尽管,总是,以她的方式,规避,收缩,既暧昧又简短,让好多人相信,她不很聪明,她的思维活动得很慢,她很缺词汇。

没有人知道她被羞耻所洗劫。

就是这个,我敢担保,她想用这样的词语来表达:现在一切都完了,因为她没有任何办法来预料此后会发生什么,相反,她有充分的理由去想,这样的事恐怕不会发生,既然更多的钱在源源不断地流入好时光,她也急于把钱转出去让她那在远方的女儿有着足够的财富,像一头花枝招展的年轻小母象。

我的同事们和我,我们埋头干活,眼睛都不抬一下,带着一种热情,一种敬业精神,这里头并不掺杂多少对女大厨作为回报给我们增加奖金的考虑,而她,女大厨,则带着她通常的那种效率,那种微妙,但另外还有,我感觉,一种新的忧伤,一种幻灭,她总是尝试着用微笑来掩饰它,随时随地,十分机械,大大甚于往常。

一旦厨艺之星颁发,我们立即有了众多的新顾客,女大厨不得不决定建立一种经典的预约制度,对此,我是大力支持她的,我对她说,这是一个对我们的老顾客表示尊重的简单问题,不然的话,某些日子里,我们就得把他们拒之门外或者迫使他们在餐馆门口等上很长时间,而女大厨也同意了这一点,同意了我给她的所有建议,但我明显感觉到,她总是带着困惑与哀伤前进在必要的改变之路上,而她锐利的直觉精神,她敏锐的不安嗅觉,一下子就把她的理性让她接受的东西扔到了九霄云外。

因此,就在她听从我的建议,把小酒馆中常用的传统型深色的木头椅子替换成软面垫的小椅子不久之后,我非常惊讶地听到她对我们宣布说,她将连续三天关闭好时光,以便重新油漆墙壁,并改造照明,她打算拆除铜绿色的金属枝条水晶吊灯,而代之以乳白色的长线吊灯。

我称赞了她的这一选择,很注意地盯着她的脸,她的手,觉得它们比往常更为神经质,与此同时,女大厨微笑着,甚至在不择时机地大笑,这个如此含蓄的人,而她漂亮的褐色眼睛则太过快速地从我们中间的一个人身上落到另一个人身上,似乎有些担心,不愿意真正地碰遇我们的目光。

我觉得有些奇怪,她在向我们宣布这个消息时体验到一种如此的困惑,说她将重新粉刷一遍好时光,何况用的还是同一种深蓝色,并且更换照明灯,直到后来,当女大厨像是捎带着随口一说一般,声称她必须提高菜肴的价格时,这种尴尬的真正原因才体现出来。

在这一点上,我依然全力赞同她,我对她说我也是如此想的,只不过我不敢告诉她而已。

你知道我不喜欢这个,她喃喃道,你知道我真的一点儿都不喜欢这一切。

我带着一种过度的轻盈,一种自愿的洒脱大呼小叫起来,希望能传给她一点点快慰,对女大厨说,一星标志的获得并不意味着我们得尽更多的义务,它倒是创造了一些满意的源泉,听闻此言,女大厨脸色陡然严肃起来,恢复了自身本色,克制着不作荒唐的微笑,一边用一种不太确切的几乎枯槁失神的目光盯着我,一边回答我说:不是这样的……不是只有这样。我女儿知道了星星标志的事,她要回来。——哦,很好,我以一种很谨慎的口吻说。——是的,女大厨说,这是个好消息,不是吗?

她的嗓音让我明白,她向我提出了一个真正的问题,她是在询问我,就仿佛,真的,她还不知道答案,而我的看法对她将采取的意见会有一种很重的分量。一个很好的消息,于是我以我所能有的整个坚信这样说。

我感到,女大厨几乎难以察觉地轻松了下来,像是很感激我的回答让她有所解脱,至少是一时间里,从她的迷途中,从她那些有罪的怀疑中,从她那些转过来又转过去的思想中解脱了出来,她的思想确实是在不断地转着,孤独、狂妄、丧失了理智,围绕着那些疑问,想知道她这样一个痛苦地爱着女儿的母亲是不是有权利不彻底享受一个如此的消息,她自称自誉的优秀母亲是不是能允许自己颤抖着看待这一回归。

不久之后,我们的一个女招待进入到厨房中,凑近女大厨耳边喃喃地诉说了某件事,而女大厨立即露出了她小小的空洞微笑,这微笑久久地留在她的嘴唇上,尽管当她明白了女招待对她说的话时,她的眼神表达的只是焦虑,而这微笑,纹丝不动,却似乎分成了两份,生长了,在那姑娘尴尬的嘴唇上飘荡出了回声,我们中谁都不愿意激起女大厨的沮丧,因此女招待心里很清楚,她的话播撒了恐慌。

然后,一个陌生的女人钻进了厨房,她是,我立即就想到,我从未见过的最漂亮的,也最异乎寻常的女人。

我现在还在为这回忆而万分尴尬,且哑口无言,尤其因为这之后,很快,女大厨的女儿就显得丧失了一切魅力,一切美,一切独特之处,所以我总是无法确切知道,在此刻,在确切和唯一的此刻,从她身上放射出来的到底是什么,竟魔化了我的目光,催眠了我的直觉,看来那就是,她冷静地下定的决心,要来诱惑我们,要聚集起她那些最坏、最邪恶、最活跃的能力,好把我们紧紧地掌控在手中,不会不是的吧。

她穿了一身混搭的奇怪服装,衣料和风格极为不同,概念、趣味、季节也全都乱了套,但混乱却走向了反面,产生了一致性,人们能注意到,所有那些布料,无论是麻粒的还是柔滑的,羊绒的还是透明的,各自都以各自的方式在闪闪发亮,红色的丝绸长裙,玫瑰色的穿缀了银线的粗呢绒套头衫,深绿色的闪亮的厚丝袜,玫瑰色的塑料腰带,直到她那烫发上小姑娘用的红色法兰绒的束发带,这一切均以不得体的、幼稚的、让人哑口无言的方式闪烁着光亮,因为,尽管她的青春年少从她本来就光滑鲜亮的脸来看一目了然,她却故意穿戴得如同一个渴望被人看作少女的成熟女性,她这外表的奇特逻辑不免让人隐约联想到一个表面紊乱内部却很有条理的头脑。

我所保留的对她在我们厨房中的突然出现的回忆太虚幻了。

原来,这就是我常常听人说起过的女大厨的女儿,她灿烂辉煌,令人目瞪口呆,我对她母亲的爱一下子就跳起来转向了她,立即就把她给包围了。

这个第一印象,尽管有些蒙骗人,尽管有些魔怪,而且可以说我从第二天起就彻底地摆脱了它,然而我却永远都不能忘记它,因为谎言是首先进入的,而真相只是取代了它,却没能抹除它。

所以,此后,我就更加仇视它了。

在一片热热闹闹的欢呼声中,在一阵窸窸窣窣的衣料声中,她走向女大厨,我看到她穿着小姑娘的那种皮鞋,镶银嵌铁,在地砖上发出清脆的金属声响,她俯下身子抱住女大厨,尽管她并不真正就是更高——然而,她假装应该俯下身来,以至于她当真给人这一印象,她似乎就是如此,假的高大魁梧,真的宽阔厚实,一下子就吞没了女大厨,把她窒息在了她那巨大套头衫玫瑰色的马海毛底下,在她一头浓密的秀发中,她的束发带掉到了地上,头发一下子就披散到了女大厨脸上,清香,神奇,令人窒息。

而女大厨纹丝不动,被紧紧卡在女儿的怀抱中,好一会儿之后才轻轻一推,挣脱出来,始终不说话,但眼睛却落在那张奇怪的、胖乎乎的、化了浓妆的、朝她伸过来的脸上,目光中充满了一种对我来说,在那一刻,还闻所未闻的表情:崇敬而又松垮,温柔而又惨败,腼腆,不自在,然而又带有,我应该说,某种幸福的东西(拥有一种明显的"不顾一切"的色彩,让我感到凄美伤感)。

让我震惊的,并不是我从未在女大厨身上见过一种如此的表情,而是,她完全可能有的,迄今为止,在我看来,她始终绝对地掌控着她面部表情的显示。

我赶紧转开身,不去拥抱她,想掩饰我内心的慌乱。

女大厨的女儿津津乐道于想象我对她很嫉妒,而她声称,从第一天起,从她当着我的面把她母亲抱在怀里起,这一嫉妒就会让我中毒,因为,这一简单的小小动作,我却没有权利做,尽管我很阴险地赐予了我自己所有那些特权。

我始终拒绝回答那个女人的低俗断言。

但是,说到嫉妒,既然一种如此的情感很可能会,为什么不会呢,抓住我这样一个充满激情的年轻人,我极为谦恭地肯定,我却从未对这位姑娘产生过这一嫉妒心,而眼下这一刻,当我回到我的厨刀上,回到我切开的青椒上,紧紧抓住了我喉咙的,是另外一种性质的,对我来说全新的情感,那是对一种灾难的预见。

这些未来的悲惨,它们已经写在了女大厨充满爱意却又被打垮的眼睛里,眼睛已经看到了它们,而女大厨,兴许,也已经认识到了它们,滑稽的鞋子上的铁片恶意地敲打着砖地时,不会不意味着什么,不会不宣告着什么的,而拒绝理解这一前奏则会是软弱或愚蠢的,当然,女大厨既不软弱也不愚蠢,她很明智,很警觉,以她自己的方式特有地很宿命。

因为一切已经变了,女大厨,好时光无可非议的女老板,从来就没有让我们中的任何人,她的助手,她的员工,在那里即兴发挥,临时对付(当她觉得我们有所憧憬时,她才让我们自由发挥),我们到的时候,女大厨永远都已在那里了,我们走的时候,她依然还在那里,但现在她跟着她女儿走出了厨房,隐形,屈服,循着簌簌响的衣料的精彩航迹,她不朝我们瞥来一眼,说上一句,直到晚上,我们都没再看到她。

于是她满足于祝贺我们很得体地确保了中午营业的正常进行。她显得很冷漠,怔怔的,若有所思,微笑和温柔中透着忧伤,当我的眼睛探询她时,她的目光毫不犹豫地躲避开去,看来,也不带丝毫的遗憾,就仿佛我们之间的默契只是一个梦幻,只有我一人能构成它,或者,就仿佛,靠着她女儿她又重新变回了自己,她现在像是从一种过分的或糟糕的联系中解脱了出来。

我的同事们假装什么都没有明白,兴许,当人们没有经历过时,确实就没有什么可证实的,如同我多年来所做的那样,在女大厨的内心深处,与此同时,她对待他们的态度也有了改变,我觉得,女大厨像是在柔柔地、无希望地与一种漠然,与一种超脱做着斗争,而这漠然与超脱则给她自己习惯的话语、她的命令和她的感谢染上了厌倦的色彩。

我来给你看一样东西,珂拉对我说。她去她的行李中寻找出一个深蓝色的大盒子,把它轻轻放在桌子上,我很想掉转脑袋,因为我知道这是怎么一回事,我熟悉这类的盒子,而这正是珂拉对我说的话,当我正在这样想的时候,她说,你熟悉这类的盒子。那是一些非常精美的厨具刀,带有铁的把柄,我情不自禁地用手指头去摸,我用目光探询着珂拉,她一把接一把地拿起她的刀,递给我,让我一一掂量。

这头一天晚上,那姑娘没有露面。我听见她在楼上,在公寓中走来走去,鞋底的铁片笃笃笃地响个不停,狂热地敲打着地板,就像是一匹被禁锢的惊慌不已的母马,但那姑娘不被任何东西所囚禁,姑娘甚至还是,在她的固执、她的自我中心、她的强硬中,一个比大多数人都更自由的人。

那天夜里,我跟平常那样去餐馆厨房的窗户附近溜达,我发现窗洞黑乎乎的,恰如我担忧的那样。

而公寓的窗内则灯火通明,窗扇开得很大,却没有丝毫话语声从中传出来,寂静在我看来甚至是那般深重,那般明显地可感受,我能想象她们在上面,母亲精疲力竭,女儿则潜伏在歇息中,不出声地呼吸着,偷偷地窥伺,秘密地策划,两个人兴许面对面地坐着,无话可说,但同时却悖论地融合在一种各自有各自不同目标的期待中。

我真的很想叫女大厨下来,把她带到我在梅里亚德克的一居室,把她从这个跟她一点儿都不像,同时我敢肯定,对她也一点儿都不理解的加拿大姑娘手中夺过来。

我在窗前逗留了很长时间,凝固在了对我的无能为力、对我无用的青春、对我与女大厨之间确实缺乏一种熟络联系的清醒意识中。

而当我一晚接着一晚地固执地返回到(就仿佛我只是建立在希望基础之上的那种坚韧不拔将会赢得在现实中活动的能量)女大厨家灯火通明的窗前去观察,我不无惊慌地证实,厨房的窗户从此不再被照亮,而楼上公寓中三个房间的窗户中却照射出一种那么强烈、那么煞白的光芒,连街道都被它给冷冷地拥抱了,这时候我觉得,窗扇的敞开只是为了不让女大厨的自由和天才在寂静之中做一种即刻的、彻底的和炽热的燃烧,而暗中窥伺万物的这一片深沉的寂静让我确信,那上面一定有某个人在。

从此之后,夜间,我就再也没能接着占据在厨房中女大厨身边的珍贵位子。

因为,当我重又在厨房里度过整夜整夜的时光,那就将是为了听女大厨对我说话,而不再是为了瞧她工作,这一信任不再赐予我,这一彻底的无保留,我总是带着心悸的遗憾来怀恋:在她只跟她自己交流的那些时刻,不再有任何划定的界限,有任何谨慎的算计来塑模女大厨的脸容,我看到了这一切,她足够地爱着我,把它提供给了我。

至于是什么原因促使她女儿突然回归波尔多,我必须真诚地承认,在那之后很晚的一个时期,有过那么一个时刻,那姑娘带着一种在我看来无法否定的吐露真相的口吻告诉我,我则试图比相信女大厨还更相信她,是的,就在我们多少成为了朋友的一个很短阶段中,那姑娘肯定地对我说,一旦餐馆获得了米其林星,她母亲就叫她回到她身边来,而女大厨本人,最终应该是这样对我说的,她女儿并没有征求她的同意就回来了,其目的恰恰就是骗取她的信任。

我知道,女大厨是多么地希望她女儿乖乖地待在远方,她为稳住她而频频寄往魁北克的钱款就如同慷慨赠予的重量,人们是完全无法从中解脱出来的,因此我本应该对那姑娘的指控不予信任,然而,我该怎么描绘她阴沉沉的眼睛中短时间里突然闪亮的那种天真或洒脱呢,当她随口对我说,她母亲要求她在《导游手册》给予她表彰之后就回来,那一刻,我情不自禁当即就信了她的话,而我随后就得付出极大的努力,回到我最初的印象上来,对这些话语提出质疑,因为它们跟另外一些话,跟我从女大厨那里得知的,跟后者对我声称的很不吻合,她说她从来都没有建议她女儿回来找她。

而当我,在我们还没有公开成为敌人的那个时刻,问那姑娘,她母亲究竟出于什么理由希望她重新回到自己身边,她便以很显然的口吻,带着那种直率的神态回答我说,这是不会有假的,说是,女大厨认为应该好好地利用她在企业交流和咨询方面的知识,利用她,这姑娘,在魁北克一个很贵的学校中获得的技能,她已经在那里获得了一个文凭,她还不无自豪地拿出来给我瞧了一眼。

于是我克制着不去嘲笑她。这时候,她那通常很坚毅、很苦涩的脸上变得格外亲切的表情阻止了我。

但我连一秒钟都不能相信,女大厨居然还曾打算改善好时光的形象或为之增光添彩,无论是通过她女儿,还是通过任何其他人的关照,尽管我不是不知道,一个跟我们最为接近的——在生活中很接近,在梦幻中更为接近——人的性格中的某个侧面,某个由于没有机会露现而迄今为止始终令人猜想不到的一个侧面,是通过什么方式会让我们颇感为难的,尽管如此,我还是觉得根本就不可能想象,作为一个企业经理的女大厨,会一心想着要好好利用各种有利有望的环境,例如《导游手册》的高度认可——既然这一荣誉让她感到羞耻。

不,这个,我是绝对不能相信的。

此外,那姑娘向我担保,她的归来是为了施展其才华,服务于好时光,她以平静而又天真的回顾性的虚荣心来支撑这一点(而她本来既不平静,也不天真),这些兴许足以证明她的迷狂程度,以及她令人费解的恬不知耻,而她对她自己抱有种种如此大的幻想,人们很有可能为之迷惑,而且,无论一切如何,无论自己如何,当这一切发生时,当敌意消散时,当她和我一起追寻一种暂时平静的、一种休战停火的热度时,都会被说服得相信她。

一旦我永远地远离了她,我就明白到,她的话没有一句是能信的,即便她是真诚的,即便她寻求紧紧地靠近现实的共同情感。

但是在我心中存在着对那一刻不变的回忆,她的面部表情说服了我,让我永远都不能完全彻底地摆脱那种想法,那种不体面的怀疑,即是女大厨要她返回波尔多的,她甚至还,以某种方式,请求她来帮她一臂之力。

我们又见到了她,那姑娘,在她来到的第三天。

她在厨房中来了一次跟第一次截然不同的入场,我一下子竟没有认出这个结实而又缓慢的年轻女人来,她穿了硕大篮球鞋的脚跟拉在方砖地上,而她的穿着和氛围中已经绝对没有任何东西在闪耀光芒了,就仿佛她在她回归的关键那一刻,前两天,已经耗费了浮华艳丽、虚张声势和恐吓威胁的所有源泉,或者她决定,已经没有必要再来实施如此的手段了,既然现在她母亲已经被拿住了。

女大厨以一句符合礼仪的、制约性的、同时又带着柔情蜜意的套式、却在这工作地点不太合适的话迎接了她,某种句子,像是:你好,亲爱的,你怎么样?她似乎说得很用力,带着一种费力的迟疑,带着一种自身羞耻心大受伤害的人才有的极大的尴尬——但是,为了自己内心的安宁,为了不得罪人或受惩罚,她又必须说出这样的词语来。

姑娘含含糊糊地回答了一声。她冷冷的小眼睛东张西望地打量着厨房的各个角落,寻找着有什么可责怪,可批评,甚至用什么话来发火,而这样一种我一开始根本就不懂得的行为十分简洁地为我阐明了:这里的不少玩意都必须好好改善,她盯住我喃喃说道,想在我的眼光中激发出一种青年人之间的默契(我们的年龄确实相同),但我拒绝了——而我马上转过身去，为一种如此的傲慢而惊讶，我激动地发现，自动归并到了我的爱恋和我的重视中的这位令人眼花缭乱的女大厨的女儿，显露出了原本意义上的真正容颜，摆脱了到达那一天时让她闪闪发光的人为造作。

她在厨房中度过的三刻钟，给我们带来了一种充满了威胁和忧虑的严峻氛围。

女大厨不安、卑微、恭敬的举止影响了我的同事们，他们纷纷地匆匆回答姑娘的无知问题，尽管她避免询问我，兴许认为这样一来就能让我懊恼，我还是感到同样的焦躁和困惑，仿佛她已经向我提了她要提的那些问题，作为对自己的话题一无所知的女人，她兴许认为，通过让对话者无趣地纠缠于一个附加的细节中，她就能掩饰自身的缺陷了，她做出一种狡黠、轻慢或讽刺的噘嘴，她把一绺耷拉到耳朵上的头发往脑门后一捋，跟女大厨的动作如出一辙，她久久地张开鼻孔大喘气，那么的俗不可耐，那么的缺少优雅，弄得我都有些来气。

当她走掉时，女大厨的肩膀终于放松了下来，她的背也挺直了。但她落在我们身上的目光颇有些异样，像是蒙上了一层虚情假意、困惑和屈从。

我是唯一敢于忍受这一目光的人，她低下了眼睛，机械地微微笑了笑，笑容从她的嘴角溜走，在她的嘴巴前虚空飘荡，她的下巴在抖。

我不再能抓住任何东西。

女大厨怎么会生出一个这样的女儿，她为何如此屈从于她，连母爱都，我认为，都不足以解释这一点，而她通过往魁北克寄走自己所挣的所有钱，难道还没有弥补有这么一个女儿的可怕错误吗，而为摆脱这一折磨，她付出得难道还不够吗？

如果说女大厨现在应该承担我所不知道的一种行为或一

种动作的后果,那么为什么这一责任要体现为一个女儿,无论如何,一个什么都不告诉她的女儿那糟糕的、讽刺性的、野心勃勃的形象?

我觉得女大厨很具双重性,尽管处在困境中,我已经不再理解她,我感觉自己太年轻,我很恼怒自己竟然是这样,什么都不理解。

日复一日,女大厨授予她女儿以奇特的权力,按照女儿自己的想法来改变好时光,而她,女儿,到那时为止,只是在完全另外的情况下,以纯理论以及很平庸的方式毛遂自荐(她不得不考了三次考试),应聘报考了一些信贷公司,一个函授语言学校,一个牙科诊所集团,而她对厨艺根本就不感兴趣,甚至还仇视厨艺,就如她在某一天对我承认的那样,在厨艺中,她只看到一种令人厌恶的劳役,而只有给它披上奢华这件外衣时,它才是可以救赎的,而她自己说,她只光顾那些大餐馆,还自夸从来就不曾下过厨房,她从来就不碰它,这讨厌的玩意。

而从她说出的断然决然的话语来看,我觉得,她只是在不知道自己吃的是什么的条件下,在认不出来或相信认不出来菜肴的形状、味道、香味,而且菜肴的名称本身只能给她一种对原材料十分模糊的提示的情况下,她才同意接受赞颂一道菜,她说这番话时,还带着那样的一种神态,像是为我们提供了对一种奇特思想的珍贵结论,所以,很快地,她就想给女大厨的所有菜谱都改个名称,换成在她眼中更来胃口的某种迂回说法,而顾客们就不必非得从菜谱上读到那些词,诸如金枪鱼、鸡肉或番茄,而是那些我现在一想起来就觉得讨厌至极的表达法,而你们中的某些人兴许还会不幸地回想起它们,因为它们大规模地入侵了好时光的菜单,令许多人大吃一惊,因为他们还以为那是女大厨的想法:十一月长鳍鱼,布莱斯的王子,小番茄白汁红肉片……

女大厨带着一种病态的沾沾自喜接受了一切,我看到伤悲与尴尬离开了她的目光,而代之以干巴巴的默许,隐约满足的醒悟的表情,这会给她面容的线条带来一种新的、悖论的、几乎恬不知耻的狂热,仿佛她一直就在向我们宣称:好了,就这样,我们做到了,但是我们究竟做到了什么程度,为什么确定无疑的是,在这种充满了挑衅、虚荣和粗鲁的浑浊不透明中,我们被牢牢地粘在了多种多样的且是不可避免的层面中,就像是被铁链锁成一串的一个个苦役犯,当然还有对他们命运的一种相同意识?

因为女大厨似乎并不怀疑我们对她女儿的情感:赞赏,害怕,虔诚。

而正是,我想,被女大厨的欲望一味拖动的,正是由于她渴望看到我们赞赏并畏惧这个女人,我才把所有的偏见都搁置一旁,才力图重新找到那姑娘第一次进入厨房时我曾体验过的那种美妙无比的情感,那种感觉,干脆直接,毫不暧昧,她值得我的爱慕,我的忠诚,跟她母亲一样。

首先,尖刻地想到了女大厨:她将不能指责我弃绝了她女儿,我最终甚至都不再想她了,被带入了一种混沌情感的波涛中,从中跳脱出来的只有一种固执的、狂热的反思:服从女大厨的意愿,即便我不能理解,即便这一意愿让我失望,激怒我,让我变得渺小,变得不安,即便她迫使我跟她女儿有虚伪的关系,因为这一切此后就将得到证实。

然而我还是要说,那姑娘的某些想法,在一开始,遇上了我的赞同,甚至我的热情,我今天仍毫不尴尬地承认这一点。

我母亲落伍了,她说,必须革新。她抛出了众多的影射,指向女大厨没有任何文凭这一事实,这就与她很不同,而她学得的东西,女大厨有限的理解能力是无法构想,无法彻底接受的,总之,女大厨本身应有自知之明,才能达到巅峰,姑娘是这么说的。

就这样她打算换掉原先的餐具,这在我看来倒是个不错的主意,她还想增加几张桌子,她认为,空间还没有发掘到最大,此外,餐厅中仅有的交谈声和刀叉声让她觉得很单调和忧伤,而且还不优雅,以至于她想在餐厅中播放音乐,这一点我也默许了,而且还很狂热,因为这个点子原本不让我喜欢,但我并不希望女大厨还有她女儿看出来。

她让人买了一批线条颇为复杂的餐具。对此,我依然假装很赞赏替代了汤盘的那些浅口盘,而第一眼看去,它们实际上让我觉得很像是小型的尿盆,另外还有椭圆形的盘子,用来盛放奶酪的石板片,面对着女大厨,我装作欣赏在我看来很平庸、很造作、很不合适的这一切,女大厨则不动声色,而当被例行公事一般问到她的想法时,她则回答她女儿说:我敢肯定你的决定是最好的。

然而,那一天,当她女儿宣布她做出了一个决定,一旦有一位男士陪同女宾来就餐,就取消专门递给女士的菜单上的价格说明,她肯定地说,各家上了档次的餐馆都是这样做的,听她这么一说,我开始愤怒地冷笑起来,把手中那把长长的刀狠狠地扔到操作台上。

女大厨发出一记小小的抗议声,非难声,很幼稚地把手放到了嘴前,然后她严肃地瞧了瞧我,却一点儿也没有指责我超越了我的职权界限,这一点我坚信,那只是在告诉我,一旦连她自己也遵从了的话,就没有人可以允许自己对她女儿采取一种如此的态度,她有道理,我明白了,我便对她做着无声的道歉。我缓缓地拾起了我的刀。

一种坚信来到我的心中,清晰而又冷静,让我靠近女大厨:坚信我们将走向灾难,十分清醒地,在一种冰冷的、沮丧的、激昂的,同时又神秘而无理的黏附中。

这倒是更简单,我心里说,而我感觉到,在苦涩地轻松下来之后,我的愤怒烟消云散,我抚摩着我心爱的刀,请它原谅我曾如此漫不经心地对待它,我不再有任何反感地瞧着姑娘那张严峻的脸,它已不再有什么力量,我心里说,能让我难以自控,让我摆脱与女大厨之间秘密的、古旧的、无法估量的理解。

最终,那女儿认定,菜单上的价格实在太低,必须大幅度地涨价。

我看到,女大厨对此想法甚为不满,它那粗暴的傲慢显然已经令人大为惊讶地触犯了对女儿命令彻底服从的意愿,她抗议说,就在不久前,她已经涨了一次价了,然后,由于女儿叉着胳膊,带着一种恼怒的神态,女大厨就朝我瞥来大惊失色的一眼,她朝女儿发出一声无奈央求的叫唤:真的有必要吗?那姑娘点点头,不耐烦地长叹一口气。

这时,女大厨爆发出一阵假笑,一种从轻率与无礼中费劲地、竭力地摆脱出来的笑声,而那种轻率与无礼,她自己的身上也所剩无几了,然后她泪眼婆娑地喃喃说:那就随你的便好了。

她逃离了厨房,把我一个人扔在那里,跟她女儿在一起。

那女儿,眨巴着小小的眼睛,朝我做着一种嘲讽味十足的同谋哑剧,显然是在取笑女大厨,我则把这哑剧动作原封不动地送回去,我把眼睛抬向天空,巴不得就这样死去。

那女儿让人做了新的菜单,她为菜单选了一种很昂贵的紫色荷兰纸,我注意到,菜单上的那些词语用一种浅灰色的墨水印成,而且是一种轮廓突出的花体字,读起来很难辨认。

一个个星期过去了,我已经习惯对那姑娘异想天开的危险想法表示系统的同意,事后也不多考虑,我变得能跟她维持一种关系,它不再只是建立在唯一的失控的讨好女大厨的愿望之上,也不是很残忍地充满了恐惧、愤怒和厌恶,我变得能跟那姑娘开玩笑,甚至,长此以往,能剥夺自己去回想一种惧怕、一种愤怒、一种厌恶的种种理由,我感觉它们在我心中越来越遥远、越来越抽象,像是童年的印象,而女大厨就在那里,远远的,弱弱地微笑着,像是被消除了,我并不转过身去,我跟她女儿闲聊,女大厨就在那里,在我背后,形象破碎,令人费解,我并不转过身去给她让位,我追随她隐约的意愿,但女儿拥有着对她的制约力。

女大厨和我,我们已经没有任何一种亲情。

我们彼此悄悄地擦肩而过,几乎就低垂着眼睛,拿捏着一种极度微妙的分寸感。

对我那些不知所措的同事,我避免着任何的同谋关系,生怕让他们相信我是站在他们一边的,相信我们体验着同样的恐惧,跟他们相同,跟女大厨相反,我永远都不会那样,由于必须站在她女儿的这一边,才能够留在女大厨的心中,我就别无选择,只有远离我的同事们,即便他们有道理痛惜所有那些变化,并担心好时光会有一种客流的下降,当然,这实际上也发生了,如你们所知道的那样。

她女儿憎恨好时光,她憎恨让餐馆获得成功的那一切,憎恨女大厨以一种微妙而温柔的灵感而设想的一切,深蓝色的墙面和木头护墙板,简单而又精确的餐具,这一切,是的,她女儿不带评判地剧烈地憎恨它,憎恨她母亲选择、喜爱并倾注了注意力的所有这一切,而且,她还憎恨,我敢肯定,好时光的存在本身,却并不一定意识到这一点。

不然,又如何解释常客们的第一轮批评呢,他们如今在此就餐时用的是一套装模作样的餐具,听到的是一种稍稍过于响亮的音乐,可他们的批评还是在鼓励她女儿把自身立场彻底浸到拼到底主义的冰水中,就仿佛那些正确的指责切切实实地插入到了她设想的计划中,她为消灭她母亲的好时光,并按她自己的形象,照她自己的且与女大厨截然相反的想法来重新创造餐馆的那个计划?

因为她,女儿,对这些抱怨感到很开心。

一位顾客曾要求降低音乐的音量,女儿不同意,于是他表示今后再也不会来这里吃饭了。我听到她,她,很开心地喃喃自语道:谢天谢地。我就问她,她为什么这样看,她回答我说,她不喜欢这家伙,她不喜欢那些以为在好时光就像在他们自己家中的人。

可是,正是这些人曾让餐馆出了名,我对她说,用的是那种轻柔的、逗趣的、亲密的,而且几乎有些调情的嗓音,如今我跟那女儿说话时常用的就是这样的口吻,然而,一种熟悉的绝望早已涨红了我的脖子、我的脸颊、我的脑门。

正是这些人从一开始起就喜爱女大厨的厨艺,我说,用的还是我那虚假矫饰的嗓音,无理得稍稍有些厚颜无耻的嗓音,对此,我觉得,那女儿很是敏感,仿佛是在面对自己嗓音的一种反射。

她嘟囔着,他们应该适应这里的环境,不然就请去别处吃吧,就这样,没别的。

女儿把餐厅变成了体现她万能之力的基本场所,她解雇了专门负责迎接顾客,招呼他们落座,并照看上菜进程的黛尔菲娜，由她自己亲自来干。

她驾驭着自己颇为壮实的身体，在餐桌之间笨重地游弋，以一种既平滑流畅又过于随便的嗓音跟顾客交流着，此外，说话声还很大，还不合时宜地插入顾客间的谈话，动不动就问他们一切是否正常，菜肴是否可口，然后，不听人回答就一溜烟地走开了。

她在好时光营造出一种神经过敏的氛围，很怪，像是漫不经心，又像是懒懒散散。

啊，当然，我心里说，这倒也让女大厨合适了，有了个理直气壮的说法，不再去餐厅里抛头露面，东呼西招，她又怎能忍受得了那样啊，她这个即便在正当场合也不太愿意随便露脸的人，难道还要去跟一批由女儿的接手管理而渐渐吸引来的新顾客打招呼吗？在几个月时间里，女儿已经彻底摇撼了曾让好时光拥有简明特色的那一切。

这让她合适了，我心里说，很有些受压迫，看到女大厨在厨房中机械地忙碌，表面上无动于衷，对我们显现出一种高傲的、无人称的、机器般的亲切，而我们却根本无法感觉受到了奉承，尤其我，更不如其他人，因为，在我们相遇时我偶尔朝她投去的疑问的——从某种程度上来说，也是彻头彻尾地贫瘠的、赤裸的——目光下，她会还我以一种坚毅而又漠然得有些夸张、有些人为的目光，让我大受伤害，尽管我坚信，她这是在困境之中竭力回避我。

是的，光顾好时光的新顾客恰如她女儿的所愿，兜里有钱，却品行粗野，一吃起来就不考虑价格了，在一种照他们看来很时尚和松弛的氛围中，他们吃着其菜名让人想入非非得什么都不敢说，然而却也并不太离谱的菜肴——女儿从菜单中剔除了女大厨最难做的那些菜，而在那些菜之外，女大厨烹调时所体验到的,只是她根本就不需要的一种稍带厌倦的愉悦,女儿只保留了在母亲心中最不珍贵的那些菜肴,榅桲蜜饯斑尾林鸽,大葱烩烤鹌鹑,奶油杏仁开心果,那是女大厨宽宏大量地特地为某些顾客在菜单上留下来的,毕竟,她的不妥协已让他们在任何的欢乐可能性之外大受痛苦了。

而对此,女大厨依然还是屈从。

一天上午,跟我擦肩而过时,她喃喃低语道:你该走了。——为什么?我反问道,很惊讶。——你知道得很清楚,女大厨对我说,此时,她露出她所特有的一丝歪斜的微笑,自从她女儿回归后,她就把这种微笑替换成了像是在嘴唇前波动不已的那种对微笑的滑稽模仿,她稍稍迟疑地伸出手来,在我的脸颊上匆匆抚摩了一下,然后,迈开她那敏捷而又轻盈的步子,匆匆离去,而现在,在我看来,这步子还是很无奈,很讲究的,就仿佛女大厨每走一步都是在跟某种诱惑做斗争,要克制,不让自己在砖地上拖着疲惫的双脚,甚至不让自己在一个角落里倒下,不让自己去求助于自身意愿之外的另一种意愿——既然正是这一意愿,而不是她的不在场迫使了她对她女儿命令的服从,那么,女大厨难道不是从童年起就证明了其意愿的强大力量吗?

于是我赶紧就走,是的,毫不耽搁,我很轻易地就在大剧院附近的那一家精美之味找到了一个很好的职位。

我并不认为,如此的行为,我是听从了女大厨的建议,我很愤怒,我相信,正好悖论,这样做是冒犯了她——我处在一种如此的愤怒中!

我感觉到,我只有死死地抓住她说过的话,才能更有效地成功地感化她,而她,我心里想,恐怕是把希望寄托在了我那早先的无可挽回的爱还能持之以恒吧,以至于让我厌恶地不想遵循她给我的嘱咐。

我坚信,总之,她根本就不渴望她对我说的让我做的事。

然而我还是那样做了,而且还做得那么干脆,其间,我们之间几乎都没有交换过几句话,我没有像模像样地向她道别,我就消失了,根本没想要知道我的逃避是不是会影响到工作,我的位子是不是立即会有人来顶替,我是那么的愤怒,暴躁,因为这一不可遏止的愤怒超出了正常的谨慎范围,对我也是一种全新的现象,其后果倒也不是让我很不开心,它给我在我自己的眼中带来了一个英勇而又无情的高度。

但是,一旦受雇于精美之味,并走上女大厨的精神根本就不在的一种厨艺的日常道路,我刚刚激发起来的愤怒就回落了下去,我便痛苦地想到,我背叛了女大厨,而我这样重复对自己说,说是她把我推向了背叛,就像我尝试着所做的那样,那还是远远不够的:一旦我把它跟真正的爱、真正的忠诚行为需经历的考验来做对照,这一有理证据的价值马上就将崩溃——若是没有秘密的甚至看不见的忠诚暗中牢牢相随,那么,人们吹嘘的那种爱究竟又意味着什么呢?若是没有唯有亲身体验过的人才真正了解的与之不可分割的精神上的忠实,那么,实质上在每个人心中满满涌动着的爱究竟又意味着什么呢?

我背叛了女大厨,既然我在她仅仅只是对我稍做了暗示的情况下就匆匆地抛弃了她,而我那时候感受到的愤怒,是对她的愤怒,因为她没做解释,也是对我自己的愤怒,因为我没能理解她,我让她独自一人承担我所做决定的责任。

这一点,我心里说,我是永远都不会原谅自己的。

晚上,在一个认真却又没什么意思的大厨的命令下工作了一整天(在这家餐馆,人们用小里小气却又自命不凡的盘子,端上四四方方的生鱼小块,普普通通的放了鱼子酱的鸡白肉,不成形状的果仁小甜挞),离开精美之味那宽敞的厨房之后,我就会去好时光那边绕上一圈,但它总是关着门,因为,现在,它打烊得比以往早多了,而且公寓的窗户也是黑洞洞的,整个墙面对我充满了敌意,高傲地指责着我的逃跑行为。

我觉得,当我掉转脚跟回家时,我还是在逃跑,当我每天上午前往精美之味上班时,当我在那里完成着一个个动作,但动作中却没有丝毫热情、丝毫道德意义,甚至没有丝毫满意度的渗入时,我是在逃跑,而当我在女大厨的窗底下偷听动静,并且为我自身的利益或以我自己的意图来解释其中些微的意义时,我还是在逃跑,我就这样苟活着,带着我对自身屈辱习以为常的那种情感,我已经不能真正区分构成我生存常态的那些忧郁的想法了,我就这样苟活着,我在这样一种苍白的屈辱情感中跟我的一个女同事苏菲·普若尔结了婚,我几乎是丝毫没有意识到什么就懵懵懂懂地结了婚,软弱地,很有嘲讽意味地,与一个跟我同样麻木不仁并爱嘲笑的女人,婚礼刚一结束,她就对我说:我在问自己我们做的是什么。

我们俩谁都不知道,至于我,无论在哪里我都没有注意到任何什么的丝毫征兆,因为我所丧失的信念向我关闭了所有的先兆,所有的承诺,苏菲·普若尔则始终相信,在八九个月之后我们做出的平静而又博爱的离婚决定,与传到精美之味厨房中来的消息之间,曾存在有一种联系,照那个消息的说法,好时光刚刚被摘除了厨艺之星,而苏菲·普若尔则坚信,我一定是预感到了这后一点,由此,我就觉得必须离婚,她从来都不愿意松口,她对我根本就不怀恨在心,正相反:她也一样,厌倦了这桩饱含讽喻的婚姻,她因摆脱它而感到轻松,她乘势放弃了她在精美之味的职位,她开了她自己的餐馆,普若尔记,就在右岸,面朝河流,她很快就赢得了成功,并持续至今。

正是精美之味的大厨告诉的我,不乏一种很是明显且又小气的狂喜,说是好时光被摘掉了它的那颗美食之星。

一开始我还不相信,以为那是一次嫉妒的谣传,无稽之谈。女大厨的女儿执掌餐馆仅仅才短短二十个月呢。

随后,消息被证实,紧接着,好时光宣布永久关张,或者说,在其当时就开始了的冬歇期之后不再开门。

我很震惊,就出门去探听情况,从我离开那里后,我还没见过女大厨呢,连一眼都没有瞥见过。

尽管我觉得,我已经尽了最大的努力,决不在苏菲·普若尔面前提及她的名字和她的存在,而且这些努力还带来了好处,我严格地做到了一个字都不说,苏菲·普若尔在离婚后不久对我承认说,她还是痛苦地感到,我们共同生活的氛围是那么轻盈、狡狯,唯一地以友情为标志,她持续不断地感觉到,跟我们俩在一起的,始终有另一个女人那超自然的和充满痛苦的存在。她想对我说,她看到我身边总是有一个影子,有时候我会不知不觉地转向它,我会把我的目光投射到一道并非苏菲·普若尔的目光中,而是那样的一个幽灵上去,这个幽灵就安然定居在我们的婚姻殿堂之内,而且,当我们爱得更为严肃时,它就会出来阻止我们之间的任何精神交往,任何充分和真诚的亲密,苏菲·普若尔跟我交底说,正因如此,我根本无法从我永远都比爱任何人更爱着的一个人的消亡中缓过劲来,正是这个,造成了苏菲·普若尔的一种艰难困境。

如同平常,没有一丝灯光照亮厨房,以及好时光楼上女大厨公寓的窗户。

我用双手做成喇叭形,放在嘴前,朝黑乎乎的窗户呼叫她的名字,我想,我甚至还高喊了那女儿的名字,我还叫了圣巴泽尔这个名称,绝望地希望能以此迫使女大厨中止对这个神圣名称——圣巴泽尔——的微妙之处的冒犯,我拼命地喊叫这个名字,带着当时让我窒息的一切困惑,一切挫折,一切忧虑。

什么都没有动。

接下来的几天里,我充分发动起女大厨的身边人,或者,说得更确切一些,我猜想应该得知了发生在女大厨身上的新鲜事的某些人,但是,无论我早先的同事,还是我认为会私下里时不时地去拜访女大厨的两个常客,或者是她的小妹妹英格丽特,而后者的踪迹还是那两个常客帮我找到的呢(英格丽特买下了海边的一家小酒馆),无论谁都无法告诉我真实消息,他们全都一样,没有她的消息,而且,自从她女儿回来之后,他们去看望她的次数都很少,他们都只是简单地说一句:跟以前不一样了。

不一样了,当然,跟以往是完全不一样了,我知道其中的一些事,但是,我心里说,女大厨只跟那么少的人保留了一点点那么脆弱的联系,难道这本身不是说明了什么吗?她消失时他们根本就不会意识到的,而且,尤其,一旦听闻消息,他们也不会真的有什么担忧的。

因为他们早就知道了餐馆被摘星的事,也多多少少知道了好时光关门大吉的消息,但没有任何人跑去找女大厨,以自己的友谊和支持来宽慰她,当我宣称道,女大厨,假如她还在那里的话,似乎应该生活在黑暗中,不回应任何人,这时,没有人会焦虑地从椅子上抬起屁股来,想到,女大厨兴许已经不辞而别,离开了这个城市,也没有任何人会觉得离奇蹊跷,女大厨没有任何真正的朋友,我认定,没有人会为她担心,除了我,而我却胆怯地、虚荣地躲开了。

我想象,这是女大厨的一个大错误,她没有能尊重和培养友谊,但是这真的是一个错误吗,既然她本来的意图就是如此:生活在孤独之中?

我十次二十次地去往女大厨的家,我召唤,我等待,我在人行道上来回踱步,然而我从来就没有看到过她的影子,我从来就没有看到窗帘晃动过一下,灯光泄露过一丝,以至于到最后我都坚信,她肯定是没跟任何人打一声招呼就悄悄地走了,兴许,也没有想过我会为此而提心吊胆,备受煎熬,她或许认为,她的命运不会让我太感兴趣,既然自从离开好时光之后我就没再去看过她一次,此外,我兴许还让她知道了我跟苏菲·普若尔结了婚,或者,她是想通过让我担心,来惩罚我,让我难受。

我更愿意接受这最后一个猜测,而不是她会想象我不再挂念她了,想象我过着一种与她无关的生活,想象我只是爱过她一段时间而已。

自从我认识您以来,我的思想就一直没离开过您,我从来就没觉得过自己是独立的,我后来会这样对她说,就在厨房中,她那稳当而又平静的嗓音会让我在夜里的相当一段时间里保持着清醒。

而我还会对她说,带着因疲惫而生的大胆:苏菲·普若尔,我的前妻,总认为我们婚姻破裂的原因在于您,对此我不敢肯定,而她却坚信不疑。——在普若尔记人们吃得很好,女大厨会回答,口气中充满了热情洋溢的确信,这才是最重要的,不是吗?而婚姻,与之相比,就是一个靠边站的玩笑。——真的是这样,我会轻松地回答,我们一起哈哈大笑,除了跟女大厨,我跟别人从来就没笑得如此开心过,一颗如此纯真的心。

我心烦意乱,深为郁闷,向精美之味提出了辞呈。

然后,我动用了我的积蓄,数目还相当大,因为在工作之外我几乎什么都不做,花钱完成了我以往会带着疑惑不解的目光去看待的那种旅行,就像女大厨通常把外出与消遣看得一无用处那样,我坐飞机去了越南,去了印度,去了意大利,还有日本,我报名参加旅游团的巡回旅行,有系统地寻找着,期望能在我的旅行同伴中,或者,突然在某个国际旅店中,发现女大厨的那张脸,其实这样地寻找实在是没什么道理可依据的。

我并没有承认,但我选择的都是因烹调而闻名的美食之国,我暗中想象,万一女大厨下了旅行的决心,那她只会前往那样一些地区,她觉得能找到什么来继续丰富她在厨艺方面的想象力,能找到她还陌生的食材带回来,一些珍稀的香料,无法在我们国家中生长的植物,我没有一刻会设想她不再干厨艺的可能性,而无论餐馆发生了什么。

最后一段旅程之后,我回到了波尔多,答应接受治疗一种严重的神经衰弱症。

我已经没有钱了,我得去工作了,但我丧失了勇气。

我去看望了苏菲·普若尔,她同意录用我,我们看来彼此很信任。我那时服着各种药,我的动作很迟缓,已经没有了一种精确性,苏菲·普若尔还算仁慈,一点儿都没有指责我,此外,她的餐馆已然名声大振。

然后,在一家酒吧里,我撞见了女大厨的女儿。

她马上就注意到了我眼睛的空洞无神,我脸上皮肤灰蒙蒙的像是很憔悴,她跟我谈到了这一点,并告诉我说,她的情况也很不好,这个,说实话,倒是看不太出来,她胖嘟嘟的,一副清清爽爽的样子,虽说有点不太开心,但比起在好时光时要更活跃,更朝气蓬勃。

对我提出的关于她母亲的那些迫切的、急切的、直接的问题,她回答说她一无所知,说是女大厨消失了,给她留下了一大笔钱,而她,女儿,已经把钱花得差不多了,她很不习惯于活得拮据,她承认道,不无一种奇特的狡猾魅力,她母亲早已把她养坏了。

她为我付了一杯酒的钱,我则送了她此后的两杯,在酒精和药物的作用下,我已经身体摇摇晃晃,嘴巴嘟嘟囔囔了,我听到我自己建议收留她住宿,因为,她刚刚告诉我说,她已经没有地方可去了,人们把她从不知道是什么集体住宅中赶了出来,至于她寻找庇护所的故事,则实在太模糊,我根本就不感兴趣。

我只是听明白了,女大厨并不允许她保留公寓的钥匙,我隐约感到一种稍纵即逝的满足,兴许是为了以此来惩戒我自己,同时也是因为,那女儿,迷惘,不决,反倒不像以往那样令人不舒服,这反而启迪了我心中一丝隐隐的怜悯,于是,我建议她来我处落脚,她尽可以观望一阵,伺机应变。

很可能,我还期望,她能给我讲述一下最近几个月里她跟她母亲一起度过的日子,在一个莫名的句子的拐弯处,某一细节能为我显示女大厨目前可能在做什么,在什么地方,为了什么目的,而无论如何,与她女儿的频繁接触让我靠近了女大厨,即便是以误入歧途、可怜巴巴和糟糕透顶的方式。

那时候,由于这女儿的个性让我深深陷入在糊涂和漠然之中,我丝毫没有怀疑到,她接受我的邀请并非那么是因为她当真没有地方可以睡觉了(她有着别的援助,她还剩下不少钱),而是要以一种邪恶的、苦涩的、不健康的乐趣,来证实我是如何如何地利用了她,她后来这样说,而对女大厨的回忆又是多么多么地折磨着我,而这最后一点倒也是确凿无疑,但是,内心满是她自身的这个女儿有什么必要非得安身于一种只会助长其骄傲自大的环境中呢,要知道我心中惦念的,只有女大厨一人,只有她,只有她的灵魂,她的厨艺,她厨艺的灵魂?

尽管我生性偏于迟钝,我们倒是并没有费太长时间就彼此生出了嫌恶。

她所做的、说的、建议的一切都在激怒我,或让我羞愧,至于她自己,一种真正要诅咒我的情感在她那狭隘而又自恋的心中生成发展。

我们之间关系的故事是这样的一种,平庸得让人落泪,两个人,由于贫困、孤独和迟疑不决而不确定地连接在一起,而最初的某些美好时刻一旦过去,就发现自身面对的是既无法去爱,又无法给予丝毫尊敬的人,不由得惊愕,酸涩,后悔不跌,我得到我的一份,我保持默契和疏远,当我试图对女大厨了解得更多一些时,则突然就变得冒冒失失,通常来说,很少会舒畅,绝对地没有野心、规划或者活跃,没有真正的温柔。

那女儿,她,则慵懒,厌烦,成天看她自己买来的电视,老是说要回加拿大,但又没有这方面的丝毫举措,苦涩地满足于把她的陪伴强加给我。

她愿意回答的唯一问题,是我提出来的关于餐馆被摘星的原因:这一挫折是不是压垮了女大厨?根本没有,女儿回答说,嘲讽一般地抽了抽鼻子,我甚至感觉到这没有让她不开心。——兴许吧,我高声道,但是,关闭好时光,这是何等的失败,何等的遗憾!这一切,都是你的错。

那女儿朝我投来惊讶的一瞥,那可不是装出来的。我又没有强迫她听我的,也没有让她非留着我,她说,带着一种平淡的逻辑。此外,她也并不是非得关闭餐馆不可。——那是她找到的能摆脱你的唯一办法,我喃喃道,那女儿直冷笑,之后,如平常那样,我们就那样静静地待着,一连好几个小时,一句话都不交流,彼此都莫名其妙地有些恼火,那女儿把电视机的音量开得很大,想进一步惹怒我,而我,为了限制她,则借口要整理房间,在电视机面前走过去又走过来。

我从她那里获得了有关女大厨的不多的一点点信息,就每天都纠缠着她,带着一种不无冒犯的固执,追问她什么时候走,话语中没有丝毫的委婉,毫不掩饰地表明,我现在就想看到她拔脚走人。

但是,很快地,我就再也不想撵她出门了。

珂拉告诉我说,她想在滨海略雷特开一家法国餐馆,她学了厨艺,这是她一向来所愿意做的事,因此她才来的滨海略雷特。她寄希望于我的帮助,能找到一个铺面,并给她最为有用的种种忠告。她一边微笑着,一边用一种微微挑衅的目光死盯着我,她对我说,一个在女大厨身边工作了那么长时间的男人给出的只会是好建议。我十分震惊难堪,炎热也太酷烈了,我在滨海略雷特的朋友们会怎么想呢,我真想逃之夭夭,我跟珂拉没有任何事要做,对玛蒂娜让-马克蒂耶里也一样,人们为什么不让我在滨海略雷特安安静静地待着呢,于是我出门大步行走在海滩上,而渐渐地我的头脑平静下来,而想法也不再那么艰难地让人不好面对了。我回想起了我紧握珂拉的那些刀时所感受到的那种快感,它给我的心带来的小小冲击。

我们生活在一种那么凶残的敌对状态中,以至于当她感觉自己要去医院产科分娩的时候,她也没有让人到普若尔记来通知我,就这样,她生下我们的孩子时,并没有任何朋友、任何熟人在跟前,她独自一人给婴儿选择了名字,并让孩子姓她自己家的姓,也即女大厨的姓。

而当我最终得到消息,跑去产科时,当我把小珂拉抱到怀里时,她母亲把脸转向墙壁,拒绝在某一种幸福状态中跟我交流,哪怕它只有短短的一瞬间,以至于,对幸福,我体验到的是少而又少,反而,我感觉到对自己的恶心,我把孩子放回摇篮,我觉得自己根本就不配享受这一神圣的时刻。

后来,即便当那女儿回到我们的住所时,我也没有什么机会来照顾珂拉,也没有机会把她抱在怀里,因为她母亲嫌弃我,不愿意把她托给我,对此,从某种很奇怪的方式上说,我是很理解的,既然她恨我。

于是她着手采取了种种必要的措施,终于完成了很久之前就扬扬得意地提及的那些事,珂拉诞生后两到三个月,她就飞往了加拿大,带走了珂拉,把我留在了前所未有的深深的孤寂之中。

她曾支支吾吾地答应过我,会给我寄一个地址,让我可以去找她,但从她的语调来看,我猜想她不会那样做的,因此,当我始终没有得到她的消息,我也就一点儿都不惊讶,然而我一直在等,我希望对金钱的需要会让她来找我,但她的贪心远没有达到她对我的病态仇视的地步,而我就这样失去了她们俩,而且那时候我认为是永远永远地失去了。

我以珂拉的名义在银行开了一个户头,为她存了一笔钱。

就这样我也在远方有了我那年轻的小母象,即便我再也见不到她的面的话,我也希望她有一天会披挂着我为她赢得的金银。

那无疑是我生存中最不幸的阶段。

然而我必须强调一点,那段时间中,我对药物产生了一种极度的依赖,以至于每天傍晚,我会发展到对白天是怎么度过的竟然没有清晰的意识,到了晚上,我根本无法清楚地回想起我上午做了什么,或者,我是按照什么时间顺序来完成各项任务的,而其无可争辩的结果我有时候会视而不见,鉴于这一情况,苏菲·普若尔催促我请一段时间的病假,而她只有很少时间来看望我,而且无疑也根本没什么兴趣(一点点的谈话就会让我精疲力竭),我发现自己彻底地无所事事,孤立独行,从某种意义上说,几乎空虚之极。

一个春天的晚上,正是在这种精神空虚的敏感状态中,我拖着小步,一直走到好时光跟前,当那些临街的大门打开时,会有冷冰冰的地窖味从大楼的走道中散发出,而正是这种气味迎接了我的感官,孩提时代,我曾经那么地喜爱这种气味,我深深地吸了一口气,这冷冰冰的芒硝气味,不禁转过了脑袋去。

这时候,我发现从厨房的不太光滑的窗玻璃上透出来一道灯光。

当时我是那么的呆愣,那么的无依无靠,看到这道灯光,我一开始还以为,那肯定不会是真的灯光,只能是我充满忧伤与悔恨的回忆的一种投射,我便继续走我的路。

然后我掉转脚跟往回走,并没有因一种更为理性的思考的促使,而是机械地反应,因为我早已变得昏头昏脑了,我的脸尽可能地凑近带方框的玻璃窗,在长长的好几分钟时间之后,我才缓慢地为自己证实,好时光的厨房里确实亮着灯。

突然我浑身一激灵,额头几乎撞到了窗框,我敲了敲玻璃,一连好几次,而且越来越响。

女 大 厨

　　我挺起身来,我匆匆奔向餐馆大门,我很担心生怕自己进去得不够快,事实会一下子变成梦幻,灯光会一下子熄灭,难道不是应该紧紧地催逼现实,好让它来不及有时间变化吗,我就这样盲目地匆匆推理着——快一点,赶到好时光的大门前,好让女大厨没时间消失掉,假如她真的就在里头的话。

　　门开了,女大厨在昏暗的大厅中倒退着拉开了门。

　　原来是你啊,她平静地、亲切地说,嗓音还是那么的低沉清晰,我已经有两年没听到了,此时此刻,它准确无误地达到了当年的那一点,而当年我就是在那里停止了体验到任何一种活跃的、简单的、自动的东西,此时,我感觉我干瘪的肺重又打开,一阵剧烈的疼痛撕裂了我的胸膛,而一种干瘪的微笑让肌肉抽搐,嘴唇走形,我一言不发地走了进去,没有了话语,我的两只手一只压一只地搭在了我的左胸上——我应该显得很冷,很别扭,僵硬,缺乏情感,我心想,我迷茫了,根本无法说出一个词来,只是意识到自己有一种愚蠢的、拘谨的神态,跟我真正的激情并无什么关联,它凝固了我的面容,而在此刻,我本希望女大厨承认我为她生命中的男人——至少是如此,因为我无数次地为自己再现过这一场景,最不怎么相像的形象最终赢得了假设的厚度,然后则是可能性,就那样通过想象假如有一天我能再见到女大厨时会发生什么,我的梦幻开始于这样的一刻,她的目光落到我身上,终于明白到我是世界上她能爱的唯一一个人,既然我是唯一一个盲目地爱她的人。

　　就这样,我以呆傻、失神的形象出现在她面前,我的眼神茫然,我的沉默愚钝,哦,我几乎快要责怪自己刚才敲了玻璃窗,假如我的两腿还有一点力气,我就会拔脚而逃。

　　瞧瞧,你看起来气色不太好啊,女大厨很温和地说。

　　不知怎么的,我突然哭了起来,一发不可收拾,从我的童

233

年起，我就一直没有这样过，而且，我也从来没有像此时那样渴望女大厨把我看成一个已经彻底达到了能对她这个成熟女子有诱惑力的男人。

我胳膊四下里乱舞，想以此表示：我求求您了，别太在意，但愿这个动作能从您的记忆中抹除掉这滑稽的几分钟！

女大厨踮起了脚尖，抱住了我，是我生命中的第一次，也是唯一的一次，我被她抱在怀里，我的脸紧贴着她的头发，她的头发还跟以往一样齐齐地向后梳成一个小髻，像是为了忘却，为了让人忘却她还有发绺。

这时候，我俯下了我的脸，我的嘴角感到一记亲吻轻轻擦过。

我轻轻地转动身子，好让女大厨能找到我的嘴唇，假如她希望继续吻我的话，但是她慢慢地躲开了，她用手背擦了擦我的脸颊。

她现在用一种关切的眼光审视我，目光中不乏温柔，我觉得好像是这样，这立即让我精神大振，勇气倍增，敢于直率地瞧着她，并且努力让我的嘴、我的眼睛确切地表达我的感受——一种疲惫不堪的狂喜，一种哆哆嗦嗦的、不太确信的、同时却又是极大的欢快，几近于一种绝望。

在半明半暗的大厅中，女大厨那苍白、闪亮、紧张、平滑的脸似乎飘动在她那形状昏暗的围裙之上，围裙上有几个清新的光点在微微闪亮，此时，我心中生出强烈的渴望，要跟随她到厨房里去，跟往常一样，瞧着她在那里试验食材的搭配和备制，在孤寂的、拯救性的深夜中，在我虔诚而又谨慎的目光下，创造出新菜肴的烹调法来，而在她看来，唯有新菜品的数量以及完美的特点，才能赋予她一个生存理由，在平庸之中继续生活下去。

但是,女大厨,尽管带着极大的温情观察着我,却没有建议我陪她去厨房。

她整个人还跟两年之前一模一样,我注意到,比较之下,我倒反而更清楚地意识到我外表上的憔悴。

我试图抑制住我那目光的贪婪,我依然用这贪婪的目光打量了她那紧凑、确实的整个人,她放在围裙两边漂亮的结实的双手,她平滑而明亮的额头,她阴沉、平静、敏锐的眼睛,她那面相上精密的、难辨雌雄的椭圆形,根本就没有迷人的发绺来框定它,她还是原来的样子,是的,人们无法相信她破产了,她逃跑了,躲起来了,而我自己的脸,它反倒相当明显地体现出了我多种消沉的幅度——职业上的、伦理上的、情感上的。

多么羞愧啊,多么羞愧地被她看到我这个样子,我心中反复说,急于隐藏起我发烧的脸。

女大厨注意到了我的慌乱,我在她面前感到多么不安和羞耻,而她拉住我的手,紧紧地握在她冰冷而又柔和的手中,笑着对我说:看来你得好好恢复一下,我的小伙子。你知道我打算下个月重新开张吗?

我不知道自己都结结巴巴地说了些什么,她也并未加以什么注意。她做了一个大幅度的动作,指点了一下灰尘蓬蓬的大厅,然后用一种充满了不耐烦的乐趣的嗓音问我,从什么日期起我认为可以回来跟她工作。

当然,女大厨以她那长久的不辞而别,让我沉陷到烦恼与幻灭的深底,但是,这之后,还是她把我从泥淖中拉出来,甚至可以说,把我给拯救了。

此后,她会给我解释说,我那倒霉的形象当时深深地震撼了她,当我出现于她这餐馆大门的门框中的那一刻,她试图竭力掩饰她的惊愕和她的怜悯,而来到她头脑中的仅有不多的想法,就是必须马上依靠她能提供的唯一药方,即工作,让我摆脱出困境。

这是不是就意味着,我问她,不过还没问时先就被她的回答可能有的蕴含吓得有些胆怯,假如我不自动找上门来的话,您是不是就不会召唤我来您身边干活?——哦,我不知道,你不要装疯作傻,我的小伙子,她如此回避道,温厚宽容的,但同时又决定不对我撒谎,宽慰我说,无论情况如何,她都会考虑请我回来的。

于是我就明白了,女大厨本来并没有想到把我拉入她的新团队,我不无懊丧地明白了。

我满心迷惘地问自己,这一弃绝是不是跟珂拉的存在有某种关系,女大厨是不是知道了我是孩子的父亲,为此,她不愿意让我到她身边来,凡跟她女儿有任何方式的关联的人或事,她都不愿要——或者只是因为她始终认为,如我自己所认为的那样,我当年离开好时光是背叛了她?

我根本就无法去问她。但是,有一天当她随口说到,她女儿跟一个加拿大人一起生活在蒙特利尔,他们有了一个女儿,名叫珂拉,那时,我就知道,她其实并不了解事情的真相,我顿时就轻松了下来,同时也对那个陌生男人产生了一种尖锐的嫉妒心,他居然把从我这里抢走的孩子看成是他自己的,我的小母象,我可是小心翼翼地为她准备了未来的盛装,我为她积攒了一座金山。

我松了一口气,我其实很想告诉女大厨实情,骄傲地向她承认:我是您外孙女的父亲——啊,如此认可我们之间不可摧毁的、天真无邪的、无可指责的另一种关系,我以往是那么的缺少它,这一毋庸置疑的亲密性,我曾经那么地羡慕她的弟弟妹妹能跟她有着血缘关系啊!

但我没有说话,我发誓永远都不说。

假如女大厨该知道实情的话,那最好也不是通过我的嘴,而我并不知道,下定了这一决心后,我究竟是在保护我自己,还是在牺牲我自己,我究竟是保护了女大厨,还是严重地牺牲了她有权得到的某种东西。

女大厨让我在餐馆开张之前每天都过来跟她一起工作。苏菲·普若尔毫不遗憾地放我走人,而她,以她那耐心的友情没能获得的结果,女大厨则用警惕的心和严肃的情感在三个星期里就成功了——我停止了服用任何药物。

每天上午,为我开门时,她都会用一种冷静尖锐的眼光来察看我。

然后,我忙着翻新大厅,重新粉刷墙壁,给木板条打蜡,用黑肥皂擦洗砖地,我在这些从来没有干过的工作中找到的,一开始是一种带有怒意的快感,然后是平静的满足,它用来服务于细节,于"完美",让我及时地回想起我现在是干净的。

与此同时,女大厨在厨房中忙活,而我希望,对我努力的报答,对我病态习惯产生的巨大影响的承认,能通过一种邀请而表达出来,即邀请我在其他雇员之前就跟她待在一起,但是,情况并非如此,当她介绍她新菜肴的那一刻来临时,我发现自己是跟四个同事在一起,我从内心里赞同,我在心中低下了头,我承认自己体现的热情和谦虚依然太少,根本无法期望能恢复,即便这一点应该发生,恢复我们在工作中发展起来那种深切的亲密性,那种几乎沉默无语的、充满信任的、她跟任何别人都不曾有过的那种单独相处,我坚信这一点。

女大厨为我们显示了她精心制定的新菜单。我很喜欢,是的,我很喜欢。

我说不出,我心中的那种不祥预感来自哪里,我为何会觉得有什么事情不对头,或者不如说,女大厨的动作中某个秘密因素有些太过分。

不可能亲手来触摸那一切,我忘却了自己的直觉,而我欣赏女大厨的新发明,它们确实很有价值,但我却没有想到,我由此见证了她的不幸的开端。

最新的那些菜肴把她过分严肃的概念推向了极端。

对于一些像我的新同事那样并不太了解女大厨的年轻人,这会是简朴与否的问题。

至于我,我在女大厨身上辨认出了一种我以往并没发现过的禁欲主义,我悠然觉得,这里头有着某种类似仇恨的东西,跟女大厨的个性如此不搭界,令我实在有些不知所措。

但是,我必须明确指出,这一点几乎就看不出来,她平心静气地给我们介绍,给我们描绘,给我们解释,琉璃苣汤慢炖阉鸡,栗树叶金色梭鲈,黄甜菜蜜饯,牛肝菌烤肉塞糖渍核桃,胡椒粉薄荷奶油生兔肉片,所有这些菜谱,连同她为我们描绘的其他一些新菜,当嘉布丽爱拉开张时,迅速吸引来了一批好奇的顾客,也激发起一些文章和评论,表达的是同样的观点,要知道女大厨总是一如既往地惊人和喜人,而且,在两年之后,这些新菜为她赢得了一度曾被摘除的米其林之星,这一次获得美食之星,女大厨没有体验到羞愧和尴尬,也没有,我想,任何别的情感,她那么疯狂、超脱,对待厨艺充满了一种冰冷的、个人的、好战的敌意。

她从来就不可能在腻烦、沮丧或厌倦中工作,假如这样的感觉一旦攫住了她,她就会让餐馆永久地关闭。

但是无情的肉搏之战正是她所擅长的。

当她整夜整夜地拖住我在整理得整整齐齐的厨房中,当她在我面前显得平静而又坦诚,紧张而又安宁,她根本就不用这样的词语跟我说话,她对待我就如对她唯一的朋友,这是当然的了,但同样也以中性的方式,并不特地对我个人感兴趣,而是把我看作必要时兴许就能做到以其热爱、以其忠诚来报告或来记录的人。

她根本就不跟我说她对厨艺的新增的仇恨,也不跟我说她不知不觉地一样接一样地删除她菜肴中各种配料的方式,随着逐渐逐渐地删除,她只把她的厨艺维持在一种精美质朴的界限上,但几乎就要流于无意义中,反正我在心里就是焦虑不安地这么想的,就这样,她不跟我说那些让她烦心、折磨她精神的东西,那些把她抛弃的东西。

我意识到了这一点,那只是因为我爱她,我从来没有像现在这样爱她,我恐怕也不会再爱无论谁了。

然而她以为她摆脱了我的英明预见。

在一个这样的夜晚快结束时,我问她,她当年踪影消失之后都去了哪里,我以一种玩笑的口吻对她说,我曾在世界各地寻找她,或者,至少曾经在整个波尔多找她来着。

她扬起眉毛,有些惊讶,然后便释然。我所在并不远的,你知道,她回答我说。她沉默了一会儿。最终补充说:我也一样,我绝望地寻找着我不再有的。

一年年岁月就这样过去了,年年岁岁都那么相似,嘉布丽爱拉繁荣兴旺,并被吹捧上了天,然而,无论什么都不能让我回想到前一个阶段的快乐、善良以及成就,尽管女大厨显得拥有同样的面容,同样的态度。

我敢肯定,她已经完了,她什么都完了。

对这几年,我唯一保留了一段回忆,那时候女大厨的脸如在一种毫发无损的幸福的纯金中雕琢出来一般,那是一个冬夜,处于一二月份餐馆短暂的关张期里。

我去向女大厨问安,如我习惯的每星期要做上两三次的那样,哦,假如我不怕被当成胡搅蛮缠的话,我本应该每天都去看望她的。

她给我打开了公寓的门,我立即注意到她神采奕奕、稳稳当当的气色,她穿了一件有些发亮的蓝色衬衫,一团光晕把她裹在一种月亮般的光芒中。这几天我这里来人了,她对我说。

一个姑娘出现在她背后,个子高挑,身材结实,长长的褐发,一双明察秋毫的眼睛紧紧地盯着我,但应该什么都没猜出来,我立即这样想到,像是突然被切断了一切来源。

女大厨告诉了她我的名字,孩子朝我伸过手来。我握了一小会儿。你好,珂拉,很高兴认识你,我嗫嚅道。她微微点了点她梦幻者的漂亮脑袋。

我借口不便打扰,立即就告辞走人了,腿脚有些摇晃,既恨自己,同时又抱怨自己,这也证实了我的软弱,我的自满,既然我无法带着一种同样欢乐的勇敢,来接受人们强加给我的,还有我自己所选择的。

女大厨的死对某些人来说是那么突然,他们觉得她脑子里可能长了一个肿瘤,而她有意地掩饰着这一病情,或者她决定不动手术摘除(但是寻找这样的理由又有什么用呢?),而就在她去世之前的几天,她给我打来电话,邀请我下一个星期天午餐时分去一趟圣巴泽尔。

她例外地决定嘉布丽爱拉这一天关门,她用一种很不像是她的神秘语气对我说,陪我一起去的还有她的一些朋友,她不怀疑,他们也一样很珍惜这一次意外的郊游。

她给我解释了如何前往她为此次活动而预订的那家旅馆,就在出了圣巴泽尔村口后,前往马尔芒德方向的路边,她的嗓音有些人为的活泼,事实是她打电话告诉的我,而不是在餐馆的时候就直接跟我说清楚,这一切让我心中产生了一种不适感。

当我进入就在国道边上的旅店时,人们告诉我说女大厨就在花园里等我。

我穿过空荡荡的大厅,大厅中一片土黄色的坚硬砖地,木制的家具涂了发亮的清漆,我进入了一个魔幻花园,啊,这恰恰就是来到我头脑中的表达法。

女大厨坐在草地上的一张小桌前,满园散走着黑母鸡和白母鸡,在果实累累的樱桃树周围自由自在地啄食。树木之间很偶然地生长有胡萝卜、芝麻菜、小豌豆和蚕豆,胖嘟嘟的母鸡东一口西一口很精巧地啄食的就是这些菜,就仿佛,作为一种填充,母鸡们这样做只是为了一种形式,为了画面的需要。

女大厨听到我过来,就站了起来,身穿一条我从来没见她穿过的白色布裙,闪闪发光,纯洁而又清爽,她脸上透着直白的无奈,它本不是什么别的,就是她原本的样子,我情不自禁疾步上前把这张脸捧在手中,对此,女大厨既没有挣脱,也没有抗议,我的心拥抱了一种尖锐和清澈的痛楚,但它并不引起我真正的疼痛。

女大厨让我坐下,然后她朝旅店方向招呼了一下,几乎是马上,就有人给我们拿来了两个酒杯,还有一瓶镇在冰桶里的格拉夫白葡萄酒。

我问女大厨,她的朋友们都在哪里。什么朋友?只有你一个人,她开心地回答说。

她往酒杯里倒酒,脑袋向后一仰,想要更滋润地感觉阳光照射在皮肤上。

这时我决定驱走尴尬与困惑,不让它们阻碍我珍惜眼前的这一刻,我也把自己整张的脸转向温煦的阳光。

当我幸福地轻声叫喊了一声,说我真饿了,女大厨挺起身来,伸出胳膊指了指母鸡,鲜嫩的蔬菜,还有已经成熟的樱桃。

她对我说,饭菜就在那里,简洁,精彩,完美。

我们能够想象每一种元素的滋味,恰如这些混合元素。她恐怕永远都发明不出比这更简单,更美的东西了,还有我们的酒,这美味的格拉夫白葡萄酒,足以配得上我们的午餐,而这午餐,她带着一种痛苦的严峻说,将构成她那职业生涯漫长仪式的桂冠。

三天后,星期三,女大厨死在床上,没有明显的挣扎痕迹。

我问珂拉她是不是已为她打算在滨海略雷特新开的餐馆找到了一个名称。她对我说,那将是一个很简单的人名,兴许名字后会加上"记"字。这时候她对我说了她外婆的名字,嘉布丽爱拉。多么美好的想法,我喃喃道,借着羞惭掩饰了我的一部分快乐。

21世纪年度最佳外国小说书目
（2001—2017）

2001年：

1. 要短句，亲爱的 〔法〕彼埃蕾特·弗勒蒂奥 著
2. 雷曼先生 〔德〕斯文·雷根纳 著
3. 天空的皮肤 〔墨西哥〕埃莱娜·波尼亚托夫斯卡 著
4. 无望的逃离 〔俄罗斯〕尤·波里亚科夫 著
5. 饭店世界 〔英〕阿莉·史密斯 著
6. 凯恩河 〔美〕拉丽塔·塔德米 著

2002年：

7. 老谋深算 〔美〕安妮·普鲁克斯* 著
8. 间谍 〔英〕迈克尔·弗莱恩 著
9. 尘世的爱神 〔德〕汉斯-乌尔里希·特莱希尔 著
10. 幸福得如同上帝在法国 〔法〕马尔克·杜甘 著
11. 黑炸药先生 〔俄罗斯〕亚·普罗哈诺夫 著
12. 蜂王飞翔 〔阿根廷〕托马斯·埃洛伊 著

---

* 即安妮·普鲁。

2003 年:

13. 伊万的女儿,伊万的母亲 〔俄罗斯〕瓦·拉斯普京 著
14. 完美罪行之友 〔西班牙〕安德烈斯·特拉别略 著
15. 砖巷 〔英〕莫妮卡·阿里 著
16. 夜半撞车 〔法〕帕特里克·莫迪亚诺 著
17. 夜幕 〔德〕克里斯托夫·彼得斯 著
18. 灵魂之湾 〔美〕罗伯特·斯通 著

2004 年:

19. 深谷幽城 〔哥伦比亚〕阿瓦德·法西奥林塞 著
20. 美国佬 〔法〕弗朗兹-奥利维埃·吉斯贝尔 著
21. 台伯河边的爱情 〔德〕延·孔涅夫克 著
22. 巴拉圭消息 〔美〕莉莉·塔克 著
23. 守望灯塔 〔英〕詹妮特·温特森 著
24. 复杂的善意 〔加拿大〕米里亚姆·托尤斯 著
25. 您忠实的舒里克 〔俄罗斯〕柳·乌利茨卡娅 著

2005 年:

26. 亚瑟与乔治 〔英〕朱利安·巴恩斯 著
27. 基列家书 〔美〕玛里琳·鲁宾逊 著
28. 爱神草 〔俄罗斯〕米·希什金 著
29. 爱的怯懦 〔德〕威廉·格纳齐诺 著
30. 妖魔的狂笑 〔法〕皮埃尔·贝茹 著
31. 蓝色时刻 〔秘鲁〕阿隆索·奎托 著

2006 年:

32. 梅尔尼茨 〔瑞士〕查理斯·莱文斯基 著

33. 病魔 〔委内瑞拉〕阿尔贝托·巴雷拉 著
34. 希腊激情 〔智利〕罗伯托·安布埃罗 著
35. 萨尼卡 〔俄罗斯〕扎·普里列平 著
36. 乌拉尼亚 〔法〕勒克莱齐奥 著
37. 皇帝的孩子 〔美〕克莱尔·梅苏德 著

2008 年（本年起，以评选时间标志年度）：
38. 太阳来的十秒钟 〔英〕拉塞尔·塞林·琼斯 著
39. 别了，那道风景 〔澳大利亚〕亚历克斯·米勒 著
40. 优美的安娜贝尔·李 寒彻颤栗早逝去
　　〔日〕大江健三郎 著
41. 大师之死 〔法〕皮埃尔-让·雷米 著
42. 午间女人 〔德〕尤莉娅·弗兰克 著
43. 情系撒哈拉 〔西班牙〕路易斯·莱安特 著
44. 曲终人散 〔美〕约书亚·弗里斯 著
45. 我脸上的秘密 〔爱尔兰〕凯伦·阿迪夫 著

2009 年：
46. 恋爱中的男人 〔德〕马丁·瓦尔泽 著
47. 卖梦人 〔巴西〕奥古斯托·库里 著
48. 秘密手稿 〔爱尔兰〕塞巴斯蒂安·巴里 著
49. 天扰 〔加拿大〕丽芙卡·戈臣 著
50. 悠悠岁月 〔法〕安妮·埃尔诺 著
51. 图书管理员 〔俄罗斯〕米哈伊尔·叶里扎罗夫 著

2010 年：
52. 转吧，这伟大的世界 〔美〕科伦·麦凯恩 著

53. 卡尔腾堡 〔德〕马塞尔·巴耶尔 著
54. 恋人 〔法〕让-马克·帕里西斯 著
55. 公无渡河 〔韩〕金薰 著
56. 逆风 〔西班牙〕安赫莱斯·卡索 著

2011 年：

57. 古泉酒馆 〔英〕理查德·弗朗西斯 著
58. 天使之城或弗洛伊德博士的外套
　　〔德〕克里斯塔·沃尔夫 著
59. 复活的艺术 〔智利〕埃尔南·里维拉·莱特列尔 著
60. 哪里传来找我的电话铃声 〔韩〕申京淑 著
61. 卡迪巴 〔法〕让-克里斯托夫·吕芬 著
62. 脑残 〔俄罗斯〕奥利加·斯拉夫尼科娃 著

2012 年：

63. 沙滩上的小脚印 〔法〕安娜-杜芬妮·朱利安 著
64. 阳光下的日子 〔德〕米夏埃尔·库普夫米勒 著
65. 唯愿你在此 〔英〕格雷厄姆·斯威夫特 著
66. 帝国之王 〔西班牙〕哈维尔·莫洛 著
67. 鬼火 〔美〕莉迪亚·米列特 著
68. 骗局的辉煌落幕 〔瑞典〕谢什婷·埃克曼 著
69. 暴风雪 〔俄罗斯〕弗拉基米尔·索罗金 著

2013 年：

70. 形影不离 〔意〕亚历山德罗·皮佩尔诺 著
71. 我们是姐妹 〔德〕安妮·格斯特许森 著

72. 聋儿　〔危地马拉〕罗德里格·雷耶·罗萨　著
73. 我的中尉　〔俄罗斯〕达尼伊尔·格拉宁　著
74. 边缘　〔法〕奥里维埃·亚当　著

2014 年：

75. 生命　〔德〕大卫·瓦格纳　著　★
76. 回到潘日鲁德　〔俄罗斯〕安德烈·沃洛斯　著
77. 潜　〔法〕克里斯托夫·奥诺-迪-比奥　著
78. 在岸边　〔西班牙〕拉法埃尔·奇尔贝斯　著
79. 麻木　〔罗马尼亚〕弗洛林·拉扎莱斯库　著
80. 回家　〔加拿大〕丹尼斯·博克　著

2015 年：

81. 骗子　〔西班牙〕哈维尔·塞尔卡斯　著　★
82. 星座号　〔法〕阿德里安·博斯克　著
83. 所有爱的开始　〔德〕尤迪特·海尔曼　著
84. 首相 A　〔日〕田中慎弥　著
85. 美丽的年轻女子　〔荷兰〕汤米·维尔林哈　著

2016 年：

86. 酷暑天　〔冰岛〕埃纳尔·茂尔·古德蒙德松　著　★
87. 祖列依哈睁开了眼睛　〔俄罗斯〕古泽尔·雅辛娜　著
88. 本来我们应该跳舞　〔德〕海因茨·海勒　著
89. 父亲岛　〔西班牙〕费尔南多·马里亚斯　著
90. 黑腚　〔尼日利亚〕A. 伊各尼·巴雷特　著

2017 年：

91. 遇见 〔德〕博多·基尔希霍夫 著 ★
92. 女大厨 〔法〕玛丽·恩迪亚耶 著
93. 电厂之夜 〔阿根廷〕爱德华多·萨切里 著
94. 小女孩与幻梦者 〔意〕达契亚·玛拉依妮 著

（带★者为"邹韬奋年度外国小说奖"获奖作品）